Aurum

Königreich des Goldes

Liebe Samantha,
ich wünsche dir viel
Spaß beim Lesen.

 31.01.2020

D1629418

Aurum
Königreich des Goldes

Jasmin Iser

Jasmin Iser:
Aurum – Königreich des Goldes

Daniel Beck:
Coverdesign

Irena Wessolowski:
Lektorat

Bisher erschienene Teile

Winter: Glacies – Königreich der Kälte

Für meine Eltern, die das Saatkorn meiner Fantasie pflegten.
Für meinen Ehemann, der meine Träume mit mir erblühen
lässt.

Ich danke meiner Mutter Gabriele und meinem Vater Johann,
die immer hinter mir stehen, meinem Ehemann Manuel, der die
Technik voll im Griff hat, meinem Cousin Daniel, der traumhafte
Cover gestaltet, und meiner lieben Testleserin Severine, die mich seit
der Veröffentlichung meines ersten Buches großartig unterstützt.

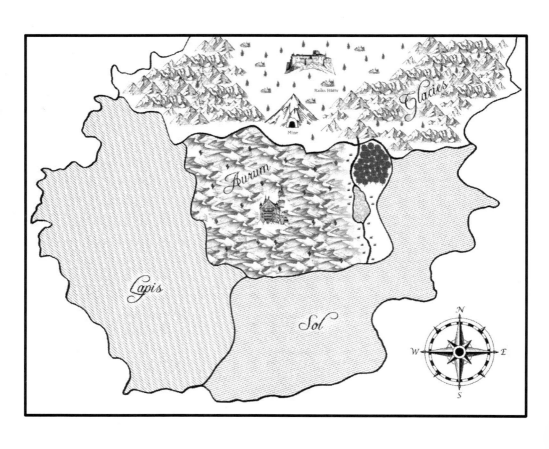

Prolog

»Gold mag nicht ewig sein, mein Sohn. Doch Geschichten sind es.« Zayn wies auf Trümmer, die sich aus goldenem Sand erhoben, auf Überreste steinerner Statuen, die längst zu Staub zerfielen. »Aurum ist vor einhundert Jahren zu Asche zerfallen, verlor in diesen dunklen Tagen jede Macht, jede Schönheit, jede Weisheit. Doch der Frühling – die Zeit der Auferstehung – ist mit dir gekommen.«

Corvins Augen schweiften über verfallene Mauern, über zerbrochenes Glas, das auf gepflastertem, aus Gold geschaffenem Stein funkelte, ehe er den alten Mann betrachtete, dessen gebrechlicher Körper neben seinem an der Ruine eines Hauses lehnte. Zayn war nicht wahrlich der Vater des Thronerben, hatte dem letzten König des Reiches Aurum bis zum Tode als Freund und Berater gedient. Doch als die Stadt während des Krieges fiel und das Schloss einstürzte, hatten tonnenschwere Trümmer die Familie des Jungen zerquetscht, der erst wenige Monate zuvor geboren war.

»Der Tod meiner verfeindeten Sippschaft liegt dreizehn Jahre zurück«, entgegnete Corvin trübsinnig und griff nach einer bläulich schimmernden Scherbe, die sein staubiges Gesicht spiegelte. »Seither liegt unser Leben in Bruchstücken, die nicht erneut zusammengefügt werden können. Es ist zu spät!« Der Thronerbe rappelte sich auf, begann seinem Ziehvater gegenüber ruhelos auf und ab zu laufen, dessen bräunliche Augen fortwährend auf ihn gerichtet waren. »All die Zeit erzählst du mir Geschichten von Reichtum und Schönheit, Geschichten von einem strahlenden Königreich, dessen Verfall täglich unaufhaltsam fortschreitet, während wir im Dreck hausen. Der Frühling, wie du mich nennst, wird nicht wiederkehren, Vater.« Corvins Stimme hob sich, seine Worte klangen trüb, waren von Enttäuschung und Hoffnungslosigkeit erfüllt. Der Thronerbe war es leid, ein ärmliches Leben zu führen, mit dem Tode zu ringen, der zuletzt jeden Menschen in die Knie zwingen würde.

»Die Wichtigkeit besteht nicht darin, die Geschichten zu hören«, entgegnete Zayn rätselhaft. »Die Wichtigkeit besteht darin, sie zu verstehen.«

Corvin seufzte tief, hielt in seinen Schritten inne und starrte die staubige Straße entlang, die seit jenem verhängnisvollen Tag verlassen war. »Sieh dich um!«, raunte er ärgerlich. Der Thronerbe wies auf verfallene Gebäude, welche längst nicht mehr als Behausungen dienten, auf Sand und Knochen, die von Tieren und Menschen stammten. »Die letzten Überlebenden sind vor Jahren geflüchtet. Doch anstatt ihnen zu folgen, verweilen wir an diesem unerträglichen Ort, der nur Tod und Sand eine Heimat bietet.«

Zayn schwieg zunächst, stand ächzend auf und näherte sich bedächtig dem unruhigen Thronerben, dessen Willen, Aurum zu verlassen, in sein forsches Gesicht eingemeißelt war wie Statuen in

Blöcken aus Stein. »Hab Geduld, mein Sohn, hab Geduld. Ich werde vermutlich zwischen den Trümmern des Krieges sterben. Doch dir ...« Er sah den Jungen von Kopf bis Fuß an, betrachtete flüchtig seine schäbige Kleidung, die nicht auf adliges Blut schließen ließ, einzig aus braunem Leinen bestand, ehe er in Corvins schilfgrüne Augen sah, deren starrer Blick auf ihm ruhte. »Doch dir steht eine goldene Zukunft bevor, wenn du bedacht und im Namen des Reiches handelst.«

Der Thronerbe beobachtete angespannt, wie Zayn an ihm vorüberging, sich den verfallenen Überresten des Schlosses näherte, die bis in den wolkenlosen Himmel zu ragen schienen. Es erinnerte ihn stets an das Geschlecht, von dem er abstammte, an die gesichtslosen Gestalten, die Aurum in Schutt und Asche gelegt hatten. Der Kampf um den Thron zwischen zwei verfeindeten Zwillingsbrüdern war jedem lebenden Geschöpf zum Verhängnis geworden. »Eine Zukunft?« Corvin lachte bekümmert, schüttelte abfällig den Kopf, ehe er den verfallenen Häusern einen verächtlichen Blick zuwarf, die sich links und rechts von ihm erhoben.

»Eine Zukunft«, bestätigte Zayn bekräftigend. »Eine Zukunft in Aurum, dem Königreich des Goldes!«

Kapitel 1

Mutter?« Esther ließ sich im ewigen Eis auf den Boden sinken, erzitterte, als sie durch das lange goldene Haar der einstigen Königin strich, das einem Fächer gleichend auf der gefrorenen Erde ausgebreitet war. »Mutter?«

Die Prinzessin schaute sich schluchzend um, obwohl ihr bewusst sein musste, dass sie von völliger Einsamkeit umgeben waren, suchte nach vertrauten Gesichtern, die ihnen längst den Rücken zugekehrt hatten, um nach Glacies zurückzukehren, dem Königreich, dem sie einst entflohen waren.

»Bitte, wach auf!«, flehte Esther mit verzweifelter Stimme, ehe sie Caja an den Schultern fasste und grob schüttelte. Sie waren Verstoßene, wegen Thronraubs gesuchte Verbrecher, die zum Galgen geführt werden würden, sollten die Anhänger der wahren Königin sie finden. »Du kannst mich nicht zurücklassen!« Die Prinzessin weinte und schrie zugleich, fühlte bebend den Puls der Frau, die jahrelang als Vorbild des adligen Weibsvolkes gegolten hatte, der jedoch ausblieb. »Bitte!«

Esther rappelte sich schwankend auf, taumelte keuchend zurück, schüttelte ungläubig den Kopf. Doch der angsterfüllte Blick der Prinzessin war anhaltend auf Caja gerichtet, die reglos in Eis und Schnee versank. Ihre Augen, welche *an die Unerbittlichkeit des Winters erinnerten, waren geschlossen, die Lippen der gestürzten Königin bläulich verfärbt. Wochenlang hatte ein schweres Fieber die Flüchtigen geplagt, das schneller tötete, als ein Heilmittel wirken konnte. In der letzten Nacht war es zurückgekehrt, was Esthers Angst und Trauer schier unerträglich groß werden ließ.*

»Mutter, lass mich nicht zurück!« Ihr gläserner Blick fiel in Richtung Glacies, schweifte über weit entfernte Bäume, die längst keinen Schnee mehr trugen. Während im Süden die Jahreszeiten seit der Rückkehr der wahren Thronerbin Einzug hielten, lag der Norden stetig in den eisigen Klauen tiefsten Winters, der sich unerbittlich gegen die gnadenlose Kraft der Sonne stemmte.

»Wach auf!« Die bebende Stimme der Prinzessin schwankte zwischen Hoffen und Bangen. »Wach auf!«

Esther röchelte, brach auf dem sandigen Erdboden zusammen, rang verzweifelt nach Luft, als sie aufzustehen versuchte. Die Prinzessin spürte, wie die Sonne erbarmungslos ihre Haut verbrannte, kroch schluchzend einem verfallenen Haus entgegen, das ihr nach unerträglich langen Stunden in der Wüste Schutz versprach. Seit Esther vor vielen Monaten ihre Heimat Glacies verlassen hatte, war sie auf der Flucht, irrte durch Eis und Schnee, durch Sand und Feuer, stets in der Hoffnung eine Heimat zu finden, die mehr als den Tod erwarten ließ.

Doch ehe Esther das schützende Gestein erreichen konnte, vernahm sie Stimmen, leise Schritte, die kaum hörbar an ihre Ohren drangen. Zunächst glaubte die Prinzessin, sich verhört zu haben, unter Halluzinationen zu leiden, die aufgrund des akuten Wassermangels ihre Wahrnehmung trübten. Dennoch kroch sie schneller, um das Gebäude hastig zu erreichen, das sich einem Rettungsanker gleichend aus goldenem Sand erhob.

»Lean ...« Die folgenden Worte, welche die Prinzessin innehalten ließen, verstummten gänzlich, als ein heißer Windhauch rauschend über ihren am Boden kauernden Körper strich. Keuchend stützte sie die Hände auf dem glühenden Sand auf, versuchte erneut aufzustehen, um sich rasch zu verstecken, um den Blicken der Fremden zu entgehen. Doch sie war erschöpft, konnte sich kaum rühren, ohne das Bewusstsein zu verlieren.

»Ich ..., ich kann nicht mehr weiter«, schluchzte Esther verzweifelt, während sie die Stirn auf den glutheißen Erdboden drückte. Die Prinzessin spürte, wie ein schwerer Schwindel Besitz von ihr ergriff, der sie zwang, die Augen zu schließen, ehe sie erneut die Lider aufriss, um die Quelle der Worte zu lokalisieren. Doch Esther war schwach, völlig entkräftet, kaum fähig, den Kopf zu heben.

»Steh auf!« Die Prinzessin schrak zusammen, drehte sich schwerfällig auf den Rücken und fixierte die blasse Silhouette eines Menschen, der über ihr kniete, vernahm eine verzerrte Stimme, die weder einer Frau noch einem Mann zu entstammen schien. »Sie lebt!«

Esther öffnete den Mund, ihrer trockenen Kehle entwich ein unverständliches Krächzen: »Wasser, bitte.« Die Prinzessin brach hustend ab, atmete hastig die heiße Luft ein. »Wasser, bitte«, wiederholte sie weinend, als die unbekannte Gestalt ihrem Flehen nicht augenblicklich nachkam.

»Unsere Vorräte sind knapp.« Tränen flossen über Esthers Wangen, die in der sengenden Hitze sogleich versiegten, als sie die groben Worte eines Mannes vernahm, dem ihr Überleben völlig gleichgültig zu sein schien. »Sie wäre unnötiger Ballast.«

Esther vernahm nur zusammenhanglose Wortfetzen, während sie mit der drohenden Ohnmacht rang, deren Eintritt ihr

Todesurteil bedeuten würde. »Helft mir!«, murmelte sie nahezu lautlos, als der Schatten des Unbekannten kleiner wurde, der sich entschlossen von der Prinzessin entfernte. »Helft mir!« Esther schüttelte schluchzend den Kopf, hielt in der Bewegung abrupt inne, weil sie verschwommen einen Beutel erkannte und warmes Leder auf den Lippen spürte. Sie schloss die Augen, trank hastig das wohltuende Wasser, welches unaufhaltsam in ihre Mundhöhle eindrang.

»Wir mögen Diebe sein. Doch den Tod eines Menschen möchte ich nicht verantworten müssen«, fuhr die erste Stimme ärgerlich fort.

Esther blinzelte, als die unbekannten Gesichter klarer wurden, sah in die meerblauen Augen einer jungen Fremden, die voller Besorgnis neben ihr am Boden kniete. Sie sagte nichts, griff sanft nach den Händen der Prinzessin, die erregt zitterten. Schließlich schweifte Esthers Blick zu einem Mann, der über ihr stand, die Arme vor der Brust verschränkt. In seinen dunklen Augen lagen Misstrauen, weil sie eine Unbekannte war, und Unmut, da sich die letzten Vorräte der Reisenden dem Ende zuneigten.

»Steh auf!«, raunte er ärgerlich, als die Prinzessin seinen bohrenden Blick schluchzend erwiderte. »Weine nicht! Ich verschwende ungern Wasser, das im Königreich der Asche kostbarer ist als Gold.«

Esther antwortete nicht, nickte unterwürfig, während sie zögerlich die Hand eines zweiten Mannes ergriff, der sie auf ihre wackeligen Beine zog.

»Du bist eine Glacien«, sagte die fremde, junge Frau misstrauisch, als Esthers aschgraues Haar unter der Kapuze des braunen, schäbigen Ledermantels hervorschimmerte, der ihre schneeweiße Haut vor der Unbarmherzigkeit der Sonne schützte.

»Ich hörte von Frieden und wiederkehrenden Jahreszeiten, die Glacies – das Königreich der Kälte – seit der Rückkehr der wahren Königin in einen lebenswerten Ort verwandeln.« Die Unbekannte, die ihr bis zuletzt freundlich gesinnt zu sein schien, betrachtete Esther skeptisch von Kopf bis Fuß. »Doch du bist hier, gleichst einer Flüchtigen, die gewillt ist, ihrer Bestrafung zu entgehen. Nenne uns den Grund.«

Die Prinzessin neigte den Blick dem goldenen Sand zu, als sie zurücktaumelte und griff blind erneut nach der Hand des Fremden, der ihr aufgeholfen hatte, um nicht zu stürzen. »Ich, ich kann nicht mehr gehen«, stotterte sie, ohne die Frage zu beantworten. »Bitte, hilf mir.« Esther schaute schüchtern auf, sah schluchzend in die schilfgrünen Augen des Mannes, der bisher kein Wort gesprochen hatte.

»Sie braucht Ruhe«, sagte der Unbekannte schließlich verständnisvoll, ehe er den Blick erneut der Prinzessin zuwandte, die ihn mit angehaltenem Atem angstvoll anstarrte. »Wir lassen keine Sterbenden zurück«, fuhr er sorgenvoll fort, während seine Augen in Richtung des Mannes glitten, der ihren Tod in Kauf genommen hätte, um Vorräte zu sparen. »Wie ist dein Name?«

»Esther«, entgegnete sie knapp. Die Prinzessin keuchte schwer, als sie ihren erschöpften Körper in Bewegung setzte und dem verfallenen Haus entgegenlief, dessen Mauern Schutz vor der Sonne versprachen, welche unerbittlich die tote Erde verbrannte.

»Du hast Glück«, sagte der Mann, dessen Alter ihres um wenige Jahre übersteigen musste, mit sanftmütiger Stimme. »Für gewöhnlich verlassen wir unsere Behausungen stets am späten Abend, weil die Kraft der Sonne am Tag kaum zu ertragen ist. Doch aufgrund eines Sandsturms war es uns in der letzten Nacht unmöglich, den Unterschlupf zu verlassen.«

Esther nickte, schwieg verschüchtert, warf ihm lediglich einen flüchtigen Blick zu, ehe sie durch ein klaffendes Loch in marodem Mauerwerk stieg, das sie sogleich in das schattige Innere der Ruine führte. Die Prinzessin genoss den schwachen Luftzug, der unvermittelt einsetzte, ließ sich auf brüchige Dielen sinken und lehnte den Kopf gegen die verfallene Mauer. Sie war völlig erschöpft, kaum fähig, aufrecht zu sitzen. Doch ihr wachsamer Blick war fortwährend auf die Unbekannten gerichtet, deren Körper in heruntergekommene Fetzen gekleidet waren, die an Bettler erinnerten.

»Mein Name ist Corvin«, sagte der Unbekannte mit den schilfgrünen Augen behutsam, um ihr Sicherheit zu suggerieren. »Meine Begleiter sind Sinja und Lean. Wir leben seit vielen Jahren auf den Straßen der Königreiche.« Er brach ab, ohne Esther den Grund für seinen Lebenswandel zu nennen, sah voller Neugier in ihr gerötetes Gesicht, betrachtete dünne Narben, die sie sich während der beschwerlichen Reise zugezogen haben musste.

»Mein Name ist Esther«, wiederholte die Prinzessin krächzend. »Als Glacies erobert wurde, fürchteten meine Mutter und ich den Tod, weil wir auf der Seite der Eiskönigin standen.« Sie verschwieg die winzigen Details, die Tatsache, dass Caja – ihre Mutter – jene Herrscherin gewesen war. »Sie starb infolge eines tödlichen Fiebers.« Die Prinzessin schluchzte, verbarg das Gesicht in ihren zitternden Händen. »Seither irre ich allein durch die Königreiche auf der Suche nach ...« Esthers Stimme verebbte vollständig, ging in verzweifelte Tränen über. »... auf der Suche nach einer Heimat.«

Lean lief ihr gegenüber ruhelos auf und ab, belauerte die Sprechende mit skeptischem Blick. »Du lügst. Ich habe dich erkannt, als dein Haar aufleuchtete wie poliertes Silber«, stellte er schließlich erbost fest. »Wir mögen auf der Straße leben, abseits der Gesellschaft existieren, die uns verachtet. Doch dein Gesicht ist jedem Mann, jeder Frau, jedem Kind bekannt, Prinzessin.« Ein herablassendes Lachen umspielte seine Lippen, als sich ihre schuldbewusste Miene augenblicklich tiefster Angst beugte. »Mädchen, stell dich nicht dumm. Auf dich ist ein hohes Kopfgeld ausgesetzt worden, das uns ein Leben in Wohlstand schenken wird. Ob tot oder lebendig spielt hierbei keine Rolle.«

Esther kroch zurück, drückte ihren ausgezehrten Körper gegen die steinerne Mauer. Sie hatte seit Tagen keine Nahrung mehr zu sich genommen, konnte das unangenehme Knurren ihres Magens kaum ertragen, das sich regelmäßig in stechenden Schmerz wandelte, wenn Hunger sie donnernd überkam.

»Kopfgeld?«, brachte die Prinzessin ehrlich verwirrt hervor, während sie mit aufgerissenen Augen die unbekannten Gesichter fixierte. Esther war stets bewusst gewesen, dass sie nicht mehr nach Glacies zurückkehren durfte, dass der Galgen drohend über ihrer Existenz baumelte. Doch die Vehemenz der wahren Thronerbin, sie zu fassen, hatte Esther dennoch deutlich unterschätzt. »Ich bin mit meiner Mutter geflohen, als Kiana das Königreich an sich riss.« Sie schluchzte erneut, wischte sich weinend die Tränen von den Wangen. »Ich habe sie schlecht behandelt, bin ihr mit Arroganz und Überheblichkeit begegnet. Doch wir haben uns kaum gekannt, haben selten miteinander gesprochen. Ich verstehe den Aufruf nicht.«

Der Schatzjäger, der ihr stets einen kalten Schauer über den Rücken jagte, wenn er sie ansah, setzte seinen Weg Esther gegenüber fort, ohne sie aus den Augen zu verlieren. »Die Eisprinzessin galt als Liebling des Volkes. Dennoch hast du sie getötet, ihr Leben erbarmungslos ausgelöscht. Du verstehst den

Aufruf nicht?« Er pausierte einen Moment lang, trat näher an sie heran. »Es hätte dich treffen müssen!«

Esther riss die Augen auf, schüttelte hastig den Kopf. »Ich, ich habe nicht ...« Sie brach abrupt ab, als ihre rasenden Gedanken die Zelle streiften, der Skadi zum Opfer gefallen sein musste. »Die Lawinen, das Wasser, es muss ...« Die Prinzessin rappelte sich zitternd auf. »... es hat die Kerker unterspült.« Sie wankte in Richtung Tür, stützte sich schwach an der Mauer ab, drohte bei jedem Schritt zu stürzen. »Es hat die Kerker unterspült«, wiederholte Esther unter Schock. Im nächsten Augenblick brachen in ihr alle Dämme, obwohl sie der Eisprinzessin – die als schönste Frau des Königreiches gegolten hatte – stets mit tiefster Verachtung begegnet war. »Ich wollte es nicht.« Sie fiel am ganzen Körper zitternd auf die Knie, stützte sich mit den Händen auf den Dielen auf, um nicht völlig zusammenzubrechen. »Ich wollte es nicht«, hauchte Esther verzweifelt weinend.

»Wir werden dich nach Glacies bringen, Prinzessin«, fuhr Lean erbarmungslos fort, die bestürzten Blicke seiner Gefährten ignorierend. »Die Königin wird sich deiner Beileidsbekundungen annehmen und über deine Tat richten, nicht wir!« Lean sprach ohne jegliches Mitgefühl, während er sich Esther näherte, die taumelnd aufstand, um ihm direkt in die Augen sehen zu können.

»Tu, was du willst«, entgegnete sie schluchzend, warf einen flüchtigen Blick zurück, als sie gegen die Mauer stieß. »Doch erfülle mir einen Wunsch.« Ihre Stimme brach, sie hielt den Atem an, starrte angsterfüllt in sein gnadenloses Gesicht.

»Sprich weiter!«, entgegnete der Schatzjäger ungeduldig.

Esthers Blick glitt von Corvin zu Sinja, ehe sie erneut zu Lean aufsah, dessen dunkelbraune Augen unentwegt auf ihr hafteten. »Lass mich am Leben, lass mich ihr persönlich sagen, dass es nie mein Wille war, die Eisprinzessin zu töten.« Sie atmete hörbar laut aus, fixierte das strenge Gesicht des Mannes, eine tiefe Narbe, die sich über seine rechte Wange erstreckte. Lean lebte seit seiner Kindheit auf der Straße, hatte sich in jedem der vier Königreiche niedergelassen, um an unschätzbare Artefakte zu gelangen, die sein Leben in Armut beenden sollten, während Corvin erst Jahre später zufällig zu ihm gestoßen war. Seither schlugen sie sich gemeinsam durch die Reiche, hatten Sinja zwei Winter zuvor aus den Fängen ihres brutalen Mannes befreit, die seit jenem Tag ihre Beschützer begleitete.

»Nun gut!«, sagte der Schatzjäger schließlich und trat näher an sie heran. »Sei auf der Hut. Bereitest du mir Probleme, Mädchen, werde ich nicht zögern, dich zu töten. Du lebst nur, weil Sinja und Corvin zu verständnisvoll sind.«

Lean war der Älteste der Vagabunden, wirkte auf Esther streng und herrschsüchtig. Doch das Leben auf der Straße ohne Besitz war hart und gefährlich, verlangte Disziplin und Regeln, Tag für Tag.

»Wenn die Nacht anbricht, werden wir nach Glacies aufbrechen. Dann hat das mittellose Leben auf der Straße endlich ein Ende«, fuhr der Schatzjäger hartherzig fort und wandte der Prinzessin den Rücken zu, die den Blick schüchtern auf die brüchigen Dielen richtete.

Corvin schüttelte den Kopf. »Wir haben ein anderes Ziel«, entgegnete er verständnislos. »Die Krone des Reiches ist wertvoller als dieses Mädchen. Wenn wir sie gefunden haben, können wir die Prinzessin gehen lassen. Wir sind keine Mörder, wir löschen kein Leben aus. Bringst du Esther zurück, bist du kein besserer Mensch als sie.«

Lean antwortete zunächst nicht, öffnete geräuschvoll die Ledertaschen und zog Trockenfleisch heraus, das ihre Hauptnahrungsquelle war, seit sie durch Sand und Tod wateten, was Corvin angespannt beobachtete.

»Esst etwas.« Der Schatzjäger ignorierte seinen Einwand, warf Esther einen flüchtigen Blick zu, die sich erschöpft auf den Boden sinken ließ, den Kopf gegen die Mauer lehnte und weinend durch das klaffende Loch im Mauerwerk starrte. »Prinzessin!« Die Stimme des Schatzjägers verschärfte sich deutlich, als er das Wort an Esther richtete, die er gewillt war zu opfern. »Iss etwas!« Lean stand auf, reichte ihr das getrocknete Fleisch, welches sie zögerlich ergriff, ehe er sich erneut Corvin zuwandte, dessen nervöser Blick ausdauernd auf ihm haftete.

»Wir haben ein anderes Ziel«, wiederholte Corvin vorwurfsvoll. »Mir ist ein Käufer bekannt, der uns in Gold aufwiegen wird, sollten wir die Krone des Reiches finden. Uns steht ein wohlhabendes Leben bevor. Verwirf den Gedanken nicht wegen des Kopfgeldes. Wir sind keine Mörder, bereichern uns nicht am Leid anderer!«

Lean schüttelte abfällig den Kopf. »Diese Prinzessin hat ein unschuldiges Mädchen dem Tode überlassen, womit sie jegliches Recht auf ihr Leben verwirkt hat. Sie wird uns mehr Gold verschaffen, als wir jemals unter die Leute bringen können. Aurums ominöse Krone interessiert mich nicht länger.«

Corvins Augen weiteten sich, Wut blitzte im dunklen Schilfgrün auf. »Möchtest du auf diesen Reichtum gänzlich verzichten?« Seine Stimme wandelte sich in ein schwaches Stottern, das er räuspernd unterband.

»Du bist besessen«, entgegnete der Älteste abfällig. »Seit ich dich traf, sprichst du von diesem Artefakt, das seit einem

Jahrhundert als verschollen gilt. Wir werden die Krone nicht finden, werden unsere Zeit nicht länger mit der Suche nach einer Legende verschwenden. Komm mit uns und lebe zukünftig wie ein König oder bleib und stirb in der sengenden Hitze. Es ist deine Entscheidung. Ich hingegen habe meine längst getroffen.«

Corvin seufzte tief, warf der Prinzessin einen harschen Blick zu, die drohte, seine Pläne zu durchkreuzen. »Vermutlich bin ich wirklich besessen. Wir können nicht länger Fremde beschützen, dürfen unser Leben nicht leichtfertig riskieren«, lenkte er um Frieden ersuchend ein. »Ich werde euch begleiten«, fuhr Corvin abschließend fort, ehe er nach dem Trockenfleisch griff und einen Bissen zu sich nahm. »Lass mich die Wache übernehmen. Ich habe in der letzten Nacht geschlafen, werde euch wecken, wenn die Sonne untergegangen ist.«

Esther vernahm ein leises Knarzen des morschen Holzes, als Sinja aufstand, ein kaum hörbares Klacken, was den Blick der Prinzessin auf die schüchterne Frau lenkte. Ihr goldenes Haar, das zu einem langen Zopf geflochten war, erinnerte sie an Caja, ihre Mutter, die im ewigen Eis lag, verloren und in völliger Einsamkeit.

»Lean bewahrt uns stets vor Gefahren«, sagte die Schatzjägerin bekümmert lächelnd und reichte Esther eine gefaltete Decke, die sie dankbar ergriff. »Es tut mir leid. Doch wir können nicht ewig auf der Straße leben.« Sie seufzte, senkte den Kopf und blickte schüchtern zum Boden, um der Prinzessin nicht ins Gesicht sehen zu müssen.

»Ohne euch wäre ich schon jetzt dem Tode geweiht«, entgegnete Esther mit rauer Stimme, während sie den Kopf auf der Decke platzierte und die Augen schloss. »Ich habe mich schuldig gemacht, bin bereit, die Konsequenzen zu tragen, koste es, was es wolle.«

Im nächsten Augenblick dachte sie erneut an Skadi, ihre jüngste Schwester, die im Kerker qualvoll sterben musste, was die Schuldgefühle schier unerträglich groß werden ließ. Die Eisprinzessin war ihr stets ein Dorn im Auge gewesen. Doch Esther hatte dem unschuldigen Mädchen nie den Tod gewünscht.

»Achte auf unser Gold!«, sagte Lean nachdrücklich, ehe die Prinzessin in einen tiefen Schlaf fiel, der einer Ohnmacht glich.

»Die Zeit verrinnt.« Zayn starrte nervös aus dem deckenhohen, bogenförmigen Fenster, betrachtete einen blühenden Rosengarten, der als schönster Ort aller Königreiche galt, Statuen in Form gottgleicher Frauen und Männer, welche aus purem Gold gegossen worden waren.

»Die Kraft der Hexen versiegt. An diesem Ort mag keine Zeit existieren, doch in der Realität arbeitet sie gegen uns.« Der Alte wandte sich gemächlich einem Mann zu, dessen Körper in reiner, weißer Seide steckte, die seine sonnengebräunte Haut dunkler erscheinen ließ. »Wir brauchen die Krone binnen des nächsten halben Jahres, um zu verhindern, dass Aurum endgültig untergeht.«

Zayn griff schweigend nach einer gläsernen Karaffe, goss Wasser in zwei silberne Kelche ein und nahm einen tiefen Schluck, ehe er sich erneut dem Hauptmann des Heeres zuwandte. Aurum war ein wohlhabendes Königreich, weder Armut noch Hunger plagten den überwiegenden Teil der Bevölkerung der goldenen Stadt, die ihre Pracht durch den Handel mit Gewürzen und Stoffen erlangt hatte. »Glaubt Ihr, ich habe Corvin aus Boshaftigkeit auf der Straße großgezogen?«, fragte er schließlich mit nachdenklicher Stimme.

Der Hauptmann schüttelte schweigend den Kopf, umklammerte mit beiden Händen den Griff eines goldenen

Schwertes, das ihn berechtigte, jedes Heer des Reiches zu befehligen. »Ihr seid in Abwesenheit Eures Sohnes unser anerkannter König, Majestät. Euch obliegt jede Entscheidung. Die Unruhen breiten sich in den Reihen des Zirkels aus, Hexen drohen, die Bevölkerung ins wahre Licht zu rücken. Wenn die Menschen erfahren, was wahrlich geschieht, wird Panik ausbrechen«, entgegnete er, ohne die Frage zu beantworten.

»Ich stehe mit der Leiterin des Zirkels in Verbindung, bin gewillt, ihre Forderungen anzuhören. Daher werden sie schweigen, den Schleier am Leben erhalten, bis die Verhandlungen endgültig scheitern, was unter keinen Umständen geschehen darf. Ich bin versucht, den Frieden zu wahren. Doch nur der Erbe des Throns ist fähig, Aurum zu befreien.« Zayn sprach, ohne den Mann anzusehen. Er hatte sich erneut dem Fenster zugewandt und starrte in einen undurchdringbaren Sandsturm hinein, der sich nicht gelegt hatte, seit das Königreich von Hexen gerettet worden war. »Mein Ziehsohn wird zurückkehren. Das schwöre ich im Namen der Krone!«

»Prinzessin!« Esther schlug die Augen auf, als sie kräftige Hände spürte, die ihre Schultern umklammerten, sah angsterfüllt in Corvins Gesicht, das sich direkt über ihrem befand. »Du musst verschwinden!«

Im nächsten Moment griff er nach ihren Händen und zog die Prinzessin unsanft auf die Beine, was sie schmerzvoll stöhnend erwiderte. »Schweig!«

Esther verstummte schlagartig, als sie seinen harschen Befehl vernahm, presste die Lippen aufeinander und folgte Corvin, der durch das Loch in der Mauer stieg, um den Unterschlupf lautlos zu verlassen. »Du musst verschwinden!«, wiederholte er grob und reichte ihr eine Ledertasche. »Sie beinhaltet Wasser und Nahrung für sieben Tage. Folge der Straße, komme niemals vom Weg ab. Binnen zweiundsiebzig Stunden liegt die Wüste hinter dir, wenn du dich sputest.«

Die Prinzessin rührte sich nicht, starrte ihn fassungslos an, beobachtete angespannt, wie er nervös von einem Fuß auf den anderen trat. »Geh!«, raunte er, als sie nicht reagierte. »Ich kann nicht zulassen, dass du meine Pläne durchkreuzt, was für Tausende Menschenleben den Tod bedeuten würde!« Corvins Stimme schwankte zwischen Verzweiflung und Wut, während er wiederholt hastig zurücksah, um sich zu vergewissern, dass seine Gefährten nicht erwachten.

»Ich verstehe nicht«, murmelte Esther verwirrt, taumelte zurück, als er sie grob von sich stieß.

»Mein Ziel war so nahe. Doch dann kamst du!« Er wandte der Prinzessin kopfschüttelnd den Rücken zu, wollte durch das Mauerloch zurück in den Unterschlupf steigen. Doch ehe Corvin den ersten Schritt in das Innere des verfallenen Hauses setzen konnte, spürte er eine Faust in der Magengrube, eine zweite in seinem Gesicht.

»Du bleibst!« Es war zweifellos Leans Stimme, die im nächsten Augenblick an Esthers Ohren drang. Die Prinzessin nickte gehorsam, da ihr ohnehin bewusst war, dass er schneller wäre als sie, beobachtete mit klopfendem Herzen, wie er Corvin gewaltvoll in den Sand stieß, wo er ächzend liegen blieb.

»Es reicht!« Der wutentbrannte Schatzjäger hielt inne, als er Sinjas besorgte Stimme vernahm, die erklang, ehe er ihn ernsthaft verletzen konnte. »Du bist von der Krone besessen!«, brüllte Lean hasserfüllt und fasste Corvin am Kragen, der sich schmerzvoll stöhnend mit den Händen am Boden aufstützte.

»Er sprach von Menschenleben, die dem Tode geweiht wären«, warf Esther stotternd ein, als er zum nächsten Schlag ausholte. »Von einem Plan, den ich durchkreuzen würde«, fuhr sie verwirrt fort.

Lean warf der Prinzessin einen misstrauischen Blick zu, ehe er von Corvin abließ, sich aufrichtete und die Arme vor der Brust verschränkte. »Ich habe dein Schweigen akzeptiert, habe dich als dreizehnjähriger Junge aufgelesen, obwohl mein Leben am seidenen Faden hing. Das ist der Dank?« Er seufzte ernüchtert. »Deine Pläne interessieren mich nicht im geringsten.« Der Schatzjäger wandte ihm entschlossen den Rücken zu. »Ich bin maßlos enttäuscht. Verschwinde, verlasse mein Blickfeld, bevor ich mich völlig vergesse.«

Sinja schüttelte den Kopf, ergriff Leans Handgelenk, der abrupt in seiner Bewegung innehielt. »Lass ihn sich erklären«, flehte sie verzweifelt, was einen sanftmütigen Schatten auf sein Gesicht warf. »Wir sind eine Familie! Familie verzeiht!«

Corvin rappelte sich schwankend auf, taumelte einen Schritt zurück, als der wütende Schatzjäger erneut auf ihn zuging. »Nenne mir die Gründe!«, fluchte Lean aufgebracht. »Nenne mir die Gründe und bete, dass sie deinen Vertrauensbruch rechtfertigen.«

Kapitel 2

» Sprich! Nenne mir deine Gründe!« Lean lief Corvin gegenüber rastlos auf und ab, der schweigend am Boden saß und den goldenen Sand anstarrte, der sich in Form von Wellen in weiter Ferne erhob. »Überzeuge mich, dass du nicht völlig verrückt geworden bist«, fuhr der Schatzjäger abfällig fort.

»Das bin ich nicht!« Seine Augen waren voller Betrübnis, als er seufzend zu Lean aufsah, der im Blickfeld des Sitzenden innehielt und gefühllos auf Corvin herabsah, dessen Körper fortwährend reglos am Boden verharrte. »Du wirst mir nicht glauben. Doch ich bete inständig, dass du bereit bist meine Worte anzuhören, ohne sie gleich als Lügen zu verwerfen«, entgegnete er bekümmert, während sein Blick zu Sinja und Esther schweifte, deren Gesichter tiefste Neugier ausdrückten. »Ich brauche die Krone für Aurum.« Er rappelte sich mühsam auf, um Lean direkt in die Augen sehen zu können. »Ich brauche die Krone für mein Königreich!« Corvins Stimme hatte einen eindringlichen Klang angenommen, als er auf

27

das Reich zu sprechen kam, welches in Schutt und Asche vor den Füßen der Reisenden lag.

»Du bist verrückt«, raunte Lean geringschätzig. Er schüttelte den Kopf, um die rüden Worte zu untermauern, ehe er seinen Weg fortsetzte, der ihn Corvin gegenüber auf und ab führte. »Ich hätte es wissen müssen.«

»Das bin ich nicht«, entgegnete der vermeintliche Thronerbe beschwörend. »Aurum ist nicht zerstört, noch nicht!«

Lean fuhr herum, fasste ihn grob an den Schultern und wies auf die Trümmer, die seit einem Jahrhundert zu Staub zerfielen. »Du kannst es sehen!«, brüllte er außer sich. »Aurum ist ein Königreich der Asche, zerstört, weil die Thronerben bis zum Tode Krieg geführt haben. Selbst wenn du die Wahrheit sprichst, selbst wenn du von ihnen abstammst, ist dein verdammtes Reich eine Wüste, die jedes Leben aussaugt!«

Corvin trat bedächtig einen Schritt zurück, sodass sich die Hände des Schatzjägers von seinen Schultern lösten. »Du irrst«, sagte er gemächlich. »Ich werde die Krone nicht allein finden können, ich benötige deine Unterstützung. Bitte weise mich nicht ab, ohne meine Worte angehört zu haben.«

Lean schüttelte aufgebracht den Kopf, wandte ihm den Rücken zu, wollte das Gespräch endgültig beenden, dessen Inhalt er für die Fantasie eines Verrückten hielt. Doch ehe sich der Schatzjäger außer Hörweite begeben konnte, ergriff Sinja energisch das Wort, um den unwiderruflichen Bruch ihrer Familie zu verhindern. »Bleib! Wenn du jetzt gehst, wirst du mich ebenfalls zurücklassen.«

Lean hielt inne, warf Corvin einen flüchtigen Blick zu, näherte sich ihm widerwillig einen Schritt. »Du sprichst von einem unsichtbaren Königreich?«, fragte der Schatzjäger schließlich voller Skepsis.

Er nickte. »In gewissem Maße, doch es ist weitaus komplizierter.« Corvin schob sich an Leans hochgewachsener Gestalt vorbei und betrat, gefolgt von Sinja und Esther, das verlassene Haus, wo die sengende Hitze der Sonne deutlich nachließ. »Aurum war einst ein strahlendes Reich, dessen Wohlstand auf dem Handel mit Stoffen und Gewürzen fußte. Das Volk lebte in Frieden miteinander, nichts schien ihn trüben zu können. Die Königsfamilien sorgten für ihre Untertanen. Armut, Hunger und Krankheit entstammten lediglich Geschichten der benachbarten Ländereien. Die Stadt war im Aufschwung, bis mein Vater und mein Onkel geboren wurden. Doch es war längst zu spät, als die Machthaber verstanden, dass der trügerische Einklang nur die Ruhe vor dem Sturm war.« Corvin seufzte, griff nach einem faustgroßen Stein, drehte und wendete ihn sichtlich nervös in seinen Händen. »Sie waren Zwillinge, die ältesten Söhne des letzten Regenten, die ältesten Söhne meines Großvaters. Doch dieser starb infolge eines Giftanschlags, bevor er über den zukünftigen Herrscher Aurums entschieden hatte. Somit gab es nach dem Tod des Königs zwei Erbberechtigte, die nach Macht und Reichtum gierten. Vordergründig beschuldigten sie sich gegenseitig des Mordes an ihrem Vater. In Wahrheit galt das Verlangen der Brüder jedoch ausschließlich dem Thron. Sie spalteten die Stadt und das Heer in zwei Hälften, die sich bis zur Auslöschung bekämpften. Der Krieg dauerte viele Monate an, fand seinen grausamen Höhepunkt, als Soldaten begannen, die Stadt, welche vor Wohlstand strotzte, zu zerstören, die unschuldige Bevölkerung erbarmungslos abzuschlachten.« Corvin schwieg, als seine Worte unmerklich zitterten, atmete tief ein, um das Beben seiner Stimme zu unterbinden. »Meine Sippe vernichtete Aurum, weil keiner den Thron in den Händen des anderen wissen wollte.

Es wurden wahllos Kinder, Frauen und Alte abgeschlachtet wie Vieh, die letzten Vorräte zerstört, um Überlebende auszuhungern. Das Reich drohte unterzugehen.« Corvin warf Lean einen flüchtigen Blick zu, der seinen Erzählungen misstrauisch lauschte, die unglaubwürdiger kaum sein konnten.

»Wenn die Geschichten wahr wären ...« Die Stimme des Schatzjägers war von Zweifel getränkt. »Wenn die Geschichten wahr wären, hättest du dein hundertstes Lebensjahr längst überschritten. Das ist nicht möglich!« Lean sah den jungen Thronerben abschätzend an. Doch er fuhr nicht fort. Sein Schweigen genügte, um Corvin als Heuchler und Verrückten zu betiteln.

»Es sind keine Geschichten. Lass mich es dir ...« Er brach unvermittelt ab, als der Schatzjäger erneut das Wort ergriff, was seine Erzählungen, die er für reine Lügen hielt, unterband.

»Deine Märchen interessieren mich nicht länger.« Lean wies gnadenlos in Richtung Straße. »Verschwinde! Du stellst Wahnvorstellungen über das Leben deiner Familie. Ich werde nicht zulassen, dass du Sinja den Kopf verdrehst. Sie hat Krankheit und Hunger, sie hat die abscheuliche Existenz auf der Straße nicht verdient. Wir werden gemeinsam nach Glacies zurückkehren, werden die Prinzessin ihrer Strafe zuführen und zukünftig ein Leben in Wohlstand genießen. Du hingegen hast deine Chance vertan, hast Verrat begangen, um unsere Unterstützung zu erzwingen. Das werde ich dir niemals vergeben, obwohl ich dich bis zum heutigen Tage einen Bruder nannte.«

Corvin schwieg zunächst, versuchte, einen Blick in Sinjas Gesicht zu erhaschen, das schüchtern den Dielen zugewandt war. »Sinja, wünschst du, dass ich euch verlasse?«, fragte er, Leans ausdrücklichen Befehl ignorierend. »Betitelst auch du mich als Heuchler, als Verräter?«

Sie schaute auf, schüttelte den Kopf, Tränen brannten in ihren geröteten Augen. Doch ehe sie das Wort ergreifen konnte, schlossen sich ihre Lippen erneut, weil Leans hasserfüllte Stimme erklang, welche die Stille donnernd unterbrach.

»Verschwinde!«, brüllte der Schatzjäger aufgebracht. »Verschwinde, verlasse mein Blickfeld, bevor ich jede Erziehung vergesse, die ich jemals genossen habe!«

Corvin taumelte, als er ihn zurückstieß, griff hastig nach der Ledertasche, die in Esthers Händen lag, und stieg rasch durch das Mauerloch, um sich schnellstmöglich zu entfernen, obwohl es ihm schwerfiel, seine Verbündeten zurückzulassen. Doch der Thronerbe kannte Lean gut genug, um zu wissen, dass er auf der Überzeugung, ihn als Verrückten entlarvt zu haben, beharren würde. Der Schatzjäger glaubte nicht an Magie, an Hexen, welche Königreiche vor den Augen Reisender verbargen, um sie vor dem sicheren Untergang zu bewahren.

»Warte!« Corvin fuhr herum, sah sich im nächsten Augenblick Sinja gegenüber, die nervös zitternd nach seinen Händen griff. »Ihr seid sture Dickköpfe!«, zischte sie aufgebracht. Ihr betrübter Blick fiel auf Lean, der ihr gefolgt war, reglos an der Mauer lehnte und seine Familie beobachtete, die zu zerbrechen drohte.

»Glaubst du ihm?«, raunte der Schatzjäger, als Esther in sein Blickfeld geriet, die sofort innehielt, als sie seine raue Stimme hinter sich vernahm. Ihre Augen streiften Sinjas und Corvins diskutierende Gestalten, ehe sie Lean ansah, der zweifelnd den potenziellen Thronerben eines Königreiches fixierte, das längst nicht mehr existierte.

Esther nickte, lächelte dünn. »Ich habe die wahre Königin von Glacies gesehen, eine junge Frau, deren Erzkrone die ewige Flamme birgt. Sie hat die Eiszeit abgewendet, hat dem Königreich der Kälte die Jahreszeiten geschenkt. Dank Kiana wurde die Bevölkerung vor dem grausamen Hunger- und Kältetod bewahrt.« Sie wandte das Gesicht gen Erdboden, betrachtete ihre eigenen zitternden Hände. »Doch ich war blind, von Machtgier besessen, konnte die Wahrheit nicht erkennen, habe den falschen Weg gewählt, der mich bis an diesen trostlosen Ort führte, wo ich ohne euch längst den Tod gefunden hätte.« Die Prinzessin seufzte tief. »Es gibt mehr zwischen Himmel und Erde, als wir zu glauben wagen. Ihr seid eine Familie. Gib Corvin die Chance zu beweisen, ehe du vollständig mit ihm brichst. Ich habe meine Mutter verloren, meine Geschwister verachten mich. Es ist unerträglich, nach Jahren behüteten Lebens völlig allein zu sein.« Als Esther ihre abschließenden Worte aussprach, sah sie niedergeschlagen in sein skeptisches Gesicht, das mehr als Wut und Enttäuschung offenbarte. Der Schatzjäger war in tiefster Sorge um die Menschen, die er seit Jahren mit seinem Leben beschützte.

»Nun gut«, seufzte Lean schließlich zweifelnd, während er sich von der Mauer löste und Esther folgte, die sich den Streitenden behutsam näherte. »Ich bin bereit, deine Märchen anzuhören. Überzeuge mich, dass du nicht verrückt bist.«

Corvin erwiderte argwöhnisch seinen durchbohrenden Blick, ehe er einen Schritt auf den Schatzjäger zuging, den er sein halbes Leben lang kannte. »Mir ist bewusst, dass es schwer ist zu verstehen, noch schwerer zu glauben. Doch ich kann dir meine Geschichte beweisen, wenn du es zulässt.«

Lean nickte, was ihn mehr Überwindung kostete, als er zuzugeben vermochte. Doch er sagte nichts, sah sein Gegenüber fortwährend durchdringend an.

»Wie kannst du es beweisen?«, fragte Sinja neugierig, als die misstrauische Stille, welche sich wie ein dunkler Schatten über ihren Verbündeten ausbreitete, schier unerträglich wurde.

»Ich habe dies hier als Geschenk erhalten.« Corvin nahm ein schwarzes, langes Lederband von seinem Hals, das der Thronerbe trug, seit er von Zayn in das Königreich der Asche geschickt worden war. Daran baumelte eine kreisrunde, bläuliche Scherbe, die von einem gewöhnlichen Fenster zu stammen schien. »Mein Ziehvater sprach vor langer Zeit vom Frühling in meiner Gestalt, von der Wiederauferstehung des Königreichs, das vor einem Jahrhundert zu Staub zerfiel.« Er nahm die Scherbe in seine Hände, schaute mit zusammengekniffenen Augen hindurch. »Dieses unscheinbare Fragment stammt aus glorreicher Zeit, als Aurum in vollem Glanze stand. Es ist ein Geschenk von Hexen, ein Hinweis, um die Krone zu finden, welche das Reich aus dem Schatten ziehen, es erneut zum Leben erwecken wird. Ferner dient die Scherbe der Überzeugung von Ungläubigen.« Er schaute von Lean zu Sinja, ehe er Esther ansah, die gespannt seinen Worten lauschte. »… Ungläubige, wie ihr es seid.« Corvin wandte ihnen den Rücken zu, sah in Richtung Schloss, dessen Türme jederzeit drohten zusammenzubrechen. »Seht es euch an.« Er wies auf tonnenschwere Trümmer, Mauern, die zu Beginn des Krieges gefallen waren. Sie fußten seit einem Jahrhundert auf instabilem Stein.

Schließlich hielt er die Scherbe vor Leans Gesicht, was den Schatzjäger erschaudern ließ. Sein Blick glitt über hohe Türme, Wappen und Flaggen, welche die stabilen Mauern des Schlosses zierten. Die Trümmer waren Vergangenheit, Menschen, die in Aurum als ausgestorben galten, schritten über Brücken und Treppen, bewegten sich hinter Fenstern aus buntem Glas.

»Mein Ziehvater Zayn zog mich auf der Straße auf, um mich auf ein ärmliches Leben vorzubereiten. Ich war ein Säugling, erst wenige Monate alt, als meine Sippe das Schloss in Schutt und Asche verwandelte, welches einst die Heimat unschuldiger Menschen war. Doch im Königreich lebten mächtige Hexen, die schworen, Aurum vor der Auslöschung zu bewahren. Sie legten einen Schleier über die Realität, welche die Kämpfenden glaubten zu zerstören. Doch in Wahrheit vergossen sie ihr Blut nicht in Aurum. Sie zerstörten lediglich ein Abbild, opferten Tausende schuldtragende Menschenleben von gewaltbereiten Kriegern, die wahrlich von der Welt getilgt wurden. Doch die unschuldige Bevölkerung blieb verschont, das Königreich existiert bis heute in altem Glanz. Doch fällt der Schleier, während sich die Krone außerhalb befindet, wird Aurum endgültig fallen.«

Corvin beobachtete nervös, wie Sinja dem Schatzjäger die Scherbe aus den Händen nahm und selbst hindurchsah, wodurch sich ihr ein märchenhafter Rosengarten offenbarte, Leans und Esthers Gestalten, die inmitten einer blühenden Wiese standen. Ihr aufgeregter Blick glitt über mannshohe Statuen in Form von makellosen, unverhüllten Frauen aus weißem Marmor und Gold, streifte Kinder, die unbeschwert lachend über die Wiese tollten. Doch als Sinja die Scherbe sinken ließ, erkannte sie nur Sand, Trümmer und den unvermeidlichen Tod.

»Sieh es dir an«, sagte die Schatzjägerin voller Erstaunen, während sie Esther das bläuliche Fragment reichte, welches den Reisenden als Portal in längst vergessene Zeiten diente. »Es ist unglaublich, wunderschön.« Bis zum heutigen Tag hatte Sinja nicht an Hexerei geglaubt, an Frauen, die mit Magie den Herrschenden dienten. Doch dieses Bruchstück ließ jeden Zweifel, den sie je an Übernatürlichem gehegt hatte, zerbrechen wie Glas.

»Glaubst du mir?«, fragte Corvin. Nervosität lag in seiner Stimme, ein Zittern erfüllte jedes Wort, das er von sich gab.

Sinja nickte. »Ich glaube dir«, hauchte sie fassungslos, die Augen andauernd auf Esther gerichtet. »Woher sollte diese Scherbe sonst stammen?« Ihre flüsternde Frage war mehr an sich selbst gerichtet als an Corvin, dessen Blick auf Lean haftete, der seufzend das Fragment in den Händen der Prinzessin betrachtete. Sie hatte sich einige Meter von ihnen entfernt, starrte durch das bläuliche Glas hindurch, das ihr die Welt hinter dem Schleier offenbarte. Eine Welt gedeihend in Frieden, erfüllt von Wohlstand und trügerischer Sicherheit.

»Können sie uns sehen?«, fragte Esther schließlich, während sie zwei Kinder beobachtete, die einander an den Händen hielten und fröhlich lachend durch die Gasse rannten, welche in der Realität von Ruinen gesäumt war.

Corvin schüttelte den Kopf, als er ihren verwunderten Blick auffing, den sie nicht fähig war, von Aurums Schönheit abzuwenden. »Sie sind unwissend, wie ihr es bis jetzt wart. Diese Menschen glauben, dass ein Sandsturm wütet, der geschaffen wurde, um die Stadt zu beschützen. In Wahrheit stellt er jedoch die Grenze des Schleiers dar, eine unüberwindbare Mauer, die das Reich umschließt.«

Lean, der weiterhin von einem bloßen Märchen überzeugt war, schüttelte abweisend den Kopf. Er konnte und wollte nicht an Magie glauben, an Hexen und Scherben, die als Portal in längst vergessene Zeiten dienten. »Dein Märchen hat einen Haken«, entgegnete er selbstbewusst, sicher, die Lüge hinter den Worten des vermeintlichen Thronerben entlarvt zu haben. »Wenn die Geschichte wahr wäre, könntest du nicht mehr am Leben sein. Aurums glorreiche Zeit liegt ein Jahrhundert zurück. Bislang hast du mir eine Antwort auf diese Frage verweigert.« Er schüttelte erneut den Kopf, um seine Ahnung zu untermauern. Doch sein Blick war voller Zweifel, was Corvin auf Unterstützung hoffen ließ.

»Du hast mir jeden erklärenden Versuch verweigert, als du verschwunden bist, Lean«, entgegnete der Thronerbe ärgerlich, ehe er fortfuhr, um das Misstrauen des Mannes zu verringern, der sein Leben seit dreizehn Jahren beschützte. »Hinter dem Schleier existiert keine Zeit. Die Menschen altern nicht, die Tage sind von andauernder Sonne bestimmt. Um den Glauben der Bevölkerung an die Realität zu wahren, schuf Aurums Hexenzirkel die Illusion von Tag und Nacht. Im Gegenzug nahmen sie jeder menschlichen Seele das Zeitgefühl. Sie sind sich der Jahre nicht bewusst, die seit Ende des Krieges verstrichen sind. Nur den Wissenden ist es gestattet, die Wahrheit zu erkennen.« Corvin pausierte abrupt, ein Husten entsprang seiner trockenen Kehle. »Ich habe wenige Tage hinter dem Schleier verbracht, was neunzig Jahren in dieser Welt entsprach.« Er seufzte tief, sah in Leans zweifelndes Gesicht, fuhr hastig fort, um zu verhindern, dass er ihn unterbrach: »Ich war ein dreizehnjähriger Junge, als mir die Hexen offenbarten, was ich zu retten bestimmt bin, ehe sie mich fortschickten. Als ich zurückkehrte, führte mich mein Leben auf verwahrloste Straßen, es führte mich zu euch, meinen Vertrauten, meiner Familie, deren Unterstützung ich in diesen Tagen mehr benötige als jemals zuvor. Aurum ist mein Reich, welches ich zu beschützen und regieren bestimmt bin. Als rechtmäßiger Thronerbe obliegt es mir, die Krone hinter den Schleier zu schaffen. Daher bin ich seit dreizehn Jahren an diesem Ort.« Corvins Worte brachen, ein unangenehmes

Kratzen erfüllte seine Kehle. »Lean, mir ist bewusst, dass diese Geschichte heuchlerisch klingen muss. Doch ich habe dich nicht belogen«, fuhr er mit rauer Stimme fort. »Ohne eure Unterstützung wird Aurum fallen. Bitte bedenke dies bei deiner Entscheidung.«

Lean fixierte die schilfgrünen Augen des Thronerben, als wäre er versucht, Corvins Gedanken zu entschlüsseln, Lügen zu entlarven, die seine wahren Absichten verbargen. »Du hast nicht gelogen«, bestätigte er schließlich. »Doch du hast uns die Wahrheit verschwiegen, was gleichermaßen verwerflich ist.«

Corvin beobachtete schweigend, wie der Schatzjäger ihm geknickt den Rücken zuwandte, um Abstand zu gewinnen. Doch ehe Lean einen Fuß vor den anderen setzen konnte, wandte er sich erneut zu ihm um. »Ich glaube dir, Hoheit.« Seine Stimme war getränkt von tiefster Enttäuschung. »Ich glaube dir.« Dennoch hielt er nicht inne, entfernte sich hastig, ohne dem Thronerben eine Entscheidung mitzuteilen, die über Leben und Tod des Volkes richten würde. Corvin brauchte ihn, seine Unterstützung, seine Erfahrung als Schatzjäger, welche die des Thronerben bei Weitem überstieg.

»Lean, bitte geh nicht. Es war nie mein Wille, dich zu enttäuschen. Ich wollte dir die Wahrheit offenbaren. Doch erinnerst du dich an deine hasserfüllten Worte über die Königshäuser? Ich hatte damals Angst, dass du mich – ein dreizehnjähriges Kind – zurücklässt. So schwieg ich Tag für Tag, Jahr für Jahr. Ich habe den richtigen Zeitpunkt verpasst, war zu tief in Lügen verstrickt. Vergib mir!«, rief Corvin reumütig. »Wir sind wie Brüder, lass mich nicht im Stich«, fuhr er hartnäckig fort.

Doch der Schatzjäger ignorierte seine flehenden Worte, verschwand augenblicklich im Inneren des maroden Hauses, das dem Thronerben die Sicht vollständig versperrte.

»Lean!« Corvin ließ seufzend von der Fassade aus Stein ab, wandte sich Esther zu, die fortwährend das gläserne Fragment in den Händen hielt und die Schönheit der gefallen geglaubten Stadt bewunderte.

»Du bist ein König?«, fragte Sinja schüchtern, während sie nervös von einem Fuß auf den anderen trat.

Corvin lachte gezwungen, schüttelte den Kopf. »Ich bin bis zum heutigen Tag ungekrönt, was in Aurum verpflichtender ist als die Abstammung. Doch es spielt keine Rolle, was ich bin oder wer ich sein werde – nicht für euch. Ihr seid mehr Familie, als ich jemals hatte. Doch diese Zeit scheint vorüber zu sein.« Er warf sich die lederne Tasche, welche er krampfhaft umklammerte, über die Schulter und nahm Esther die Scherbe aus den Händen. »Denkt bis zum Einbruch der Nacht über eure Entscheidung nach«, sagte Corvin abschließend, während er an Sinja vorüberschritt, die ihm fassungslos nachstarrte. »Ich werde am Ende der Straße auf euch warten.« In seiner Stimme lagen Aufregung, ein Hauch Angst, den er zu verbergen versuchte. Doch die Schatzjägerin hatte ihn vernommen.

»Esther, geh mit ihm! Du wirst uns unterstützen, wirst deine Schuld reinwaschen.« Sinjas flüsternde Worte, die nur der Prinzessin galten, klangen herrisch, Wut und Anspannung dominierten ihre mädchenhaften Gesichtszüge. »Ich spreche mit Lean«, fuhr sie mit lauter Stimme fort, um Corvin zu erreichen. »Ich werde ihn überzeugen«, fügte sie angsterfüllt hinzu, als sich ihre Wege entzweiten, die für Jahre untrennbar miteinander verflochten gewesen waren. »Bitte, geh nicht, warte auf uns.« Sinjas Blick folgte Esther, die gehorsam näher an Corvin herantrat, erst innehielt, als er stehen blieb und sich der Prinzessin zuwandte, deren einst schneeweißes Gesicht von der sengenden Mittagssonne völlig verbrannt war. Ihre Haut unterschied sich deutlich von seiner, die einem sanften Braun glich, wie es für die Bewohner des Reiches Aurum üblich war.

»Ich habe die Macht der Erzkrone von Glacies gesehen, habe mehr Fehler begangen, als ich je vergessen könnte, weil ich zunächst nicht an die wahre Königin glauben wollte. Doch es ist für jede Reue zu spät. Meine jüngste Schwester, die ich hätte beschützen müssen, fand aufgrund meines Hasses den Tod.« Die Prinzessin seufzte schwer. »Ihr war ich keine Unterstützung. Doch vielleicht kann ich dir eine sein, wenn du es gestattest.«

Corvin nickte, lächelte ehrlich erleichtert, ehe er Sinja einen flüchtigen Blick zuwarf, die ihm längst den Rücken zugekehrt hatte, um ihr Versprechen zu erfüllen.

»Mir ist bewusst, dass ich nicht eurer Familie angehöre, dass ich niemals ein Teil von ihr sein werde«, sagte Esther betrübt, ehe sie mit zusammengekniffenen Augen aufsah und den Mund öffnete, um mit entschlossener Stimme fortzufahren: »Doch du und Sinja habt mich gerettet. Daher schwöre ich euch meine Treue, mein Leben, das bis zum letzten Herzschlag für Aurum und deine Herrschaft kämpfen wird.«

Kapitel 3

»Sprich mit mir!« Sinja lief nervös auf und ab, ballte die Hände zu Fäusten, als sie Leans teilnahmslosen Blick auffing. Der Schatzjäger schwieg unnachgiebig, verharrte in seiner sitzenden Position, ignorierte ihre Anwesenheit. »Sprich mit mir!«, wiederholte Sinja ungeduldig, während sie einen hastigen Blick ins Freie warf, die Sonne beobachtete, deren goldener Schein langsam hinter weit entfernten, schneebedeckten Gipfeln verschwand, die den Norden des Reiches Glacies säumten. »Wir sind eine Familie. Springe über deinen Schatten und begleite uns.«

Lean schaute flüchtig zu der Schatzjägerin auf, die er mit Corvins Unterstützung vor zwei Jahren aus den Fängen eines gewaltbereiten Mannes befreit hatte. Seither blühte sie langsam zu einer selbstbewussten Frau auf, die nicht davor zurückschreckte für ihre Familie zu kämpfen, was ihn stets beeindruckte, wenn er an die Vergangenheit dachte, in der sie unfähig gewesen war, einem Mann zu widersprechen. Dennoch war sie ihm und Corvin – zwei unbekannten Vagabunden – mit Vertrauen begegnet, hatte sich behutsam in ihre Mitte und sein Herz geschlichen. Doch er konnte Sinjas Treue zu Aurums Thronerben nicht ertragen, der seine Familie seit Jahren ausnutzte, um an die Krone zu gelangen, die ihn in den Stand eines Königs erheben würde.

»Du hast deine Wahl getroffen?«, fragte Lean schließlich und betrachtete sie abschätzend von Kopf bis Fuß. »Du stellst dich gegen mich, obwohl ich dein Leben gerettet habe, während Corvin ausschließlich der Ablenkung diente?«

Sinja seufzte tief, ließ sich ihm gegenüber auf die vermoderten Dielen sinken und griff nach seinen kräftigen Händen. »Ihr seid meine Familie, die einzige, die ich je hatte. Es würde mir das Herz brechen, dich oder Corvin zu verlassen. Bitte, überwinde deine Enttäuschung. Bitte, zwinge mich nicht zu dieser Entscheidung. Ihr habt zusammen gekämpft, habt trotz aller Widrigkeiten viele Jahre auf der Straße überlebt.« Die Schatzjägerin festigte den Griff, als er versuchte, sich von ihr zu lösen, sah ihn durchdringend an, als wollte sie seine Gedanken manipulieren. »Er braucht dich — dein Bruder braucht dich. Bitte begleite uns, unterstütze uns, wie du es seit langer Zeit tust. Ohne dich wären wir nicht am Leben. Doch ich kann Corvin nicht zurücklassen, nur weil du nicht fähig bist, zu vergeben«, fuhr sie beschwörend fort, was einen nachdenklichen Ausdruck auf Leans unbeugsames Gesicht warf.

»Dieser Schönling hat dir am Tag unseres ersten Zusammentreffens den Kopf verdreht. Doch bedenke, dass du nie an der Seite des Königs stehen wirst, weil er uns weit überlegen zu sein glaubt.« Der Schatzjäger schüttelte missbilligend den Kopf, streifte ihre Hände von seinen. »Er hat sich als Vagabund ausgegeben, hat sich unser Vertrauen schändlich erschlichen. Dennoch bist du zu naiv, um Corvins wahre Absichten zu erkennen. Mädchen, öffne die Augen! Dieser Verräter wird dich fallen lassen, wenn er erst die Krone in den Händen hält. Du bist seiner nicht würdig.«

Sinja rappelte sich enttäuscht auf, trat einen Schritt zurück, sah misstrauisch in sein wutverzerrtes Gesicht. »Du bist eifersüchtig«, stellte sie fassungslos fest. »Du bist eifersüchtig auf Corvin, weil ihn eine Zukunft als König erwartet, während wir eines dunklen Tages auf den Straßen der Reiche verrecken werden.« Sie brach ab, als ihre Stimme zu zittern begann, erwiderte angespannt seinen entschlossenen Blick. »Glaubst du das wirklich?! Glaubst du, dass er uns zurücklassen wird, sollten wir die Krone finden?« Sinja erwartete keine Antwort, schüttelte bestürzt den Kopf, während ihr eisiges Gesicht fortwährend seinem zugewandt war. Sie bebte, war erfüllt von tiefster Enttäuschung und Wut, die sich zu entladen drohte. »Sag mir, ob du das wahrlich glaubst?!« Die Schatzjägerin war eine unscheinbare, junge Frau, die meist zurückhaltend im Schatten blieb. Doch Lean verfiel Sinja, deren meeresgleiche Augen an Saphire erinnerten, bei ihrer ersten Begegnung, bewahrte seine Gefühle seither, als wären sie ein wohlbehütetes Geheimnis, das er zu beschützen bestimmt war.

»Du folgst dieser Zecke wie ein räudiger Hund«, entgegnete er rabiat, seiner aufkommenden Eifersucht blind folgend. »Wir sind gezwungen, ein menschenunwürdiges Leben zu führen, dem ich seit Jahren zu entkommen versuche. Sinja, dieser arrogante Heuchler hat meine Gutmütigkeit ausgenutzt, hat mein Vertrauen missbraucht. Nun glaubt Corvin, dass unser Leben sein eigen ist, weil er ein verdammter Thronfolger ist?!« Die Stimme des Schatzjägers gipfelte in einem lauten Schrei.

Sinja trat erneut einen Schritt zurück, schüttelte fassungslos den Kopf. »Lean, beruhige dich. Ich bin nicht hier, um mit dir zu streiten. Ich bin dir gefolgt, um deine Unterstützung zu erbitten, um meine Familie zu retten, die auseinanderzubrechen droht«, murmelte sie beschwichtigend. »Bitte, weise mich nicht ab, überdenke deine Entscheidung, die du ausschließlich aus Wut, Enttäuschung und Eifersucht triffst.«

Lean stand hastig auf, wies mit einer harschen Handbewegung in Richtung Straße. »Geh, verschwinde, folge dem Wahnsinnigen auf der Suche nach einer Krone, die seit einem Jahrhundert als verschollen gilt. Dieser verdammte Thronerbe wird dich zurücklassen, wenn er erfolgreich ist, wird dich, eine wertlose Vagabundin, auf die Straße schmeißen, von der du abstammst.«

Die Schatzjägerin seufzte tief, starrte durch das klaffende Mauerloch hindurch in die Freiheit, welche im dämmrigen Schatten des frühen Abends lag. »Du hast deine Entscheidung gefällt?«, fragte Sinja mit klopfendem Herzen, ohne ihren einstigen Verbündeten anzusehen, der von Wut und Neid getrieben war. »Du stellst dich gegen uns, gegen deine Familie, weil du aufgrund deiner Eifersucht Gespenster siehst?« Sie vernahm Leans leise Schritte, die sich der Schatzjägerin rasch näherten, spürte seinen warmen Atem im Nacken, als er direkt hinter ihr innehielt, was einen kalten Schauer über Sinjas Rücken jagte.

»Noch vor wenigen Stunden stand uns ein goldenes Leben bevor. Doch Corvin hat selbst die Prinzessin an sich gerissen, er hat uns unserer Zukunft beraubt. Verstehst du nicht? Verstehst du nicht, dass er unsere Gutmütigkeit und unser Vertrauen missbraucht?«

Sinja schüttelte den Kopf, während sie den ersten Schritt in die laue Abendluft tat. »Ich habe sie mit ihm fortgeschickt«, sagte sie voller Selbstbewusstsein. »Ich habe gewagt, ihr Leben zu retten.« Die Schatzjägerin seufzte, wischte sich hastig aufkommende Tränen aus dem Gesicht. »Vielleicht bin ich wirklich nur ein dummes, naives Weibsbild, das einem Heuchler glaubt. Dennoch liegt es mir fern, Corvin zurückzulassen, weil du grundlos mit ihm brichst.« Sie entfernte sich hastigen Schrittes von ihm, hielt erst inne, als sein dunkler Schatten gänzlich verschwand. »Leb wohl!«

»Sie werden kommen.« Esther schaute auf, beobachtete den Thronerben, der ihr gegenüber ruhelos auf und ab lief, wiederholt in den Himmel hinaufsah, um sich zu vergewissern, dass der Abend längst begann anzubrechen. Doch Corvin konnte ihren aufmunternden Worten keine Bedeutung beimessen, hatte die Abscheu und Geringschätzung in Leans Augen gesehen, der ihm stets wie ein Bruder gewesen war. Der Schatzjäger verachtete die feinen Herren und Damen, die ihr wohlhabendes Leben durch Leid und Ausbeutung schufen, deren Schlösser auf Sklaverei und Tod erbaut waren.

»Er wird mir keine Unterstützung sein«, entgegnete der Thronerbe schließlich betrübt, während er Esther ansah, deren erschöpfter Körper in ein zerschlissenes, bäuerliches Kleid gehüllt war, das ihr kaum Schutz vor der Erbarmungslosigkeit der Sonne bot, welche die empfindliche Haut der Prinzessin seit Tagen verbrannte. Darüber trug sie lediglich einen dünnen Ledermantel, dessen Kapuze ihr aschgraues Haar verbarg, das sie als Glacien und flüchtige Verbrecherin identifizierte. »Lean ist ein stolzer Mann, zu stolz, um mir zu vergeben. Er verachtet den Adel seit ...« Corvin brach abrupt ab, als er Schritte vernahm, versuchte, einen Blick in Sinjas blaue Augen zu erhaschen, die niedergeschlagen dem Erdboden zugewandt waren. Sie weinte, schluchzte verzweifelt, ließ sich zitternd in seine Arme sinken.

»Lean wird uns nicht begleiten. Er ... er glaubt, dass du uns auf der Straße zurücklassen wirst, wenn du erst König des Reiches bist.« Die Schatzjägerin wischte sich schluchzend die Tränen von den Wangen. »Du weißt, wie er ist«, fügte sie aufgelöst hinzu.

Der Thronerbe nickte schweigend, sah nachdenklich die verlassene Straße entlang, die hinter den Reisenden lag. Ihm war bewusst, dass Lean eine unumstößliche Entscheidung getroffen hatte, dass er mit bloßen Worten nicht zu überzeugen war. Der Schatzjäger sah in ihm eine ernste Bedrohung, eine Konkurrenz im Kampf um Sinjas Herz. Doch während Lean der goldhaarigen Vagabundin längst verfallen war, hatte Corvin in ihr stets eine jüngere Schwester gesehen, die er zu beschützen versuchte.

»Wir werden ihn wohl nie wiedersehen«, schluchzte Sinja hektisch atmend, ehe sie sich aus den Armen des Thronerben löste und seinem Blick zum Ende der verfallenen Straße folgte.

»Das werden wir«, entgegnete dieser entschlossen und griff nach der ledernen Tasche, die ihr Überleben für die nächsten Tage sichern musste. »Wenn Aurum gerettet ist, werden wir ihn suchen.«

Sinjas Augen weiteten sich, Sorge und Angst lagen in ihrer brüchigen Stimme. »Ihn suchen?«, fragte sie mit klopfendem Herzen, wohlwissend, dass diese Aussage jedes Schicksal bedeuten konnte.

»Er ist mein Bruder«, antwortete Corvin lächelnd und warf Esther einen flüchtigen Blick zu, die schweigend die tiefe Vertrautheit der Sprechenden beobachtete. Es verging kein Tag, an dem sie nicht an Skadi – die Eisprinzessin – denken musste, an Caja, die ihr durch Eis und Schnee gefolgt war, um der Strafe der Krone zu entrinnen. »Ich werde Lean nicht im Stich lassen«, fuhr der Thronerbe eindringlich fort, was die dunkelsten Befürchtungen, welche Sinjas Gesicht zu tiefster Verzweiflung verzogen, linderte. »Doch zunächst müssen wir die Krone finden, deren Versteck die Berater meines Großvaters mit ins Grab nahmen. Während des Krieges wurden Sicherheitsvorkehrungen getroffen, die weder dokumentiert noch zur Weitergabe an vertrauenswürdige Ohren bestimmt waren.« Er seufzte frustriert, griff nach der Scherbe, die ihm Aurums wahre Gestalt offenbarte, und sah hindurch. Sein Blick glitt über die Statue, deren Überreste Esther als Halt dienten. Sie war einst ein aufsteigendes Pferd gewesen, geschlagen aus weißem Marmor, dessen Hufe gen Himmel wiesen. Corvin sah in schwarze, glänzende Augen, die in seine blickten, betrachtete eine wallende Mähne, gesponnen aus Gold. Doch diese Schönheit war längst vergangen, der gebrochene Torso erinnerte kaum an ruhmreiche Zeiten, die vor den Augen der Reisenden unaufhörlich zu Staub zerfielen. »Selbst die Hexen schweigen, schützen das geheime Wort des Herrschers bis zum heutigen Tag, obwohl Aurum am Abgrund steht.« Er schüttelte verständnislos den Kopf. »Es ist eine Prüfung, die sie mir seit meiner Geburt auferlegen, ausgetragen auf dem Rücken gänzlich unschuldiger Menschen.«

Er wandte den Blick erneut in Richtung Schloss, betrachtete blutrote Flaggen, die im lauen Wind der näher rückenden Nacht wehten, goldene Kronen, welche den samtenen Stoff zierten, ehe sein Blick zu Wappen glitt, zu Schwertern und Schilden auf himmelblauem Grund. »Ich sehe seit Jahren durch das Glas, versuche jeden Stein, jeden Winkel der Stadt zu studieren. Doch ich bin keinen Schritt weitergekommen«, fuhr Corvin frustriert fort, während er die Scherbe sinken ließ und Esther ansah, deren ausgezehrter Körper am Boden kauerte.

»Vielleicht liegt darin der Fehler«, entgegnete die Prinzessin nachdenklich. Sie rappelte sich auf, nahm ihm die Scherbe aus den Händen und sah selbst hindurch. Ihr Blick fiel auf Menschen, welche wiederholt die Zugbrücke betraten und wieder verließen, auf schemenhafte Gestalten hinter vereinzelten Fenstern, gefertigt aus buntem Glas. Sie bewegten sich routiniert, schienen zu atmen, zu sprechen. Doch Esther konnte keine Menschlichkeit in den Unbekannten erkennen. Die Bewohner Aurums glichen Puppen, seelenlosen Gestalten, die fremdbestimmt agierten, ihre Bewegungen nach kürzester Zeit wiederholten. »Sie verändern sich nicht«, hauchte die Prinzessin mit angehaltenem Atem. »Sie verändern sich nicht«, murmelte sie wie in Trance.

Esther überreichte die Scherbe vor Aufregung zitternd Corvin, der seinerseits erneut hindurchsah, um dem Verdacht der Prinzessin nachzugehen. Dennoch blieb ihm gänzlich verborgen, was sie zu sehen glaubte.

»Du siehst nicht Aurum. Du siehst nicht die Stadt hinter dem Schleier«, fuhr Esther mit klopfendem Herzen fort, als der Thronerbe ihr einen skeptischen Blick zuwarf. »Du siehst eine Schleife wiederkehrender Ereignisse, einen flüchtigen Moment, welcher Teil der Vergangenheit deines Reiches ist.«

Lean warf einen finsteren Blick in das verdunkelte Firmament hinauf, betrachtete Sterne, die in gewaltiger Anzahl das Himmelszelt erhellten, als wäre die Sonne längst nicht untergegangen. Doch es war tiefste Nacht, ein kühler Windstoß schlug dem Schatzjäger ins Gesicht, als er auf die verwaiste Straße trat. Es ärgerte ihn zutiefst, dass Sinja gegangen war, dass sie Corvin ihm vorzog, obwohl er die Krone über das Leben Verbündeter stellte.

»Ich hätte dich verrecken lassen sollen«, murmelte Lean entrüstet, als seine trüben Gedanken den Jungen mit dunklem Haar und schilfgrünen Augen streiften, den der Schatzjäger einst krank und halb verhungert im Königreich der Asche aufgelesen hatte. Lean schüttelte den Kopf, seufzte, während er dem Weg, den seine abtrünnige Familie genommen hatte, den Rücken zuwandte und in die entgegengesetzte Richtung lief. Der Schatzjäger war selten ziellos durch die Reiche gezogen, was infolge mangelnder Sicherheit rasch den Tod brachte. Doch die silberhaarige Prinzessin war gleichermaßen verschwunden, das Kopfgeld in unerreichbare Ferne gerückt.

»Sinja, du hättest ihn mir nicht vorziehen dürfen.« Er hielt inne, warf einen flüchtigen Blick zurück, spielte mit dem Gedanken, der Schatzjägerin zu folgen, der er seit Jahren verfallen war wie der Luft zum Atmen.

»Ich habe Euch beobachtet.« Lean fuhr herum, als er eine helle Stimme vernahm, die kalt wie Eis an seine Ohren drang, sah sich einer unbekannten Frau gegenüber, deren Gesicht hinter einem schwarzen Tuch verborgen war. Sein Blick glitt über leuchtende, grüne Augen, die den Stoff zierten, über goldene Schuppen, welche einem Reptil nachempfunden waren. Der Schatzjäger kannte diese Symbole aus längst vergessenen Büchern, wusste von der Tödlichkeit, die hinter ihnen steckte. »Sie werden ohne Euch nicht überleben.« Sein skeptischer Blick streifte den Rest ihres Körpers, der gänzlich in blutrotem Stoff und Leder gekleidet war, was seiner Vermutung deutlich widersprach. Die Träger der Schlange waren laut Geschichten stets in völliger Schwärze vermummt, glichen der Dunkelheit, in deren Schutz sie Menschen töteten, um dem Willen der alten Könige zu entsprechen. »Dieses undankbare Gör hat einen Mann wie Euch nicht verdient.« Sie trat näher an den verblüfften Schatzjäger heran, fuhr mit langen Fingern über die ledernen Riemen beider Taschen, in denen er die letzten Vorräte aufbewahrte.

»Ihr habt mich beobachtet?«, fragte Lean unbeeindruckt, ohne auf die schlangenhaften Symbole einzugehen, und trat einen Schritt zurück, weshalb sich der Griff der Fremden löste. »Zeigt mir Euer Gesicht!«

Sie nickte schweigend, löste den Stoff, offenbarte ihm zunächst rote, volle Lippen, eine schmale Nase und schließlich kastanienbraune Augen, die seinen auffordernden Blick erwiderten. Lächelnd entfernte die Unbekannte ein ledernes Band, das ihre Haarpracht bändigte und fuhr durch lange, seidige, karamellbraune Locken. »Auch ich würde gerne mehr Eures Körpers sehen«, entgegnete sie provozierend und trat dichter an Lean heran, der sich entfernte, um auf Distanz zu bleiben. Die Unbekannte war eine beeindruckende Schönheit, die selbst gestandene Männer sprachlos zurücklassen musste. Doch er war kein Mann, der sich aufgrund eines ansehnlichen Äußeren aus der Fassung bringen ließ.

»Ihr seid eine Schlange!«, entgegnete der Schatzjäger schließlich, obwohl der Bruderschaft Geschichten zufolge keine Frauen angehörten.

Sie nickte lächelnd, was zwei Reihen blütenweißer Zähne entblößte. »Doch Euch droht keinerlei Gefahr, wenn Ihr mich nicht ängstigt.« Die Unbekannte lachte, ehe sich ihr Gesicht erneut in Stein verwandelte. »Ich bin an einer Zusammenarbeit interessiert.« Sie zog einen kleinen, prallgefüllten Lederbeutel aus der rechten Tasche ihres Mantels. »Ich hörte, Ihr seid auf der Suche nach Gold.«

Der Schatzjäger vernahm das Klimpern kleiner Münzen, die ihn wenig beeindruckten, sah erneut in das fremde Gesicht. »Ihr habt meine volle Aufmerksamkeit, Schlange. Doch ich bevorzuge die Namen meiner Geschäftspartner zu kennen, ehe ich eine Abmachung treffe.«

Die schöne Unbekannte strich sich eine karamellfarbene Locke aus dem Gesicht. »Mein Name ist Rahel«, entgegnete sie. »Ich gehörte einst der Bruderschaft der Schlange an, tötete Menschen, deren rasches und spurloses Verschwinden von Bedeutung war.« Sie schwieg, als Lean ihre Worte flegelhaft unterbrach.

»Ihr seid eine Meuchelmörderin«, raunte er abfällig. »Eine feige Ratte, die in der Dunkelheit auf Opfer lauert.« Leans Blick fiel auf einen messerscharfen Dolch, den sie in der rechten Hand hielt, auf goldene Ketten, die ihre schmalen Handgelenke umschlossen.

»Eure bildhafte Beschreibung gefällt mir«, entgegnete Rahel eisig lächelnd. »Dennoch ist es nicht ratsam, die Königin dieser feigen Ratten zu beleidigen.« Sie wies auf die goldenen Schuppen, welche ihre Maskierung zierten. »Die Schriften sprachen ausschließlich von männlichen Assassinen, eine Frau wurde nie erwähnt. Es zeugte von Schwäche, einer Mörderin zum Opfer gefallen zu sein. Dennoch trug ich das Gold, während meine Schäfchen silberfarbene Schuppen akzeptierten. Die Gründe sind für unsere Zwecke nicht von Belang. Ich habe eine interessantere Geschichte für Euch.« Sie zog eine Goldmünze aus dem Beutel heraus, strich sanft über die Gravur in Form von Aurums Krone. »Die Bruderschaft wurde auf Geheiß des letzten Königs aufgelöst.« Rahel schüttelte abfällig den Kopf. »Doch obwohl wir ihm und seinen Vorfahren treu gedient haben, drohte er uns wegen zahlreicher Morde mit der Verurteilung zum Tode, sollten wir uns den gewöhnlichen Soldaten der Stadt nicht anschließen, was wir widerwillig taten.« Sie begann, ihm gegenüber auf und ab zu laufen, fuhr unbeirrt fort: »Als die Hexen einen schützenden Schleier über das Reich legten, verschonten sie das Leben der unbewaffneten Bevölkerung, die wir glaubten ausgelöscht zu haben. Doch mein Heer ließen sie wahrlich sterben, schmerzvoll auf den verstaubten

Straßen verrecken. Ich habe nur überlebt, weil ein wohlhabender Händler Gefallen an mir gefunden hat.« Sie grinste scharfzüngig. »Er hat mein Leben gerettet, pflegte mich gesund, versteckte mich jahrelang hinter dem Schleier. Er war ein guter Mann, wie du es bist, behandelte mich wie eine Königin. Daher verschonte ich sein Leben, als ich floh, um Rache zu begehen, und verließ mithilfe einer verbündeten Hexe den schützenden Schleier.«

Lean verschränkte gelangweilt die Arme vor der Brust. »Was kann ich für dich tun, Rahel?«, fragte er skeptisch, den fortwährend höfischen Ton ihrerseits ignorierend.

Sie legte den Kopf schräg, spitzte die Lippen, wodurch sich das Gesicht der Meuchelmörderin zu einem neckischen Grinsen verzog, ehe sie eine lange Locke um ihre Finger wickelte und ihn augenfällig musterte. »Wenn du – ein ehrenwerter Mann – mich aus den Fängen dieses Barbaren befreit hättest, würde ich dich anbeten. Doch diese Göre ist undankbar. Der reizvolle König ist undankbar. Sie schulden dir ihr wertloses Leben.« Rahel lief um die reglose Gestalt des Schatzjägers herum, klimperte verführerisch mit den Münzen, die Lean ein sorgenfreies Leben bescheren könnten. Schließlich hielt sie erneut in seinem Blickfeld inne, reichte ihm den Beutel, den er zögernd ergriff.

»Ich bin im Besitz von mehr Gold, als du jemals unter die Leute bringen kannst.« Die Meuchelmörderin beobachtete schweigend, wie er den Beutel öffnete und winzige Münzen betrachtete, die im fahlen Licht der Sterne golden glänzten. Hauchzarte Kronen prägten die Oberflächen, die in den Händen talentierter Münzschmiede entstanden waren, welche einst dem wohlhabenden Hof gedient hatten.

»Was kann ich für dich tun, Rahel?«, wiederholte Lean unbeeindruckt, während er den Beutel verschloss und in seine Manteltasche schob.

»Ich verachte Aurums Königsfamilie, wie du sie verachtest«, entgegnete die Meuchelmörderin zornig. »Corvins Sippe hat mit Leben gespielt, hat die treuen Wachen von der Erde getilgt, obwohl sie dem verdammten Adel stets treu gedient haben. Was glaubst du, wäre geschehen, wenn wir uns der Kriegsführung verweigert hätten?« Rahel wartete nicht auf eine Antwort, sprach unbeirrt weiter: »Sie hätten uns zum Tode verurteilt.« Sie atmete hörbar laut aus. »Wir waren Bauernopfer – Bauernopfer, deren Leben als wertlos erachtet wurden.«

Lean verschränkte die Arme vor der Brust, als sie abbrach, um ihn erneut an den Schultern zu berühren. »Fahre fort!«, raunte er ungeduldig, ihr offenkundiges Interesse fortwährend ignorierend.

Rahel lächelte aufreizend, setzte den Weg fort, der sie um den stillstehenden Körper des Schatzjägers führte. »Bis zum heutigen Tag werden Schmachlieder über die abtrünnigen Krieger Aurums gesungen, die als Verräter und Volksmörder verurteilt sind. Dies werde ich den adeligen Bastarden niemals vergeben.« Sie schüttelte verächtlich den Kopf, um ihre hasserfüllte Aussage zu untermauern, trat näher an ihn heran. »Daher schwor ich meinen treuen Gefährten, die zwischen den Trümmern des Schlosses starben, Rache. Ich schwor, der Königsfamilie jede Macht zu nehmen, zu verhindern, dass der letzte Erbe den Thron des Reiches besteigt, welches sich feige hinter dem Schleier verkrochen hat.«

Leans Blick folgte den geschmeidigen Bewegungen der Meuchelmörderin, die einer Katze glichen, während er ihren Worten lauschte, die von Hass und Enttäuschung getränkt waren:

»Hilf mir zu verhindern, dass Corvin den Thron besteigt. Hilf mir zu verhindern, dass er König wird. Hilf mir, meinen Platz an der Spitze zu sichern.« Sie lachte höhnisch, legte eine Hand an Leans narbige Wange, strich über die kurzen Stoppeln seines Barts. »Bring mir das Objekt meiner Begierde, Schatzjäger. Als Belohnung für deine Treue werde ich dich mit Gold überschütten.«

Lean griff nach ihrer Hand, die ihn berührte, und betrachtete die Meuchelmörderin skeptisch von Kopf bis Fuß, die ihm anbot, Corvins grausames Schicksal für unermesslichen Reichtum zu besiegeln. »Meine Familie hat mit mir gebrochen.« Ein dämonisches Grinsen verzog sein Gesicht. »Nun ist die Zeit gekommen, ihnen für Verrat und Heuchelei zu danken.«

Kapitel 4

»Er kann es nicht sehen.« Zayn wandte ärgerlich seinen Blick Runa zu, einer jungen Hexe, die inmitten des kreisrunden Raumes stand und in das klare Wasser einer Schale starrte, das ihr offenbarte, was sie zu sehen wünschte. Sie hatte sich seit Schaffung des Schleiers in den westlichsten Turm des Schlosses zurückgezogen, arbeitete fernab von der Bevölkerung, wie es für Hexen üblich war. Die Frauen, welche über magische Fähigkeiten verfügten, wurden gemieden, gefürchtet, obwohl sie Aurum bis zum heutigen Tag am Leben erhielten.

»Er kann es nicht sehen«, wiederholte Runa gleichgültig. Ihre ernst blickenden Augen fixierten den alten Mann, der stets geglaubt hatte, dass er in den Trümmern des zerstörten Abbildes von Aurum sterben würde. »Ihr habt alles getan, um den Thronerben auf seine Aufgabe vorzubereiten. Es muss frustrierend sein zu sehen, dass er dennoch scheitert. Ohne die Prinzessin würde er durch das Glas blicken, ohne die fehlende Menschlichkeit zu erkennen – welche offensichtlich ist – bis das Reich untergeht.«

Runa seufzte, wandte ihm den Rücken zu und schritt über das hölzerne Bildnis eines Pentagramms hinweg, dessen fünf Zacken in jeden Winkel des Raumes ragten. »Ich mag eine Hexe sein. Doch ich glaube dennoch nicht an Wunder.« Sie tauchte ihre Fingerspitzen in das kalte Wasser, betrachtete Corvins Gesicht, das augenblicklich bis zur Unkenntlichkeit verschwamm.

»Er wird nicht scheitern«, entgegnete Zayn nachdrücklich, während er näher an die Hexe herantrat, deren langes Haar Blut glich. »Er darf nicht scheitern!«, fuhr der stellvertretende König entschieden fort, der den Thronerben auf der Straße aufgezogen hatte, um ihn auf seine Bestimmung vorzubereiten. »Gib ihm Zeit!«

Runa schüttelte den Kopf, ihre schwarzen Augen, die der Dunkelheit glichen, leuchteten im fahlen Licht roter Kerzen, welche den steinernen Rand der Säule säumten, auf der die Schale thronte, die der Hexe fortwährend Corvins Gesicht offenbarte. Doch sie sagte nichts, zupfte nervös an den langen Ärmeln ihres Gewandes, bestehend aus ärmlichem, schwarzem Leinen, das alle Hexen im Reich gezwungen waren zu tragen.

»Gebt ihm Zeit!«, wiederholte Zayn ärgerlich, weil sie seine Bitte mit bloßer Ignoranz strafte. Runa war eine mächtige Hexe, deren Kräfte seit Geburt als außergewöhnlich galten. Sie war die Tochter der Leiterin des Zirkels, Teil des innersten Kreises, wurde in jede Entscheidung, die Aurums Zukunft betraf, einbezogen, während der gewöhnlichen Bevölkerung die Tragweite des Krieges nicht bewusst war. Die Menschen lebten in Unwissenheit, was Frieden ermöglichte, Angst und Panik unterband. Nur Auserwählten war Aurums Schicksal bekannt, das seit der Schaffung des Schleiers auf wackeligen Beinen thronte.

»Eure Mutter verweigert die Mithilfe des Zirkels. Sie wird meinen Sohn nicht auf den rechten Weg führen. Ich bot ihr Wiedergutmachung, Reichtümer, Freiheit. Doch sie lehnte mein Angebot ab, forderte das bindende Wort des wahren Königs, den ich nicht fähig bin, zu erreichen. Mir ist Eure Rolle, Eure Wichtigkeit, durchaus bewusst. Kein Heer ist stark genug, um Hexenmagie zu brechen, kein König wird je über Euch stehen. Dennoch habt Ihr Leid und Ausgrenzung akzeptiert, habt dem Volk Macht und Leben geopfert. Ich kann es sehen, Corvin kann es sehen. Er ist ein würdiger Herrscher, bereit, auf den Straßen des zerstörten Abbildes zu sterben, um Aurum zu retten. Gebt ihn nicht auf – nicht jetzt!« Seine harschen Worte hatten einen flehenden Klang angenommen, den Runa seufzend unterbrach.

»Die Herrschenden enttäuschten uns, Generation um Generation drängten sie uns weiter an den Rand des Abseits. Kinder sterben infolge von Krankheiten, die längst ausgerottet waren, weil die Kraft des Zirkels unaufhaltsam schwindet. Meine Familie lebt in heruntergekommenen Baracken, leidet Hunger, während die übrige Bevölkerung in Reichtum schwelgt. Dennoch standen wir der Krone treu zur Seite, akzeptierten aufgrund der Schöpferin des Reiches klaglos jedes Leid.« Sie trat näher an den stellvertretenden König heran, betrachtete seinen in weißer, reinster Seide gekleideten Körper argwöhnisch. »Diese Zeit ist vorüber!« Entschlossenheit flammte in ihren schwarzen Augen hoch auf, die funkelten wie von Wassertropfen benetzte Onyxe. »Wir sind bereit, den Tod andauerndem Leid vorzuziehen. Dennoch bin ich mir der Tragweite bewusst.« Runa atmete hörbar laut aus, betrachtete zweifelnd das Abbild des wahren Königs. »Missversteht mich nicht. Ich wünsche mir lediglich Veränderung, ein Leben, das es wert ist, geführt zu werden. Die Zerstörung war und wird niemals meine Begierde sein.« Sie schüttelte den Kopf, um ihre Aussage zu untermauern, ohne Zayn in die Augen zu sehen, dessen sanftmütige Stimme erklang, als sich Stille über die zierliche Gestalt der Hexe legte.

»Corvin mag nicht mein wahrlicher Sohn sein. Doch ich habe ihn großgezogen, liebe ihn, als wäre er mein eigen Fleisch und Blut. Ich verlange nicht, dass Ihr Verrat begeht. Ich bitte Euch lediglich um einen Fingerzeig.«

Runa seufzte tief, schaute auf, was preisgab, dass ihre Wut deutlich schwand, dass sie geneigt war, die Bitte des stellvertretenden Königs zu erfüllen. »Ich vertraue darauf, dass Euer Wort bindend ist.« Die Hexe griff in die breite Tasche ihres Gewandes, fuhr unmerklich zitternd über die gravierte Oberfläche eines Metallstücks. »Zeit ist in diesen Tagen kostbarer als Gold. Doch mehr als einen Hinweis kann ich ihm nicht geben, ohne Bestrafung zu riskieren.« Sie lächelte gezwungen, zog eine silberne Münze heraus und wies auf eine Gravur in Form einer Uhr. »Wenn Corvin scheitert, werden wir untergehen, was der Zirkel billigend in Kauf nimmt. Ich hingegen bin gewillt, auf seine und Eure Ehrlichkeit zu vertrauen.« Ihre Augen verengten sich zu Schlitzen, als sie näher an Zayn herantrat, dessen angespannter Blick unaufhörlich auf Runa gerichtet war, die als jüngste Novizin in den Kreis der vollwertigen Hexen aufgenommen worden war. »Feinde sind dem König dicht auf der Spur. Einstige Verbündete wenden sich gegen ihn. Corvin ist gezwungen zu handeln, bevor es zu spät ist.« Sie blickte erneut in die Schale hinein, betrachtete Rahels feindseliges Gesicht, welches ein süffisantes Lächeln umspielte. »Die Schlange ist gefährlich, heiß wie Feuer, scharf wie eine tödliche Klinge.« Ihre Worte waren frei von Wertung, gänzlich ohne Gefühl. »Doch ich bin nicht fähig, ohne Unterstützung direkt in die Realität einzugreifen. Lediglich die Scherbe gibt mir Raum, mit dem Thronerben zu kommunizieren.«

Zayn betrachtete die roten, langen Nägel der Hexe, welche über die hauchzarten Zeiger der Uhr fuhren. »Gerechtigkeit, Sicherheit und Wohlstand schwor Corvin während seines ersten und letzten Besuches zu wahren. Ich werde dem Thronerben auf die Sprünge helfen, wenn er meiner Hilfe bedarf.«

»Eine Zeitschleife?«, fragte Corvin zweifelnd, um sich zu vergewissern, dass er die Worte der Prinzessin richtig vernommen hatte.

Esther nickte, spürte seine linke Hand, die ihre rechte streifte, als er neben sie trat, seinerseits nach der Scherbe griff und durch das bläuliche Glas starrte. Der Blick des Thronerben glitt über zwei Männer, Soldaten des Reiches, welche die Brücke in regelmäßigen Abständen betraten und wieder verließen.

»In Aurum existiert weder Tag noch Nacht, obwohl sich Sonne und Mond die Waage halten. In Aurum existiert keine Zeit, keine Alterung.« Die Prinzessin nahm Corvin den Splitter ab, wandte ihn der Straße zu und betrachtete wiederholt die Kinder, das Mädchen und den Jungen, die sich fröhlich lachend an den Händen hielten. »Sie sind nicht echt«, stellte Esther erneut kopfschüttelnd fest. »Keiner dieser Menschen ist es.«

Corvin folgte dem Blick der Prinzessin, schaute in strahlende, bernsteinfarbene Kinderaugen, welche dem Thronerben stets begegneten, wenn die Scherbe ihm die Schönheit einer längst vergessenen Stadt offenbarte.

»Was, wenn Aurum nicht mehr existiert?«, fragte Sinja tief in Gedanken versunken, während ihr Blick Ruinen streifte, zerfallene Häuser aus goldenem Stein. »Dieses Bruchstück ist ein Abbild der friedvollen Vergangenheit, ein Hauch der Zeit. Es ist ein Erinnerungsstück, ohne Leben, ohne Vorzeit, ohne Zukunft.«

Corvin wandte sich wie elektrisiert zu der Zweifelnden um, die längst erkannt hatte, dass die Schleife völlig leblos war, und schüttelte den Kopf. »Ich habe diesen Ort gesehen«, entgegnete er energisch. Ein Anflug von Verzweiflung lag in seiner unmerklich zitternden Stimme. »Ich habe Aurum hinter dem Schleier erlebt. Die Stadt existiert, sie ist wirklich am Leben. Sinja, bitte, zweifle nicht, wende dich nicht von mir ab, wie es Lean getan hat. Es mag verrückt klingen, nach Heuchelei. Doch du bist meine Familie, ich würde dich niemals belügen. Schenke mir dein Vertrauen, glaube mir.«

Sein angespannter Blick glitt zu Esther, als Sinja schweigend nickte, die andauernd durch das Glas sah, scheinbar blind der Straße folgte, sich stetig weiter von ihnen entfernte. »Ich glaube dir«, sagte die Prinzessin schließlich, während sie einen erneuten Schritt in Richtung Schloss tat. »Diese Scherbe ist eine Karte. Eine Karte, die dir den Weg zur Krone weisen wird. Anders kann ich mir ihre Existenz nicht erklären.« Esther ließ das Glas sinken, lächelte zaghaft, als sie Corvins anerkennenden Blick auffing. »Doch es ist dein Reich, du musst die Hinweise lesen«, fuhr die Prinzessin nachdrücklich fort. »Wer hat sie dir überreicht?«

Der Thronerbe ließ sich auf die Straße sinken, lehnte den Kopf zurück und schaute gen Himmel, den ein purpurner Streifen durchdrang wie ein Blitz. »Als ich Aurum verließ, überreichte mir eine Hexe namens Runa die Scherbe.« Corvins Gesicht nahm einen nachdenklichen Ausdruck an, als seine Gedanken die rothaarige Schönheit streiften. »Sie verlangte von mir den Schwur der Könige, sollte ich ihre Unterstützung für mich beanspruchen wollen. Für gewöhnlich wird dieser erst während der Krönung abverlangt.« Er unterbrach, betrachtete nachdenklich die Scherbe, welche das silberne Licht des allmählich verblassenden Mondes reflektierte.

»Wie lautet der Schwur?« Sinja, deren Gedanken in ruhigen Minuten stets Lean streiften, schaute schüchtern zu Esther auf, die erneut das Wort ergriff, als Corvin nicht fortfuhr. Er starrte gedankenverloren über seine Vertrauten hinweg, schien hinter dem Schleier zu verharren, der Aurums Existenz seit einem Jahrhundert schützte. Doch als die Prinzessin erneut zu sprechen begann, senkte er den Blick, fixierte Esthers verbranntes Gesicht, winzige Wunden, welche in den nächsten Wochen zu Narben werden würden. Dennoch war sie eine schöne, anziehende Frau, die mit ihrer Situation Frieden geschlossen hatte.

»Ich schwor dem Volk Gerechtigkeit, Sicherheit und Wohlstand. Ich versprach, das Vermächtnis meiner Vorfahren zu wahren, vergangene Fehler nicht zu wiederholen.« Seine verschwommenen Erinnerungen glitten erneut zu Runa, die als mächtigste Hexe des Reiches galt. »Zum Abschied bedeutete sie mir, dass ich meinen Schwur niemals vergessen dürfe, dass er unsere wohlhabende Gesellschaft widerspiegelt.« Er griff in die lederne Tasche seines Mantels, zog eine winzige goldene Münze heraus und strich über die hauchzarten Einkerbungen in Form einer Krone. »Aurum kannte keine Armut, keine gespaltene Gesellschaft. Es gab weder Arm noch Reich, die Güter waren gerecht verteilt. Das glaubte ich zumindest.« Er seufzte. »Doch während meines Besuches musste ich erfahren, dass der Zirkel seit Generationen an den Rand der Gesellschaft getrieben wird, was ich versuchen werde zu ändern.«

Esthers nachdenklicher Blick schweifte in Richtung einer eingestürzten Zitadelle, über rötliches, gesprungenes Glas, das runde Fenster zierte. Es glänzte im purpurnen Licht des aufgehenden Tages, der sich weit im Norden hinter schneebedeckten Bergen erhob. »Hast du überall gesucht?«

Corvin nickte frustriert. »Wir haben in den letzten Jahren jeden Stein umgedreht. Die Krone ist nicht hier, sie ist ...« Er schwieg erneut, als seine Gedanken das Schloss streiften, den Thron, geschmiedet aus Tausenden Münzen, die Reichtum und Wohlstand des Reiches spiegelten.

»Wir haben jeden Stein umgedreht«, bestätigte Sinja nachdenklich. »Wenn die Krone in dieser Realität zu finden wäre, hätten wir sie gefunden.« Ihre Worte waren mehr an sich selbst gerichtet als an Corvin, der den skeptischen Blick der Schatzjägerin erwiderte.

»In dieser Realität ...«, murmelte der Thronerbe, während er aufstand und Esther die Scherbe aus den Händen nahm. »Sie ist nicht hinter dem Schleier, sie ist nicht hier – nicht vollständig.« Sein Blick glitt über das bläulich schimmernde Fragment des Glases, welches ihn stets an die Tatsache erinnerte, das Aurum wahrlich existierte. »Die Hexen durften nicht riskieren, dass die Krone zufällig von Reisenden entdeckt wird.« Er sah in Richtung Schloss, betrachtete die gebrochenen Türme, tonnenschweren Stein, welcher überwiegend unter goldenem Sand verborgen war. »Vermutlich lag sie ständig vor meiner Nase.« Die Gedanken des Thronerben galten den Männern auf der Zugbrücke, den Kindern, die Hand in Hand durch die Gassen zogen. »Die Hexen haben keinen willkürlichen Moment aufgezeichnet«, sagte er schließlich, als ihm die Lösung des Rätsels wie Schuppen von den Augen fiel. Corvin hielt die Scherbe erneut vor sein Gesicht, starrte hindurch, betrachtete die schwer bewaffneten Soldaten, deren Ausrüstung aus Metall und schwarzem Leder bestand. »Aurums Krieger sind stets in Rot gekleidet gewesen, in Rüstungen aus Gold. Es existierte nur eine Ausnahme.« Er wandte sich seinen Begleiterinnen zu, die aufmerksam den nachdenklichen Worten des Thronerben lauschten. »Der Tod eines Königs. Traditionen besagten, dass die Krone nach Ablauf der Lebenszeit drei Tage auf dem Thron verharrt, um seiner zu gedenken. Sie muss dort sein.«

»Es wurde Zeit!« Runas zufriedener Blick fiel in das bläulich schimmernde Wasser, das die Schale füllte, glitt über die Reisenden, welche hastigen Schrittes tiefer in die Stadt eindrangen. Sie passierten Ruinen, die Zitadelle, deren gebrochene Zinnen bis in den violetten Horizont zu ragen schienen. Der spitz zulaufende Stein wurde einst von Flaggen gesäumt, von königlichen Wappen, die ergraut und zertrümmert im Sand versanken.

»Ist die Schleife vorbereitet?« Ein süffisantes Lächeln umspielte ihre roten Lippen, sie nickte.

»Er ist klüger, als ich dachte. Corvin wird die Krone finden, wird den Schleier zu Fall bringen. Doch die Regierung eines Reiches ist weitaus komplizierter!« Sie schaute auf, sah in das barsche Gesicht einer alten Frau, deren graues Haar in Form krauser Locken ihr Haupt umspielte. In dunklen Nächten wirkten sie wie die tödlichen Schlangen einer Medusa, die in lauen Winden tanzten. Sie war eine Hexe, welche nicht dem Zirkel angehörte, der Krone treu ergeben war, hatte vor vielen Jahren mit ihren Schwestern in Aurum Unterschlupf gefunden, weil sie aufgrund ihrer magischen Fähigkeiten Gejagte des Reiches Sol gewesen waren.

»Es wird sich entscheiden, ob dieser Vagabund, der nie regiert hat, würdig ist, Herrscher Aurums zu sein. Doch meine Zweifel sind groß.« Runa senkte den Blick, als ihr Gegenüber den Mund öffnete, um harsch zu widersprechen. Die Alte traute der rothaarigen Schönheit nicht, beobachtete die junge Hexe stets mit Argusaugen, wenn Zayn oder die Leibwache den Turm verließen. Seit der Zirkel das Reich im Stich ließ, um die Herrschenden zu erpressen, war eine tiefe Kluft des Unverständnisses zwischen ihnen und den zirkellosen Hexen entstanden.

»Urteile nicht so abfällig über den König«, zischte die Alte entrüstet. »Er wird Aurum aus den Fängen des Schleiers befreien, wird unser aller Leben vor dem Untergang bewahren. Hab etwas Respekt! Er wird auch deine abtrünnige Existenz retten.«

Runas Gesicht verfinsterte sich, sie schüttelte den Kopf. »Wir haben das Reich geschaffen, haben es vor dem Untergang bewahrt, was die ignorante Bevölkerung schützte. Doch viele unschuldige Hexen starben, was Ihr und Euresgleichen stets vergesst. Wir hingegen sehen das Leid Tag für Tag, welches die Herrschenden verursacht haben. Trotz unseres Opfers sind wir gezwungen, Erkennungszeichen zu tragen, wie Aussätzige zu leben und zu arbeiten, weil die Machthaber unsere Kräfte fürchten.«

Runa schwieg, als die alte Hexe ihre Worte unterbrach: »Die Bevölkerung braucht einen König. Kind, besinne dich auf deine Aufgabe, besinne dich auf den drohenden Untergang. Ich habe dich beobachtet. Dir steht eine goldene Zukunft in den höchsten Kreisen des Zirkels bevor, wenn das Reich nicht untergeht.«

Runa war bewusst, dass Zayn den zirkellosen Hexen vertraute, dass diese Frau entscheidend für die Einhaltung seiner Versprechen war. Daher nickte sie unterwürfig, um den drohenden Konflikt im Keim zu ersticken, beobachtete schweigend, wie die silberhaarige Frau ihr den Rücken zukehrte und mit hastigen, lautlosen Schritten den kreisrunden Raum durch eine hölzerne Tür verließ. »Besinne dich! Ich werde den König über deine Treue informieren. Doch bedenke, dass ich nicht anwesend sein muss, um ein Auge auf dich zu haben.«

Die rothaarige Hexe antwortete nicht, wandte den Blick erneut der gläsernen Schale zu, dem Wasser, in dessen Oberfläche sie stets Corvin und seine Begleiterinnen erkennen konnte, die schleunigst in Richtung Schloss hasteten. »Ich werde dich zu der Krone führen, mein König«, murmelte die Hexe abfällig, während sie die Münze, deren Gravur die Form einer Uhr zeichnete, in die Hände nahm und sanft über die kalte Oberfläche strich, welche sich mit jeder Bewegung erwärmte, bis sie Feuer glich. »Zeit …«, hauchte Runa rätselhaft. »Bedenke stets die Zeit.« Ihre Worte waren nur an sich selbst gerichtet, als sie die Münze in das Wasser fallen ließ, welche die Oberfläche zerspringen ließ wie Glas.

»Sie können uns nicht sehen«, sagte Corvin, als er Sinjas Hand spürte, die seine umklammerte, als sie versuchte, ihn hinter die Trümmer eines Hauses zu ziehen. Doch der Thronerbe rührte sich nicht, verharrte in seiner Position, zog sie zurück. »Du brauchst dich nicht zu fürchten.« Sein Blick, der fortwährend durch die Scherbe fiel, fixierte zwei Soldaten, die scheinbar blind über die Zugbrücke hasteten. Die Männer nahmen keine Notiz von den Reisenden, welche sie längst beobachteten, jeden ihrer Schritte eingehend studierten.

»Es erscheint mir zu einfach«, fuhr der Thronerbe nachdenklich fort. Corvins Augen schweiften über Trümmer, die sich völlig seinen Erinnerungen entzogen, über eine Uhr, deren rundliche Form einen unnatürlich wirkenden Stein gravierte. Er hob sich deutlich von den hintergründigen Felsen ab, die infolge schwerer Sandstürme seit Jahren an Substanz verloren. »Eine Uhr …« Er schwieg unvermittelt, beobachtete mit schreckgeweiteten Augen einen Spalt, der abrupt das Symbol unaufhaltsamer Vergänglichkeit teilte. »Die Zeit … sie verrinnt …«, murmelte Corvin, ehe er die Scherbe sinken ließ, wodurch der gravierte Stein vollständig vor seinen Augen verborgen war.

»Lass uns nachsehen«, entgegnete Esther voller Neugier, während sie sich hastig von ihren Begleitern löste und den trauernden Soldaten entgegenlief, welche nicht fähig waren, die Prinzessin zu sehen, weil sie gänzlich in der Zeitschleife verharrten. Doch ehe Esther die Zugbrücke betreten konnte, spürte sie einen eisigen Windhauch, der sie durchfuhr wie ein Blitz. »Ich spüre sie«, murmelte die Prinzessin mit angehaltenem Atem, als Sinja neben ihr innehielt. Augenblicklich ergriff sie die Hand der Schatzjägerin und führte sie der gespenstischen Kälte entgegen.

»Es sind Geister?«, fragte Sinja erzitternd und sah mit weit aufgerissenen Augen zu Corvin auf. »Spürst du sie?«

Der Thronerbe nickte schweigend, schob sich an seinen regungslosen Begleiterinnen vorbei und lief, stetig durch die Scherbe blickend, einem Mann entgegen, der plötzlich innehielt, als seine Augen ihn trafen. Doch Corvin konnte kein Leben im Gesicht des Mannes erkennen, keine Menschlichkeit. Der Unbekannte war lediglich eine Marionette, eine seelenlose Puppe, wie Esther ihn treffend beschrieben hatte. Schließlich streckte der fremdartige Soldat eine Hand nach dem Thronerben aus, was ihn gänzlich zu Eis erstarren ließ. Er konnte sich nicht rühren, beobachtete mit klopfendem Herzen die Fingerspitzen des Mannes, die im nächsten Moment seine rechte Schulter berührten.

»Es war Mord, Hoheit«, sagte der Mann mit rauer Stimme, was nur der Thronerbe zu hören bestimmt war. »Es waren He…« Er zog die Hand zurück, fasste sich an die Kehle, als würde eine unsichtbare Macht nach ihm greifen, die Worte ersticken, welche

Corvin die Wahrheit über den Tod seines Urgroßvaters zu offenbaren drohten. »Es waren Hexen! Es waren ...«

»Nein!« Runa fokussierte mit aufgerissenen Augen den Soldaten, der versuchte, dem Thronerben die vollständige Wahrheit über den Tod seines Vorfahren zu gestehen. Sie ballte die Hände zu Fäusten, betrachtete angespannt Corvin, dessen bestürzter Gesichtsausdruck ihr offenbarte, dass er die Worte des Mannes vernommen hatte, welche die ohnehin zweifelhafte Loyalität des Zirkels vollkommen infrage stellten. »Nein!« Ihr wütender Blick glitt erneut zu der Gestalt des Soldaten, der seine Kehle umfasste, auf die Knie sank und unverständlich röchelnd zu dem Thronerben aufsah, dessen Augen das unbekannte Gesicht des Mannes fixierten, der im nächsten Moment zu Staub zerfiel.

»Sie mögen Marionetten sein ...« Runa fuhr herum, als sie die strenge Stimme ihrer Mutter vernahm: »Doch ein Funken der Seele bleibt selbst bei stärksten Zaubern zurück.« Elin, deren Haarfarbe ebenfalls Blut glich, trat ihrer Tochter gegenüber an den Sockel heran und betrachtete Corvin, welcher der Krone nie so nahe gewesen war wie in diesem Moment. »Der zu Staub Zerfallene hat unserem einstigen König treu gedient, hat die Lügen aufgesaugt, die das Heer propagierte, um uns gänzlich zu stürzen. Du hättest diese Konsequenz erahnen müssen, liebes Kind.« Sie lächelte, strich der Hexe eine lange Haarsträhne aus dem Gesicht, was einer mütterlichen Geste gleichkam. »Du kannst dich glücklich schätzen, dass ich Vorkehrungen getroffen habe, um den stellvertretenden König nicht zu verärgern. Die Zirkellosen beobachten dich Tag für Tag. Doch sie sehen lediglich eine treue Hexe, die über die Zeitschleife wacht. Keine Information, welche wahrlich von Bedeutung ist, dringt an ihre verräterischen Ohren. Dennoch musst du vorsichtig sein, wenn du wünschst, dass dein Plan je von Erfolg gekrönt wird.«

Runa schaute ärgerlich auf. Sie war eine mächtige, strebsame junge Frau, erntete ungern Kritik an ihren Fähigkeiten und Leistungen. Doch ihr Übermut verleitete sie gelegentlich zu absehbaren Fehlern, deren Beseitigung stets ein großer Kraftakt war. »Du hättest mich warnen können. Du hättest mich warnen müssen!«, zischte sie erbost.

Elin grinste spöttisch. »Du bist jung, musst lernen, mein Schatz. Der stellvertretende König und die zirkellosen Hexen scheinen dir bedingt zu vertrauen. Doch du verbündest dich mit Schlangen, um zu regieren, obwohl Männer einfach gestrickt sind. Denke daran, dass die Bändigung wilder Tiere nahezu unmöglich ist, dass du in ihrer Nähe stets mit offenen Augen schlafen musst. Wickle stattdessen den ansehnlichen Thronerben um den Finger, dann wird er die Warnung des Soldaten vergessen, dessen Körper durch deine Hand auf ewig zu Staub zerfiel.«

Runa verschränkte die Arme vor der Brust, schüttelte abweisend den Kopf. »Mutter, ich bin mir der Aufgabe durchaus bewusst, die auf meinen Schultern lastet. Dennoch werde ich mich nicht einer Straßendirne entsprechend verhalten«, entgegnete sie gekränkt. »Doch ich bin gewillt, meinen Fehler in Vergessenheit geraten zu lassen.« Sie wandte sich gänzlich dem Thronerben zu, seinen schilfgrünen Augen, die mit dem tiefen Blau des Wassers verschwammen. »Sein Leben liegt in meinen Händen, sein Reich untersteht unserer Macht. Ich werde dafür sorgen, dass Corvin dies nicht vergisst.«

Kapitel 5

Corvin taumelte zurück, beobachtete mit angehaltenem Atem den Soldaten, dessen Körper unversehens vor seinen Augen zu Staub zerfiel, als dieser die Worte, welche dem Zirkel Königsmord vorwarfen, vollendet hatte.

»Hexen ...«, wiederholte der Thronerbe nachdenklich. Sein Blick fiel auf den violetten, kantigen Rand des glasigen Fragments, ehe seine Augen erneut das durchsichtige Blau fixierten, das ihm einen Hauch der vergangenen Zeit offenbarte. Er hatte die Scherbe als Geschenk von Runa – der mächtigsten Hexe des Zirkels – erhalten, einer jungen, rothaarigen Frau, die als impulsive Schönheit galt. Bis zum heutigen Tag erinnerte sich der Thronerbe an ihre schwarzen, eisigen Augen, an tiefstes Misstrauen, das er in ihrer Gegenwart gespürt hatte.

»Hexen?«, wiederholte Sinja zweifelnd, während ihr Blick durch das geöffnete Tor des Schlosses fiel, das sich wie ein lüsternes Maul der Schatzjägerin gegenüber auftat. Der graue Mauerstein, verziert durch winzige Gravuren in Form von Kronen, strahlte eine Kälte aus, die sie zurückstieß, sie erschaudern ließ. »Abtrünnige Hexen?«, fuhr Sinja angsterfüllt fort.

»Ich weiß es nicht.« Corvins Augen glitten zu dem verbliebenen Wächter, der den Weg blind fortsetzte, ohne Notiz von seinem gefallenen Gefährten zu nehmen, dessen zu Staub zerfallener Körper sich längst in alle Winde verstreute.

»Was hast du gesehen?«, fuhr Sinja zitternd vor Angst fort. Ihr Blick glitt zu Esther, die reglos neben ihr verharrte, zu der Scherbe, die in den Händen des Thronerben bebte. Er war sichtlich nervös, Misstrauen lag in seinen zu Schlitzen verengten Augen. »Was hast du gesehen?«, wiederholte die Schatzjägerin ärgerlich, als er ihrer Aufforderung zu sprechen nicht gleich nachkam.

»Einen Soldaten«, entgegnete Corvin nachdenklich. »Er berührte mich, sprach zu mir, sagte, dass Hexen meinen Großvater getötet hätten.« Er schüttelte ungläubig den Kopf, warf dem zweiten Mann durch die Scherbe hindurch abermals einen flüchtigen Blick zu. Der Unbekannte ignorierte den Thronerben fortwährend, seine Augen waren starr den Bergen zugewandt, die sich in weiter Ferne erhoben. Schließlich hielt der Unbekannte inne, wandte sich dem Tor zu und schritt erneut über die Brücke hinweg, passierte die erstarrten Reisenden, ohne ihnen eine Reaktion zukommen zu lassen.

»Wenn uns die Hexen wahrlich feindlich gegenüberstehen würden, wäre das Reich dem Untergang geweiht«, fuhr er gedankenversunken fort, ohne seine Begleiterinnen anzusehen. Corvins Augen hafteten fest auf den Schritten des Soldaten, auf der seelenlosen Gestalt, die sich ihnen stetig näherte und wieder entfernte.

Esther schüttelte den Kopf. »Du bist der König des Reiches, du bestimmst über Recht und Gesetz. Die Hexen mögen nicht geschlossen an deiner Seite stehen. Doch wenn du überflüssig wärst, hätten sie Aurum längst an sich gerissen.« Die Prinzessin trat in das Blickfeld des Thronerben, sah entschlossen in seine zweifelnden Augen, die ihren skeptischen Ausdruck erwiderten. »Es ist dein Schicksal, du hast keine Wahl!« Sie lächelte dünn, entfernte sich, den Blick beharrlich auf seine angespannte Gestalt gerichtet, einen Schritt, näherte sich kaum merklich der Ruine des Schlosses. »Ich habe keine Familie, keine Zukunft! Weder geliebte Menschen noch Besitz können mir genommen werden. Ich lebe nur, weil ihr mich vor dem sicheren Tod bewahrt habt. Mein Leben gehört euch, dir und Sinja, die mich trotz meiner vergangenen Fehler nicht verstoßen haben.«

Esther erwartete keine Reaktion, wandte ihm gänzlich den Rücken zu und schritt hoch erhobenen Hauptes dem Tor entgegen, das bis in den wolkenlosen Himmel zu ragen schien. Die Hände der Prinzessin glitten über das erwärmte Holz, über Kronen und Sonnen, die Aurum seit Jahrhunderten repräsentierten. Das Schloss erinnerte sie an Glacies, ihre Geburtsstadt, aus der sie vor unerträglich langen Monaten gezwungen gewesen war zu fliehen. Doch die letzten Tage hatten Esthers Erinnerungen deutlich verblassen lassen. Sie waren dem unermüdlichen Antrieb gewichen, der Vergangenheit zu entrinnen, um Skadi zu entkommen, die wegen ihrer Eifersucht einen grausamen Tod gefunden hatte.

Esther schüttelte den Kopf, als ihre Gedanken das schneeweiße Haar und die mitternachtsblauen Augen der verstorbenen Eisprinzessin streiften, stieß mit aller Kraft das Tor auf und huschte in das Innere der Ruine hinein, deren gebrochene Mauern kaum an den einstigen Glanz erinnerten, der längst in Vergessenheit geraten war.

»Es war nie dein Wille, sie zu töten«, sagte Sinja und legte sanft eine Hand auf ihre Schulter, was die Prinzessin völlig aus den Gedanken riss. Esther seufzte, wischte sich vereinzelte Tränen von den Wangen, hob den Kopf und sah in das schüchterne Gesicht der Schatzjägerin. Sinjas blaue Augen, welche an die Tiefen der Meere erinnerten, leuchteten, glänzten gläsern im fahlen Licht der Sonne, deren Strahlen durch bunte, gebrochene Fragmente der deckenhohen, bogenförmigen Fenster fielen. Schließlich streifte Esthers Blick winzige Scherben, die im Sand verteilt lagen, der sich unaufhaltsam seinen Weg in das Innere des Schlosses bahnte. Die Gemäuer waren verlassen, verwaist, die Ruinen wurden seit Jahren nur von Reisenden aufgesucht, deren Neugier größer war als die Angst vor Sandstürmen, welche die Wüste seit Ende des Krieges in glutheißen Klauen hielten.

»Ich danke dir«, murmelte Esther, während sie ihr Gegenüber ein zögerliches Lächeln zuwarf. Sinja war eine schüchterne Frau, die stets im Schatten zurückblieb, wo sie sich sicher fühlte. Doch die Schatzjägerin war einfühlsam, empathisch, das Gegenteil der Prinzessin, die in Glacies aufgrund ihrer Eiseskälte vom niederen Volk gemieden und verachtet worden war.

Schließlich folgte Esthers Blick Corvin, der — seine Begleiterinnen ignorierend — tiefer in das Schloss eindrang. Die volle Konzentration des Thronerben galt nackten Mauern, steinernen Säulen, welche die Decken über ihren Köpfen mühsam aufrecht hielten. Die Ruine bot winzigen Skorpionen eine Heimat, die sich in staubigen Ecken tummelten, ihre giftigen Schwänze gen Himmel gereckt. Doch selbst die tödlichen Tiere schenkten den Reisenden keine Beachtung.

»Sie muss hier sein! Die Krone muss sich an diesem Ort befinden«, murmelte Corvin angespannt, als Esther und Sinja in

Hörweite gerieten. Er hielt voller Nervosität den Atem an, stieß ein eisernes Tor am Ende des breiten Ganges auf und näherte sich mit langsamen Schritten dem Thron, der aus Tausenden winzigen Münzen bestand. Die talentiertesten Schmiede hatten ihn zu Ehren des ersten Königs geschaffen, der vom ganzen Volk geliebt und geachtet worden war. Bis zum heutigen Tag galt Corvins Vorfahre als Erschaffer des Reiches, als Vater für Jung und Alt. Doch mit voranschreitender Zeit war Unzufriedenheit über die Herrschenden hereingebrochen, die vor einhundert Jahren im Krieg der Zwillingskönige gipfelte.

»Siehst du sie?« Corvin ignorierte Sinjas aufgeregte Stimme, ihren hektischen, warmen Atem, den er im Nacken spüren konnte. Sein Blick haftete auf den Münzen, deren glatte Kanten ineinander verschwammen, vollständig miteinander zum Thron des Königs verschmolzen. Mit bloßem Auge war die Krone nicht zu erkennen, die sich zweifellos an diesem Ort befinden musste. Dennoch wagte er nicht, durch die Scherbe hindurch zu blicken, der Wahrheit ins Gesicht zu sehen. »Siehst du sie?«

Corvin warf der Schatzjägerin einen flüchtigen Blick zu, deren langes Haar an Gold erinnerte, ehe er Esther ansah, die nervös eine silberne, gelockte Strähne um ihre Finger wickelte. Sie glichen Sonne und Mond, Tag und Nacht.

»Sie ist hier!«, entgegnete der Thronerbe mit entschlossener Stimme, nahm die Scherbe in seine Hände und starrte mit angehaltenem Atem durch das magische Glas hindurch.

»Siehst du sie?« Esthers leise Worte verebbten in hastigen Atemzügen, klangen rau und verzerrt, wodurch ihnen jede Menschlichkeit verlorenging.

Corvin reagierte zunächst nicht, riss die Augen auf, betrachtete glänzendes Gold, Diamanten und Rubine, die das edle Metall zierten. »Sie ist es!« Der Thronerbe ließ die Scherbe sinken, wodurch sich die Krone vollständig vor seinen Augen verbarg, ehe er erneut hindurchsah, was ihm das wertvollste Artefakt des Reiches wiederholt offenbarte. »Sie ist in der Zeitschleife.«

»Folge ihnen, suche den westlichsten Turm des Schlosses auf. Dort wirst du das Objekt meiner Begierde finden, welches ich benennen werde, wenn die Zeit gekommen ist.« Rahels Stimme war geprägt von tiefster Ungeduld, als sie zu Lean sprach, dessen kräftiger Körper an der gebrochenen Mauer des Schlosses verharrte. Der Schatzjäger lehnte den Kopf zurück, sah in die verfallenen, weißen Wolken hinauf, die Richtung Norden zogen.

»Hab Geduld«, entgegnete er, ohne die Meuchelmörderin anzusehen. »Ich werde deinen sehnlichsten Wunsch erfüllen, werde das Objekt deiner Begierde beschaffen.« Sein Blick glitt abschätzend über Rahels anziehende Gestalt, über rote, kniehohe Lederstiefel, die nervös auf und ab wippten. »Dennoch wirst du niemals Regentin des Reiches sein. Aurum wurde nie von einer Frau beherrscht, lag stets in den Händen adliger Männer.« Die Augen des Schatzjägers fixierten Rahels angespanntes Gesicht, ihre vollen Lippen, die unruhig zuckten, als sie Widerstand in seiner Stimme wahrnahm.

»Ob Mann oder Frau – wer das Heer regiert, regiert das Königreich. Die Bruderschaft mag aus lediglich dreizehn Schlangen bestehen. Doch unsere Stärke wird die aller Soldaten bei Weitem übersteigen. Darauf gebe ich dir mein Wort«, entgegnete die Meuchelmörderin ärgerlich. »Zweifle nicht an einem Plan, den du nicht kennst. Hilf mir und werde mit Gold überschüttet, oder verschwinde und stirb auf staubigen Straßen.«

Leans Augen verengten sich zu schmalen Schlitzen, als er ihre harschen Worte vernahm. »Deine Gefährten sind tot.« Der Schatzjäger schüttelte den Kopf, stieß seinen Körper von der steinernen Mauer ab und trat näher an Rahel heran, die sich nicht entfernte, ihn unentwegt entschlossen ansah. »Deine Gefährten sind tot!«, wiederholte er wütend, als wollte er an ihre Vernunft appellieren. »Sie starben vor einem Jahrhundert im Krieg der Zwillingskönige, den keine Seite für sich gewinnen konnte. Allein wirst du das Heer nicht kontrollieren, dessen solltest du dir bewusst sein.«

Die Meuchelmörderin nickte. »Meine Gefährten sind *noch* tot!«, verbesserte sie den Sprechenden grob. Sie legte die Hände an Leans Wangen, fuhr über die breite Narbe, die seine sonnengebräunte Haut bis zum heutigen Tag zerschnitt. »Sorge dich nicht um Angelegenheiten, die deinen Horizont bei Weitem übersteigen!«, fuhr sie schnippisch fort.

Der Blick des Schatzjägers verfinsterte sich. »Ohne Unterstützung wirst du die Bruderschaft nicht wiederauferstehen lassen können«, entgegnete er geringschätzig. »Auch du bist nicht allmächtig, Schlange.« Er trat zurück, um sich ihrer Berührung zu entziehen, erwiderte feindselig Rahels herablassenden Blick.

Schließlich lächelte sie geheimnisvoll, trat erneut näher an ihn heran und berührte seine rechte Hand, die sich sogleich zu einer Faust ballte. »Glaubst du, ich ziehe allein gegen den zukünftigen König in die Schlacht?! Mir wird magische Unterstützung zuteilwerden.« Die Meuchelmörderin lachte schallend laut auf. »Wir sind eine Allianz eingegangen, deren Einhaltung für dich überlebensnotwendig ist.« Rahel zog blitzschnell einen Dolch und drückte dem Schatzjäger die eiserne Klinge an die Kehle. »Bringe mir das Objekt meiner Begierde, dann werde ich dich mit Gold überschütten. Mehr musst du nicht erfahren, um deine Aufgabe zu erfüllen.« Rahel stieß ihn grob von sich, wandte ihm den Rücken zu und entfernte sich einige Schritte, ehe sie erneut innehielt, um mit eisiger Stimme fortzufahren: »Betrete das Schloss, bleibe unentdeckt, erreiche den westlichsten Turm und erwarte meine Befehle.«

»Wir sind keine Hexen«, murmelte Sinja, während sie angestrengt durch die Scherbe hindurchsah, welche ihr das Wertvollste offenbarte, das im Königreich Aurum existierte. »Wie ... wie können wir sie erreichen?« Sie reichte Esther das Fragment, die ihrerseits die Krone betrachtete, die so nah und doch so fern war. Sie ignorierte Corvin, der schwieg, hinter ihr an einer deckenhohen Säule lehnte. Die Gedanken des Thronerben galten der Uhr, dem gravierten Stein, der vor seinen wachsamen Augen in zwei Hälften gebrochen war. Ihm war bewusst, dass es ein Hinweis sein musste, ein Fingerzeig, um ihn auf den rechten Weg zu führen.

»Wir sind keine Hexen, sind nicht fähig, die Krone aus der Schleife zu ziehen«, bestätigte er nachdenklich, als seine Gedanken erneut Runa streiften, die ihm offenbart hatte, dass die Scherbe nur einem bestimmten Zweck diente. »Die Hexe, welche sie mir überreichte, sprach von lediglich einer Aufgabe, die mit der Scherbe in Verbindung steht. Damals hielt ich ihre Worte für ein abstruses Rätsel. Doch vermutlich versuchte sie, mich auf diesen Moment vorzubereiten. Außerdem gab sie mir einen Hinweis.« Corvin brach unvermittelt ab, ohne von der steinernen Uhr zu berichten, betrachtete die Scherbe in Esthers zitternden Händen, ehe er den Entschluss fasste, der ihm am nächsten lag. »Wir werden sie zerstören.«

Die Prinzessin fuhr herum, erwiderte bestürzt seinen energischen Blick. »Der Soldat sprach von abtrünnigen Hexen, die deinen Großvater getötet haben«, zischte sie ungehalten, fuhr fort, weil er nicht augenblicklich reagierte: »Wenn du irrst, ist die Krone verloren. Wenn du irrst, ist dein Reich dem Untergang geweiht. Corvin, dies muss dir bewusst sein, wenn du wahrlich gewillt bist, die Scherbe zu zerstören.«

Der Thronerbe nickte entschlossen. »Ich bange seit jüngsten Jahren um Aurum, würde das Reich nicht leichtfertig riskieren. Doch wir sind nicht fähig, die Zeitschleife zu öffnen, geschweige denn, sie zu betreten. Unser einziger Weg liegt in der Zerstörung.«

Corvin nahm Esther die Scherbe aus den Händen und strich über das warme, bläuliche Glas, das ihm stetig den Todestag seines Großvaters vor Augen führte. Es kostete den Thronerben große Überwindung, das Artefakt zu zerstören, die vermeintliche Kontrolle aufzugeben, welche mit dem Besitz der gläsernen Karte einherging.

»Es existiert kein anderer Weg«, murmelte er mit klopfendem Herzen. Seine Worte waren mehr an sich selbst gerichtet als an Esther und Sinja, deren fassungslose Augen auf ihm hafteten. »Es gibt keine andere Möglichkeit«, sagte Corvin bekräftigend, hob seine rechte Hand, welche die Scherbe umklammerte, und schlug das Glas mit aller Kraft gegen die Kante der Steinsäule, ehe er bewusstlos zusammenbrach.

»Hoheit!« Der Thronerbe vernahm eine leise, hauchzarte Stimme, spürte zierliche Hände, die seine Schultern umklammerten. »Wacht auf!«

Sein verschwommener Blick traf hohe Decken, menschliche Bewegungen, welche er zunächst nicht fähig war zu identifizieren.

»Die Schleife ...«, fuhr die Unbekannte ärgerlich fort, »... sie bricht, wird uns verschlingen, wenn Ihr nicht erwacht.«

Im nächsten Moment schlug Corvin die Augen auf, betrachtete das schöne, mädchenhafte Gesicht einer Frau mit blutrotem Haar, erkannte Runa sogleich, die als begabteste Hexe Aurums galt. In ihrer Obhut lagen die Zeitschleife, das Reich, das Leben aller Menschen, die gezwungen waren, im Schleier zu existieren.

»Die Krone gehört Euch. Seht, wer sie einst an diesen Ort brachte.« Sie wies auf zwei Männer, die augenblicklich den Thronsaal betraten. Corvin vernahm schwere Schritte, stählerne Platten von Rüstungen, die rhythmisch aufeinanderschlugen. Schließlich fiel sein gläserner Blick auf zwei lange, breite Schatten, welche sich ihm näherten, er fixierte einen Soldaten, der die Krone auf den Thron sinken ließ. Doch ehe die Unbekannten dem Artefakt der Herrschaft gänzlich den Rücken zuwandten, verbeugten sie sich.

»Euer Großvater war ein würdevoller König«, sagte sie mit ehrfürchtiger Stimme. Doch ihre Worte klangen seltsam verzerrt, als würde sie die wahren Gefühle überspielen, welche die Hexe mit dem Tod des Königs verband. »Wir werden sehen, ob Ihr ihm würdig seid.« Runas schönes Gesicht verzog sich zu einem kalten Lächeln, das ihn erneut an die Worte des zu Staub zerfallenen Soldaten denken ließ, der von abtrünnigen Hexen gesprochen hatte. Doch er schwieg. Ihm war bewusst, dass sein Leben in Runas Händen lag, dass seine Zukunft als König von ihrer Gunst abhing.

»Die Zeitschleife ist zerstört.« Sie nahm die Fragmente der entzweigebrochenen Scherbe in die Hände, welche im goldenen Sand lagen, betrachtete abwechselnd Esther und Sinja, deren Aufenthaltsorte in völliger Finsternis zu liegen schienen. Corvin erkannte Angst in den grundverschiedenen Augen seiner Begleiterinnen, Furcht in jeder hektischen Bewegung.

»Wo sind sie?« Der Thronerbe rappelte sich auf, taumelte zurück, fand erst Halt, als er rücklings gegen eine steinerne Säule fiel. »Hexe, sprich!«

Runas frostige Miene wandelte sich in pure Verachtung, Hass blitzte in ihren großen Augen auf, die Dunkelheit glichen. »Sie sind in Sicherheit, mein König. Doch rabenschwarze Finsternis und Dämonen aus der Vergangenheit drohen sie zu verschlingen.« Sie betrachtete seufzend seine ärmlich gekleidete Gestalt. »Du bist nur ein dummer Straßenjunge.« Sie betonte jedes einzelne respektlose Wort, trat näher an den Thronerben heran und wies auf Esthers Abbild, das in ihrer rechten Hand lag. »Die Verantwortung über dein Leben, über das Leben deiner Begleiterinnen obliegt mir. Die Zeitschleife wird durch meine Macht aktiv gehalten.« Sie neigte den Kopf auf die Seite und lächelte unterkühlt. »Ohne die magischen Fähigkeiten des Zirkels wäre Aurum bis heute ein winziges Wasserloch inmitten von Sand und Tod. Wir haben dieses Land zu blühendem Leben erweckt, haben dir und deiner verdammten Sippschaft eine Heimat – ein Reich, das ihr zu regieren bestimmt seid – geschaffen.« Runas Lächeln verflog, sie schüttelte abfällig den Kopf. »Doch wir sind Aussätzige, dazu verdammt, ein schwarzes Gewand zu tragen, abseits der Gesellschaft in winzigen Häusern zu leben, die schäbigen Ruinen gleichen.« Sie schmiegte ihren zierlichen Körper an Corvins reglose Gestalt, tippte mit ihren langen Fingern gegen seine breite Brust. »Die Hexen sind die tragenden Pfeiler der Gesellschaft, Hoheit. Dennoch werden wir vom Volk gehasst und gemieden, weil die Menschen unsere magischen Kräfte fürchten. Diese Angst liegt in dir begründet, in deiner Sippe, die sich mit falschem Ruhm brüstet.«

Runa atmete tief ein, ehe sie die siedendheiße Luft durch ihre vollen, roten Lippen hindurch ausstieß. »Ich bin jung, die talentierteste Hexe, die jemals dem Zirkel gedient hat. Ich bin es leid, eine Dienerin zu sein, Gehorsamkeit zu heucheln, um völliger Verstoßung zu entgehen. Der Zirkel ist endlich aus seiner Trance erwacht, kämpft für Freiheit, für Gerechtigkeit, die deine Sippe der meinigen verweigert.« Sie löste sich von ihm, schüttelte abermals den Kopf, ihr schönes Gesicht wandelte sich zu einer schiefen Grimasse. Doch ehe Runa fortfuhr, hob sie die Hände, was Corvins Blick auf beide Fragmente der Scherbe lenkte, welche die angsterfüllten Gestalten seiner Begleiterinnen offenbarten. »Hoheit, lasse ich das Glas fallen, werden die hübschen Grazien vom Nichts verschluckt.« Sie lächelte erneut, ein dämonisches Leuchten flackerte in ihren schwarzen Augen auf. »Bist du bereit, sie zu retten? Bist du bereit, dein Leben zu riskieren?«

Der Thronerbe antwortete nicht, nickte angespannt ohne Runa anzusehen. Seine besorgten Augen schweiften wiederholt von Sinja zu Esther, die verzweifelt durch rabenschwarze Finsternis irrten, um einen Ausweg zu finden, der sich nicht auftun würde, dessen war sich Corvin bewusst.

»Du bist kein König«, fuhr Runa respektlos fort. »Du bist ein Straßenjunge, ein nutzloser Vagabund, dessen Blut von der richtigen Quelle abstammt.« Die Hexe trat erneut näher an ihn heran, hielt erst inne, als sie sich nahezu berührten. »Du bist nicht fähig, Leben zu retten, wirst meine Hilfe benötigen. Doch glaube nicht, dass diese ein Geschenk aufgrund von Loyalität sein wird.«

Der Thronerbe verschränkte die Arme vor der Brust, starrte Runa feindselig an, sprach erst, als sie eisern schwieg: »Was verlangst du? Nenne mir deinen Preis!« Corvin sah zurück, als ein Beben das Schloss urplötzlich erschütterte, beobachtete mit schreckgeweiteten Augen winzige Steine, die von instabilen Mauern und Decken bröckelten. Doch als er sich Runa erneut zuwenden wollte, war sie verschwunden. Sein Blick erfasste lediglich ein Fragment der Scherbe, das die Hexe auf dem Boden zurückgelassen hatte. Das Glas glänzte bläulich im einfallenden Licht der Sonne, offenbarte Esthers Gestalt, die verzweifelt weinend gegen einen unsichtbaren Widerstand schlug.

»Runa, nenne mir deine Forderung!« Seine Worte hallten durch den Thronsaal, mussten jeden Winkel des Schlosses erreichen, was sie zunächst mit bloßer Ignoranz strafte. Doch ehe Corvin wiederholt nach der Hexe rufen konnte, erklang ihre helle, schallend laute Stimme, die ihm das Herz bis zum Hals schlagen ließ.

»Berührst du die Krone, wird die Zeitschleife fallen. Berührst du die Krone, sind deine Begleiterinnen dem Untergang geweiht. Wählst du den Splitter, riskierst du dein Leben, dein Reich für eine Verbrecherin und eine Vagabundin. Triff deine Entscheidung, beweise mir, dass du ein wahrer König bist!«

Kapitel 6

Esther!« Corvin hastete keuchend durch die schmalen Gänge, hielt wiederholt inne, um hinter Säulen zu blicken, um Türen aufzureißen, die kein Leben vor seinen wachsamen Augen verbargen. Er spürte Runas bohrende Aufmerksamkeit, die auf ihm haftete, glaubte, ihr süffisantes Lachen zu hören, das sich in seine Gedanken verkeilt hatte wie die Zähne eines Raubtiers, das gewillt war, tiefsten Hunger zu stillen.

»Esther!« Die Stimme des Thronerben, die von anhaltender Sorge erfüllt war, hob sich, als er erneut die Scherbe ansah, die verzweifelte Prinzessin betrachtete, welche weinend um Hilfe schrie. Sie schien blind zu sein, gefangen in vollkommener Dunkelheit, Verwirrung lag in ihren zusammengekniffenen Augen, die angsterfüllt in seine Richtung blickten, ohne ihn wahrhaft zu sehen. »Esther!«

Corvin stand abrupt still, weil das Grollen des Gesteins erneut erklang, taumelte einen Schritt zurück, als eine Steinsäule kippte und direkt vor seinen Füßen auf verstaubten Steinplatten zerschellte. Staub wirbelte hoch auf, Sand zerstob in alle Richtungen.

»*Eine Verbrecherin.*« Corvin ignorierte Runas schallende Stimme, setzte seinen Weg unbeirrt fort, der ihn rasch tiefer in das taumelnde Abbild der längst vergangenen Realität führte. »*Eine Verbrecherin, die ihre eigene Schwester aus Eifersucht sterben ließ. Sie ertrank – trotz ihres unschuldigen Lebens – qualvoll im Kerker.*« Er sprang ohne zu zögern über eine umstürzende Steinsäule, rief wiederholt den Namen der Prinzessin, obwohl ihm bewusst sein musste, dass der Ruf unmöglich an Esthers Ohren dringen konnte. Sie war eine Gefangene der Scherbe, die er krampfhaft mit seiner rechten Hand umklammerte, wurde von der rothaarigen Hexe durch tiefste Dunkelheit getrieben, aus der es kein Entrinnen gab.

»*Sie kann dich nicht hören, sie kann dich nicht sehen. Ihre Seele ist gefangen, gefangen in einer Schleife, die in den nächsten Stunden zu Staub zerfällt. Hoheit, du hast die falsche Wahl getroffen.*«

Corvin schüttelte den Kopf, während sein hektischer Blick in Gänge glitt, über Geröll und Sand huschte, die Türen blockierten und Wege versperrten, die er gewillt war zu gehen.

»Hexe!« Der Thronerbe fuhr keuchend herum, als er Schritte vernahm, sah mit zusammengekniffenen Augen in staubigen, aufgewirbelten Sand, der seine Sicht fast vollkommen versperrte. »Hexe, sag, was du verlangst!« Corvins Blick schweifte über einen dunklen Schatten, über blutrotes Haar, das im siedendheißen Wind wehte. »Wo sind sie? Wo ist Esther, wo ist Sinja?«

Runa antwortete zunächst nicht, schenkte dem Thronerben ein kaltes Lächeln, trat näher an seine bebende Gestalt heran, hielt erst inne, als Corvin gräuliche Schatten in ihren rabenschwarzen Augen erkennen konnte. »Ergreife die Krone, rette dein Leben, rette dein Volk.« Sie hob die Hände, was ein lautes Grollen verursachte,

kantige Steine löste, welche aus deckenhohen Säulen brachen. »…
oder stirb mit den Mädchen an diesem seelenlosen Ort.«

Der Thronerbe schüttelte den Kopf. »Sterbe ich, wirst auch du
untergehen«, entgegnete er ohne Angst, ohne ein Zittern in seiner
Stimme. »Nenne mir deine Forderung!«

Runa neigte den Kopf auf die Seite, verzog das Gesicht zu
einem gekünstelten Lächeln. »Ich mag eine junge Hexe sein. Doch
die Stärke der magischen Fähigkeiten ist nicht unmittelbar mit dem
Alter verbunden. Glaubst du wirklich, dass ich nicht aus dem
Schleier entkommen kann?« Sie näherte sich ihm einen weiteren
Schritt, wickelte verführerisch ihre lange Mähne um zwei Finger.

»Ich verstehe deinen Unmut, deine Wut auf die Ordnung des
Reiches. Dem Zirkel ist große Ungerechtigkeit widerfahren. Doch
ich bin nicht gewillt, die Fehler der Vergangenheit zu wiederholen«,
entgegnete Corvin hektisch atmend, als sie schwieg, seine
Anordnung, Forderungen zu stellen, ignorierte. »Jeder Frau, jedem
Mann, jedem Kind soll bewusst sein, dass dein Zirkel Aurum
gerettet hat, während die Sippe, der ich angehöre, es einst in Schutt
und Asche legte. Runa, ich bin kein Heuchler. Lass mich dir
beweisen, dass meine Loyalität wahrhaftig ist.«

Die Hexe schwieg, lauschte gefühllos seinen eindringlichen
Worten.

»Kehrt Aurum unversehrt aus dem Schleier zurück, wird dein
Zirkel als Dank erhalten, was er begehrt. Ich verabscheue
Ausgrenzung, Zwang, Ausnutzung. Während meiner Zeit auf der
Straße sind mir viele Menschen begegnet, die uns unnütze
Vagabunden verachten. Ich kann nachfühlen, wie es dir, wie es
euch seit Generationen ergeht.«

Die Hexe zuckte wortlos mit den Schultern, starrte
durchdringend in die dunklen Augen des Thronerben, die sich

deutlich vom goldenen Sand abhoben, der Regen gleichend von den hohen Decken fiel.

»Sinja und Esther sind unschuldig. Sie waren nie an unserem Konflikt beteiligt. Lass mich sie befreien. Du kannst nicht all die Menschen opfern, indem du mich dem Tode überlässt«, fuhr Corvin beschwörend fort, als die Hexe andauernd schwieg, welche drohte, das Schloss zu zerstören, die Existenz Aurums hinter dem Schleier zu beenden.

»Die Forderungen des Zirkels sind nicht Entschädigung genug«, entgegnete Runa kopfschüttelnd. Tiefste Verachtung und Unverständnis lagen in ihren eiskalten Worten. »Als die Hexen den Schleier schufen, war Aurum dem Untergang geweiht. Nur wir konnten das Reich vor gänzlicher Zerstörung bewahren. Doch unter den Ältesten galt es lange Zeit als verwerflich, unsere magischen Kräfte eigennützig einzusetzen, die uns in die Wiege gelegt wurden. Sie akzeptierten die Gefangenschaft, verteidigten sie stets, wenn eine Hexe wagte, sich zu erheben.« Runa seufzte frustriert. »Um den Königen, die uns seit Schaffung des Reiches versklaven und unterdrücken, weiterhin zu dienen, erschuf der Zirkel den Schleier im Namen deiner Familie. Wir hätten in jenen Tagen alles erreichen können. Stattdessen haben diese naiven Waschweiber die Krone in die Zeitschleife verbannt, deren Existenz meiner Verantwortung obliegt. Doch sie unterschätzten mich, meinen Willen, meine Weigerung, deiner Sippe naiv zu dienen.« Sie schwieg, als Corvin den Mund öffnete, um sie zu unterbrechen:

»Ich riskiere mein Leben nicht, um vergangene Fehler zu wiederholen.« Der Thronerbe schüttelte nachdrücklich den Kopf, ehe er erneut einen besorgten Blick auf die Scherbe warf, auf Esthers verzweifeltes Gesicht.

»Dir ist Aurum lediglich aus heuchlerischen Geschichten bekannt. Du weißt nicht, wovon du sprichst«, entgegnete Runa abweisend. »Doch ich bin gewillt, dir die Wahrheit zu offenbaren. Höre meine Worte an, dann werde ich dir den Aufenthaltsort der silberhaarigen Schönheit verraten.« Sie hob die Hände, was augenblicklich ein wiederholtes Donnern verursachte, als er nicht umgehend reagierte.

»Ich höre«, entgegnete Corvin ungeduldig, wohl wissend, den magischen Fähigkeiten der Hexe hilflos ausgeliefert zu sein. Der nervöse Blick des Thronerben glitt über instabile Mauern, die aufgrund der Erschütterung vibrierten, über Kronleuchter, die an hohen Decken baumelten, als würde ein kräftiger Wind wehen.

»Einst war Aurum eine Wüste, ein brachliegendes Stück Land zwischen drei angrenzenden Königreichen.« Sie begann, ihm gegenüber auf und ab zu laufen. »Hexen besiedelten das Reich, bauten in der Einsamkeit den mächtigsten Zirkel auf, der bis heute existiert. Meine Vorfahren lebten idyllisch weit entfernt von jeder Zivilisation. Gewöhnliche Menschen bezeichneten sie als Verrückte, als Wahnsinnige, weil sie im goldenen Sand zu überleben glaubten. Doch Hexen sind mit der Natur verbunden. Sie ernährt uns, wärmt uns, heilt uns. Ihr seid nur zu blind, um es zu bemerken.« Runa lachte wehmütig auf, als hätte sie diese Zeit miterlebt, die Jahrhunderte zurücklag. »Doch die damalige Leiterin Zia verliebte sich in einen gewöhnlichen Menschen aus Lapis, dem Königreich, den der Tod regiert. Sein größter Wille war die Regentschaft eines Reiches, welches Zia, die mächtigste Hexe, die jemals in Aurum lebte, erschuf. Binnen einer Nacht erhoben sich Mauern und Gebirge aus goldenem Sand. Sie füllte Waffen- und Getreidekammern, ließ Wälder, Felder und Seen entstehen. Sie tat dies aus Liebe zu einem Mann, der als erster König Aurums in die

Geschichte einging. Als Zeichen seiner Herrschaft formte sie aus einem Strang Heu die Krone, schenkte ihr Macht, die Hexenkräften ähnelte. Sie verlieh ihm und all seinen Nachkommen Immunität gegen dunkelste Magie, die bis heute andauert. Es existieren nur wenige Ausnahmen, welchen ich mir durchaus bewusst bin.« Sie lächelte wissend, was mehr einem zähnefletschenden Raubtier glich. »Doch Zia hinterließ ihm und meiner Familie eine Warnung. Wird die Krone zerstört, ist das Reich dem Untergang geweiht. Aurum ist aus Staub entstanden und wird erneut zu Staub zerfallen.« Runa seufzte tief, ein dunkler Schatten legte sich auf ihre rosigen Wangen. »Dein Ziehvater und die zirkellosen Hexen bezeichnen dich als Frühling, der die Wende bringt, der das Königreich zu neuem Leben erwecken wird.« Die Hexe schüttelte abfällig den Kopf. »Sie sind jedoch nicht fähig, in die Zukunft zu blicken. Weißt du, was ich sehe?«

Corvin antwortete nicht, war wie zu Eis erstarrt, konnte sich lediglich zu einem hilflosen Schulterzucken durchringen, als er ihren auffordernden Blick auffing.

»Sieh dich um!« Der Thronerbe folgte ihren schwarzen Augen, die über Sand glitten, über Trümmer, entsprungen aus tonnenschwerem Stein.

»Der Frühling, wie sie dich nennen, ist hier. Dennoch regiert der Tod.« Runa trat näher an ihn heran, sah angespannt in sein Gesicht, das völliger Versteinerung gewichen war. »Hoheit, die Zeitschleife zerfällt seit vielen Jahren. Selbst meine Macht, selbst die Macht des gesamten Zirkels ist nicht fähig, sie länger aufrechtzuerhalten. Durch deinen Eintritt ist die Schleife erneut ins Wanken geraten.« Runa atmete tief ein, betonte die folgenden Worte, als wären sie Teil einer Prophezeiung, die sich längst zu erfüllen begann: »Zia hat diesem Mann ein Königreich geschenkt. Glaubst du, dass sie als Königin an seiner Seite stand?«

Corvin schüttelte den Kopf, lauschte angespannt den Offenbarungen der Hexe. »Zia starb, weil sie diesen Mann so sehr geliebt hat, dass sie bereit war, ihre Kraft zu opfern.« Runa unterbrach, trat einen Schritt zurück, ihre Augen verengten sich zu schmalen Schlitzen. »Dem Zirkel – meinen Vorfahren – gebührt die Ehre. Doch was geschah?« Sie wartete nicht auf eine Antwort, sprach unbeirrt weiter: »Meine Familie verlor die stärkste Leiterin, die sie je hatte. Dabei blieb es jedoch nicht. Uns wurde alles genommen: Macht, Kraft, Einfluss, Selbstbestimmung. Der König verbannte uns an den Rand der Gesellschaft. Doch aus Loyalität zu Zia unterwarf sich der Zirkel seiner Macht. Seither wird meine Familie von Königen gepeinigt, die glauben, dass ihre Kraft mächtiger sei als unsere. Sie irren, Hoheit, sie irren. Diese Ungerechtigkeit muss ein Ende finden. Hierfür werde ich kämpfen und das Reich zerstören, wenn es nötig ist.«

Corvin antwortete zunächst nicht, nickte schweigend, während er Runa beobachtete, die ihren Gang fortsetzte. Die Hände der Hexe waren zu Fäusten geballt, ihr ganzer Körper zitterte vor Wut und bitterer Enttäuschung.

»Ich bin kein König, musste auf der Straße aufwachsen. Dort gelten andere Gesetze. Damals mag euch der Dank versagt worden sein, was euch zwingt, am Rande der Gesellschaft zu existieren. Doch wer als Vagabund durch die Reiche zieht, weiß, dass die Einhaltung von Versprechen überlebensnotwendig ist. Unterstütze mich, verlasse mit Sinja, Esther und mir die Schleife. Dann werde ich mich persönlich für den Zirkel einsetzen.«

Runa hielt unvermittelt inne, verschränkte die Arme vor der Brust, sah misstrauisch in seine zu Schlitzen verengten Augen. »Du würdest dich einsetzen?«, wiederholte sie skeptisch.

Corvin nickte. »Dein Leben im Abseits wäre vorüber. Jede Frau, jeder Mann, jedes Kind muss erfahren, welch große Opfer ihr für Aurum gebracht habt. Mir ist bewusst, dass viele Hexen während der Schaffung des Schleiers starben. Ich schwöre im Namen der Krone, dass sie geehrt werden, dass ihr Handeln nicht umsonst gewesen ist. Wir sind auf den Zirkel angewiesen. Mir ist dies bewusst, dir ist dies bewusst. Es wird Zeit, dass auch die unwissende Bevölkerung die Wahrheit erfährt.«

Runa schüttelte ungläubig den Kopf. »Ihr seid alle gute Redner. Wie kann ich sicher sein, dass deine Worte nicht ausschließlich aus Lügen bestehen?«

Der Thronerbe zuckte unwissend mit den Schultern. »Du bist eine Hexe«, entgegnete er. »Nenne mir den Preis deines Vertrauens.«

Runas Lachen wandelte sich zu einem tückischen Grinsen. »Hoheit, mir ist bewusst, dass ein alter Zauber dich vor dunkelster Magie schützt. Doch es existieren Ausnahmen, die auf Handlungen deinerseits beruhen. Gehe mit mir einen Blutschwur ein. Dann werde ich dir den Aufenthaltsort der bedeutungslosen Grazien verraten und an deiner Seite stehen, bis mein Leben eines dunklen Tages endet.«

Corvin betrachtete die Hexe mit skeptischem Blick, schwieg zunächst, um ihr Angebot zu überdenken, obwohl dem Thronerben bewusst war, dass ihm keine Wahl blieb, wenn er Sinja, Esther und das Reich vor dem Untergang bewahren wollte. »Dein Wunsch ist mir Befehl, Hexe«, entgegnete er schließlich provozierend. »Doch ich verlange, dass auch du deinen Teil beiträgst.«

Runa nickte zufrieden, wandte ihm den Rücken zu und lief mit langsamen Schritten den Gang zurück, welchen er längst hinter sich zu haben glaubte. Das Gewand der Hexe streifte am Boden, während sie einen Fuß vor den anderen setzte, ihre Hände umklammerten zitternd den dünnen, rauen Stoff. Für Außenstehende schien sie eine junge, selbstbewusste Frau zu sein. Doch Corvin erkannte Unsicherheit, tiefste Enttäuschung und Furcht, die sie durch ihre aufgesetzte Art zu verbergen versuchte.

»Ein Blutschwur beinhaltet drei Elemente. Diese sind Versprechen, die niemals gebrochen werden dürfen, dein Blut und das meinige«, begann Runa erneut, als sich unangenehme Stille über ihre angespannten Gestalten legte. »Du wirst schwören, dass wir gleichberechtigt sind, dass drei vom Zirkel auserwählte Hexen in den Rat des Königs aufgenommen werden. Außerdem versprichst du uns Reichtum, Ehre und Freiheit in all unseren Entscheidungen.«

Sie hielt inne, wandte sich abrupt zu ihm um. »Im Gegenzug werde ich im Namen des Zirkels einen Schwur leisten.« Runa nahm eine goldene Kette in die Hände, welche stets unter ihrem Gewand verborgen war, und wies auf eine winzige, rundliche, gläserne Kapsel. »In diesem Gefäß vereint sich das Blut aller Hexen des Zirkels, was mich befähigt, Schwüre in ihrem Namen zu leisten.« Runa trat näher an den Thronerben heran und fasste ihn an den Wangen, was Corvin geduldig ertrug »Ich schwöre Treue gegenüber der Krone, Treue dir gegenüber. Ich schwöre, Aurum vor dem Untergang zu bewahren.«

Der Thronerbe nickte zustimmend. Doch sein Blick war fortwährend voller Zweifel. Er traute der Hexe nicht, die Aurums Untergang klaglos hinnahm, um ihren Willen zu erhalten.

»Ich leiste diese Schwüre für meinen Zirkel. Du wirst mir jedoch einen persönlichen Wunsch erfüllen.« Sie lächelte verführerisch, presste ihn gegen eine steinerne Säule, sprach erst, als ihr Gesicht direkt unter seinem war. »Du wirst mich binnen eines Jahres heiraten, ich werde deine Kinder – unsere Nachfahren – gebären, deren Zukunft die Beherrschung Aurums sein wird.« Sie unterbrach, drückte ihre roten Lippen auf seine. Doch Corvin erwiderte den Kuss nicht, griff nach Runas schmalen Schultern und stieß sie von sich.

»Du verachtest mich, ich verachte dich. Wir werden nicht heiraten, niemals!«

Die Hexe lachte, trat erneut näher an ihn heran und fasste grob den ledernen Mantel, der lediglich ärmlichen Leinen verbarg. »Zunächst habe ich den Wunsch meiner Mutter abgelehnt, mich wie eine dreckige Straßendirne zu verhalten. Doch sie hat nicht unrecht. Ich brauche dich, um wahrhaft an Aurums Regierung beteiligt zu sein. Daher verlange ich den Platz an deiner Seite. Nimm mein Angebot an oder stirb mit den unnützen Vagabundinnen, deren Seelen im Glas gefangen sind.«

Sie trat zurück, strich durch ihr langes, blutrotes Haar, welches das makellose Gesicht der Hexe umrahmte, ihren schwarzen Augen einen dämonischen Glanz verlieh. Sie war eine verführerische Frau, die ihre Schönheit stets offen ausspielte, auf den Straßen die Blicke junger und alter Männer auf sich zog. »Bin ich einer Königin nicht würdig?« Runas Miene verfinsterte sich, als er nicht sofort antwortete. »Ich verlange, dass du auf meinen

Willen eingehst. Triff deine Entscheidung, ich kann diesen Ort nicht ewig aufrechterhalten.«

Corvin seufzte bekümmert. »Du bist zauberhaft«, entgegnete er mürrisch. »Dennoch bevorzuge ich eine Frau, die auf Erpressung verzichtet. Doch ich stehe mit dem Rücken zur Wand. Mir ist bewusst, dass ich keine Wahl habe, dass ich meine Befindlichkeiten nicht über das Schicksal des Reiches stellen kann.« Er atmete tief ein, versuchte, das schwache Zittern zu verbergen, das seine Worte durchdrang wie Schimmel veraltetes Brot. »Wenn es dein Wille ist, Königin zu sein, werde ich dich heiraten.«

Runa lachte zufrieden, ergriff seine Hand und zog ihn den langen, breiten Gang entlang. »In Aurum mag es Tradition sein, in Gold zu heiraten. Doch ich bevorzuge Silber und Weiß, wie es in den anderen Königreichen üblich ist.« Sie küsste den Thronerben auf die linke Wange, was er schweigend erduldete. »Du wirst mich lieben und ehren, bis dass der Tod uns scheidet.« Es waren gewöhnliche Worte, welche Paare während der Hochzeitszeremonie einander versprachen. Doch aus Runas Mund klangen sie wie eine tödliche Waffe, die eines Tages in seinem toten Herzen verharren würde.

»Das werde ich«, entgegnete Corvin, ohne Hohn und Spott zu verbergen, was die Hexe lächelnd ignorierte. Seine volle Aufmerksamkeit galt dem Thronsaal, den Gemälden an den Wänden, die in der Realität längst zu Staub zerfallen waren. Sie bildeten Aurums Könige seit Schaffung des Reiches ab, Königinnen, deren Schönheit mit der Sonne im Hintergrund konkurrierte. Schließlich fiel sein Blick erneut auf Runa, die sich dem Thron bedächtig näherte und nach der Krone griff.

»Bitte, setz dich zu mir, Geliebter.« Corvin betrachtete das filigrane Gold in den zierlichen Händen der Hexe, ihre roten

Nägel, die über winzige Steine strichen. Sie schimmerten rötlich und golden im Licht der Sonne, die in dieser Welt stetig schien. »Ich wiederhole mich ungern«, fügte Runa verärgert hinzu, als er ihrer Aufforderung nicht gleich nachkam.

Der Thronerbe nickte, ließ sich auf den staubbedeckten Erdboden sinken und betrachtete nachdenklich die Frau, die er während des Rituals schwören würde zu ehelichen, obwohl er sie zutiefst verachtete.

»Hoheit, nimmst du mein Angebot an?«, fragte Runa beschwörend. Sie atmete tief ein, als er zögerlich nickte, gab sich vollständig ihrer Magie hin, die sie zu beschützen bestimmt war.

»Das werde ich«, entgegnete Corvin widerwillig mit gepresster Stimme. Sein Blick fixierte Runas Hände, welche im nächsten Augenblick den Boden berührten, rot schimmernde Linien, die sich unter ihren Körpern zu einem Pentagramm vereinten.

Schließlich zog sie einen Dolch und strich sanft über die scharfe Klinge, die ihren linken Daumen zerschnitt, als wäre er ein dünnes Stück Papier. »Blutschwüre sind magisch.« Sie streckte die Zunge heraus und leckte spöttisch lächelnd das Blut von ihrer verwundeten Haut. »Bist du bereit, ihn einzugehen?«

Corvin seufzte tief, beobachtete rasend, wie Runa das Artefakt der Herrschaft in ihrer Mitte platzierte.

»Berührst du die Krone, wird die Zeitschleife fallen. Ich brauche mich doch nicht zu fürchten, oder irre ich mich?«

Der Thronerbe erwiderte ihren skeptischen Blick, schüttelte den Kopf. »Ich bin nicht gewillt, Esther und Sinja im Stich zu lassen«, entgegnete er, weil sie auf seine bloße Geste nicht reagierte. »Meine geliebte zukünftige Gattin werde ich selbstredend beschützen«, fuhr er heuchlerisch fort, was Runas ernsten Gesichtsausdruck zu einem ärgerlichen Lachen verzog.

»Du lernst schnell, mein König. Doch sorge dich nicht. Meine Vorzüge wirst du früh genug zu schätzen wissen.« Sie ergriff Corvins Hände, strich mit ihren Fingern sanft über seine sonnengebräunte Haut. »Nun schweig. Ich brauche Ruhe.« Die Hexe würdigte ihn eines letzten Blickes, ehe sie die Augen schloss und unverständliche Worte murmelte, welche rätselhafter kaum sein konnten. Sie klangen magisch, uralt wie ein geheimnisvolles Lied. »Die Dunkelheit ist bereit, unsere Schwüre anzunehmen. Doch brichst du sie, wirst du eben von dieser verschlungen werden.«

Corvin beobachtete misstrauisch, wie sie ihren verletzten Daumen gen Boden senkte, betrachtete rubinrotes Blut, das augenblicklich die Linien des Pentagramms füllte. »Schwöre, was du versprochen hast.«

Der Thronerbe sah wie gelähmt in das auffordernde Gesicht der schönen Hexe, begutachtete ihre mädchenhaften Züge, die völlig zu Stein erstarrt waren.

»Schwöre, was du versprochen hast!«, wiederholte sie zitternd.

Corvin erkannte, dass ihr Körper bebte, dass das Ritual Runa mehr Kraft abverlangte, als sie zuzugeben vermochte. »Ich schwöre, dass drei vom Zirkel Auserwählte in den Rat des Königs aufgenommen werden, verspreche den Hexen Aurums Gleichberechtigung, Reichtum, Ehre, Freiheit in all ihren Entscheidungen.« Er unterbrach den Schwur räuspernd, als seine Kehle jedes fortfahrende Wort verweigerte. Der Körper des Thronerben sträubte sich gegen ein Eheversprechen, gegen die Hexe, welche den Blick unentwegt auf ihn richtete. »Ich schwöre, dich binnen eines Jahres zu heiraten, dir den Platz an meiner Seite als Königin zu gewähren.«

Runa lächelte, legte den Kopf schräg, wartete. »Du vergisst eine winzige Kleinigkeit.« Sie umfasste Corvins Hände fester, bohrte ihre langen Fingernägel in seine Haut.

»Ich schwöre, dir Kinder zu schenken, dich zu lieben und zu ehren, bis dass der Tod uns scheidet.«

Die Hexe nickte zufrieden, ehe sie den Mund öffnete, um ihren Schwur zu leisten. »Ich verspreche dich zu lieben, unsere Kinder zu gebären. Weiterhin schwöre ich im Namen meines Zirkels Loyalität gegenüber der Krone, Treue dir gegenüber. Ich schwöre, dein Königreich vor dem Untergang zu bewahren.« Sie hielt den Atem an, griff nach dem zarten Dolch und strich sanft, beinahe zärtlich, über die messerscharfe Klinge.

»Ich bin ungekrönt. Das Reich liegt erst in meinen Händen, wenn ich König bin.«

Runa seufzte. »Ich schwöre, Aurum vor dem Untergang zu bewahren«, verbesserte sie sich selbst. »Bist du nun zufrieden?«

Corvin nickte, wandte seine rechte Handfläche gen Decke, um den Schnitt zu erwarten. »Ich frage dich, Hoheit, bist du wahrlich bereit, diesen Schwur zu leisten, der nicht gelöst werden kann, ohne dem Tod in die Augen zu blicken?« Runa strich mit der Klinge sanft über seine Haut, ohne einen Schnitt zu verursachen, schaute angespannt zu ihm auf.

»Du lässt mir keine Wahl«, entgegnete er niedergedrückt. Die Stimme des Thronerben klang rau wie erstickt. Doch er durfte seine Befindlichkeiten nicht über das Schicksal des Reiches stellen. »Ich leiste den Schwur, bin mir der Folgen bewusst.«

Runa nickte zufrieden, drückte die scharfe Klinge in seine Haut, zerschnitt Corvins Handfläche und beobachtete einen Tropfen Blut, welcher der Wunde augenblicklich entwich.

»Ich leiste den Schwur, bin mir der Folgen bewusst«, wiederholte Runa ehrfürchtig, während sie sich schnitt und ihre Handfläche gegen seine drückte. »Vom jetzigen Zeitpunkt an sind wir durch einen Blutschwur verbunden, Hoheit – auf ewig.«

Kapitel 7

»Sinja, Corvin!« Esther taumelte angsterfüllt zurück, watete blind durch tiefste Dunkelheit, die der Prinzessin vor unerträglich langen Stunden das Augenlicht geraubt hatte. Sie vernahm einen eisigen Windhauch, der ihr ins Gesicht schlug, kalte Klauen, die nach ihrem ausgezehrten Körper gierten. Esther spürte, dass der Tod auf sie lauerte, dass seine knöchernen Hände stets nach ihr griffen, wenn sie es wagte, innezuhalten.

»Wo bin ich?« Die Prinzessin keuchte schwer, stützte die Hände auf ihre zitternden Knie auf und atmete tief ein, während ihr Blick stetig auf die unendliche Schwärze gerichtet war. »Wo, wo ...?« Esther schluchzte, wischte sich hastig aufkommende Tränen von den Wangen. Sie war völlig erschöpft, kaum fähig, einen Schritt vor den anderen zu setzen.

»Schwester!« Die Prinzessin hielt schützend die Hände vor das Gesicht, als sie ein strahlendes Leuchten erkannte, Skadis helle Stimme vernahm, die ihr einen kalten Schauer über den Rücken jagte. »Sieh mich an!«

Esther zitterte, spähte angsterfüllt durch ihre gespreizten Finger hindurch und beobachtete die Eisprinzessin, deren elfengleicher Körper in das weiße

Hochzeitskleid gehüllt war, das sie zum Zeitpunkt ihres Todes gezwungen gewesen war zu tragen.

»Sieh mich an!« Esther taumelte zurück, als das Licht abnahm, Skadi gänzlich freigab, die sich ihr mit federnden Schritten näherte. »Du hast mich getötet, hast mein Leben ausgelöscht, als wäre es wertloser Müll!« Ihre Stimme gipfelte in einem Schrei, der in der Dunkelheit laut widerhallte, als wäre die Finsternis, die sie umgab, wahrhaftiger Stein.

Die Prinzessin schüttelte hastig atmend den Kopf, wich zurück, als sich die weißhaarige Schönheit ihr stetig näherte, deren mitternachtsblaue Augen zu schmalen Schlitzen verengt waren.

»Du bist es nicht!«, brachte Esther schließlich schluchzend hervor, während ihr ganzer Körper vor Schuld und Angst bebte. »Du bist es nicht!«, wiederholte sie weinend.

»Ich bin es nicht?« Skadi wies auf ihre bläulichen, vollen Lippen, die einst zartrosafarben gewesen waren. »Erinnerst du dich an unseren letzten gemeinsamen Moment, als du mich in den Kerker warfst?« Die Eisprinzessin hielt schluchzend inne, wischte sich aufkommende Tränen von den Wangen.

Esther nickte, wandte den Blick dem Boden zu, als sie ein dumpfes Plätschern vernahm, beobachtete mit schreckgeweiteten Augen Wasser, das ihr in Form von Schlangen entgegen kroch. »Ich erinnere mich«, hauchte sie verzweifelt. »Ich erinnere mich.« Ein kalter Schauer erfüllte den Körper der Prinzessin, als sie die Kälte des flüssigen Eises auf ihrer Haut spürte. »Es war nie mein Wille, dich zu töten, Skadi.« Esthers Stimme strotzte vor tiefstem Schmerz, vor nagender Schuld, die sie keine Nacht ruhig schlafen ließen. »Ich, ich ...« Sie brach ab, als ein lautes, unkontrolliertes Schluchzen ihre flehenden Worte unterband, taumelte näher an die Eisprinzessin heran, deren schönes Gesicht Gefühllosigkeit gewichen war.

»Als das Eis schmolz und die Mauern barsten, vernahm ich laute Schreie, die mein Herz erschütterten. Ich glaubte nicht an Rettung, habe nie an Rettung geglaubt. Aufgrund Kianas Rückkehr, deren Erzkrone Glacies befreite, war mein Leben dem Untergang geweiht. Doch nicht sie verdammte mich dazu, im Kerker zu sterben.« Skadis dunkle Augen, die aus den Tiefen der Meere zu stammen schienen, waren leer, ganz und gar ohne Gefühl, was Esther bewusst werden ließ, dass es eine Illusion war, die zu ihr sprach. Dennoch lauschte sie Skadis Worten, den donnernden Vorwürfen, die das Herz der Prinzessin mehr und mehr in Stücke rissen.

»Du bist nicht echt«, entgegnete Esther schließlich, als sie schwieg, das Wasser beobachtete, welches unaufhaltsam die Dunkelheit füllte.

»Ich bin nicht echt«, bestätigte Skadi tückisch grinsend. »Dennoch bist du gezwungen, meine Geschichte zu hören, ob du gewillt bist oder nicht. Denn es ist die Wahrheit, die ich dir offenbaren werde.«

Esthers Blick erfasste Skadis langes, weißes Haar, das dunkler wurde, einem sanften Grau glich, als sie sich stetig vom Licht entfernte, das ihr einziger Anker in tiefster Dunkelheit war.

»Du hättest mich beschützen müssen«, fuhr die Eisprinzessin schließlich monoton fort. »Doch dein Hass und deine Eifersucht waren stärker.« Skadi seufzte, wandte die Augen erneut dem fließenden Wasser zu.

»Ich verachte dich nicht.« Esther schüttelte verzweifelt den Kopf. »Ich war von Neid erfüllt«, gestand sie zitternd, streckte eine Hand nach ihr aus und berührte sanft die kalten, bläulichen Fingerkuppen der Eisprinzessin. »Doch du bist meine Schwester. Ich liebe dich«, fuhr Esther weinend fort, obwohl sie wusste, dass es nicht wahrhaftig Skadi war, die im nächsten Moment gefühllos zu ihr aufblickte. »Du bist nur ein Trugbild, ein Produkt der Hexe, die mich an diesen Ort verbannte.« Die Gedanken der Prinzessin streiften nur flüchtig die rothaarige Schönheit, welche ihr offenbart hatte, dass sie an diesem Ort den Tod finden würde. »Doch ich muss erfahren, was dir widerfahren ist.«

Skadi trat einen Schritt zurück, hob die Hände und wies auf metallene Gitter, die augenblicklich von der Dunkelheit geboren wurden, die Körper der Gefangenen in ihrer Mitte einschlossen. »Du musst es sehen!«, hauchte sie. »Du musst es spüren!«

Esther fuhr herum, als sie Schreie hörte, Rufe, die aus den Kehlen Gefangener stammten, die gezwungen gewesen waren, mit ihrer Schwester zu sterben.

»Als das Eis schmolz und die Mauern brachen ...«, wiederholte Skadi mit ehrfürchtiger Stimme, ohne dem steigenden Pegel Beachtung zu schenken, der längst bis zu ihren Knien reichte. »... überschwemmte das Wasser die Stadt.« Esther vernahm ein lautes Plätschern, als die Eisprinzessin begann, ihr gegenüber auf und ab zu laufen. »Die Menschen flohen in Richtung Schloss, das ihnen Sicherheit versprach. Keiner schenkte den Gefangenen zunächst Beachtung. Lediglich vier mutige Sklaven glaubten an unser Überleben. Doch es war zu spät.« Skadi schüttelte verächtlich den Kopf. »Der Pegel stieg!« Das Wasser schien ihrem Willen zu gehorchen, reichte augenblicklich bis zu Esthers Hüften. »Die Herzen der Ignem, die der Kälte nicht lange trotzen konnten, stellten ihren Dienst ein, was zu einem schnellen, annähernd schmerzlosen Tod führte. Ich hingegen verblieb allein, weil die Glacien nahezu immun gegen Kälte sind.« Die Schreie der Gefangenen, die Esthers Herz bis zum Hals schlagen ließen, verstummten, als die Eisprinzessin ihre Worte vollendete. »Doch das Schweigen der Toten erhöhte die Unerträglichkeit der Schreie Lebender außerhalb des Kerkers. Ich betete in meinen letzten Minuten für jede Seele, für Isa und Raik, selbst für dich, obwohl du weder das Leben noch Vergebung verdienst.«

Esther hielt den Atem an, als der Pegel weiter anstieg, ihr Gesicht umspielte, das gen Decke starrend die Wasseroberfläche durchdrang. Sie spürte, wie sich eine eisige Kälte in ihrem Inneren ausbreitete, wie ihr Herz raste, als würde es im nächsten Augenblick zerspringen.

»Hör auf! Bitte, hör auf!«, hauchte Esther leise flüsternd. »Ich, ich ...« Sie schwamm in Richtung Gitter, als sich die kalte Flüssigkeit einen Weg durch die Lippen der Prinzessin bahnte.

»Auch ich versuchte, den Kopf über der Oberfläche zu halten.« Skadi, die ebenfalls einen eisernen Stab des Gitters umklammerte, ignorierte die Worte *ihrer Schwester, den verzweifelten Ausdruck auf ihrem Gesicht.* »Doch das Wasser stieg unbarmherzig an, bis es den Kerker gänzlich füllte.«

Esther hielt den Atem an, drückte den Kopf gegen die Illusion einer steinernen Decke, versuchte zu atmen. Doch sie war nicht mehr fähig, Sauerstoff aufzunehmen, Luft einzuhauchen, die der tosenden Gewalt des geschmolzenen Eises gewichen war.

»Sekunden gleichen im Todeskampf Minuten. Minuten gleichen im Todeskampf Stunden.« *Skadi lachte kalt, als sich Esthers Körper aufbäumte, fuhr unbeirrt fort.* »Doch die Erkenntnis, dass das Leben vorüber ist, überfällt einen erst, wenn das Herz aufhört zu schlagen.«

»Es ist Zeit!« Runa öffnete die Augen, warf Corvin einen angespannten Blick zu, ehe sie das blutige Pentagramm unter ihren Körpern betrachtete, das zu Sand zerfiel, als sich die Hexe erhob. »Ich bin bereit, meinen Schwur einzulösen.« Sie griff nach der Krone, die zwischen ihnen auf dem staubigen Steinboden lag, und schob das Artefakt der Herrschaft in die Innentasche ihres schwarzen Gewandes. »Esthers Lebenskraft schwindet. Die Dunkelheit greift nach der Prinzessin, giert nach ihrer verdorbenen Seele wie Motten nach Licht.«

Corvin ignorierte die Provokation, betrachtete seine ungeliebte Verlobte skeptisch, die sich hastig in Richtung zweier schmaler Seitentüren bewegte. »Geliebter, spute dich. Ich kann die Zeitschleife nicht ewig aufrechterhalten.« Die Hexe lächelte zufrieden, als er der Aufforderung protestlos nachkam, ihr gehetzten Schrittes folgte.

»Wo ist sie?«, fragte der Thronerbe ungeduldig, riss die linke Tür auf und betrat den breiten Gang, welchen er zuletzt vor Stunden gegangen war, um den Blutschwur mit der Hexe einzugehen, die geschworen hatte, ewig an seiner Seite zu stehen.

»Spute dich!«, zischte Runa aufgebracht, Corvins Frage gänzlich ignorierend. »Esther ist, wo sie hingehört.« Die Hexe grinste boshaft, wandte ihm den Rücken zu und beschleunigte ihren Schritt. »… im Kerker!«

Der Thronerbe öffnete den Mund, um ihren spitzzüngigen Vorwurf zu kommentieren. Doch ehe Corvin ein Wort herausbrachte, spürte er die Vibrationen des Bodens, betrachtete mit schreckgeweiteten Augen breite Risse, die sich in den weißen Stein schlugen.

»Die Zeitschleife«, keuchte Runa angespannt, hielt unvermittelt inne und starrte durch ein gebrochenes Fenster hindurch in die Freiheit, wo das Unglück traurige Gestalt annahm. Ihr Blick schweifte über weit entfernte zusammensinkende Gebäude, über einen tiefen Spalt, der das Reich in zwei Hälften zu teilen drohte. »Jede Erschütterung kostet mich Kraft«, fuhr die Hexe ächzend fort, ehe sie ihren Körper erneut in Bewegung setzte, ohne den Blick von der Katastrophe abzuwenden, die bislang nur die äußeren Bezirke der Stadt donnernd überfiel. »Lauf!«

Corvin spürte die kalte Hand der Hexe, die seine umfasste, folgte ihr hastig atmend einen schmalen Gang entlang, hielt inne, als sie am oberen Ende einer brüchigen Treppe abrupt stillstand. Doch ehe der Thronerbe fragen oder protestieren konnte, sprang sie die gespaltenen Stufen hinab, was augenblicklich tiefste Dunkelheit über ihre zierliche Gestalt legte. Er erkannte nur das rote Haar der Hexe, welches einer Fackel gleichend im lauen Wind wehte.

»Ich bin es leid, Spiele zu spielen! Befreie sie!«, zischte Corvin wütend, während er Runa durch die rabenschwarze Finsternis folgte. »Du hast Sinja und Esther in die Gefängnisse gesperrt, hast gedroht, ihr Leben auszulöschen. Nun bist du nicht fähig, sie zu befreien?«

Runa fuhr herum, Anspannung leuchtete in ihren Augen auf. »Diese Scherben sind unüberwindbare Gefängnisse, Geliebter«, entgegnete sie nahezu sanftmütig. »Sie vervollständigen Fenster, Gläser, Spiegel, verschiedenste Bildnisse, lebende Organismen und Orte. Die wahren Gestalten der Fragmente können jedoch gänzlich andere sein, das Blatt eines Baumes, die Blüte einer Rose. Esther und Sinja sind erst frei, wenn wir die Splitter den richtigen Orten zugeführt haben. Deine teure Prinzessin ist eine wegen Mordes gesuchte Verbrecherin. Daher wählte ich als passendes Gefängnis den Kerker.« Sie verstummte plötzlich, zog den zweiten Teil der Scherbe aus einer schmalen Tasche ihres schwarzen Gewandes, was Corvins Blick auf Sinja lenkte, die weinend am Boden kauerte. »Sie ist ein hübsches, liebenswertes Ding, hat das Leben auf der Straße nicht verdient. Du kannst sie in eine bessere Zukunft führen, wenn du dich als wahrer König entpuppst«, fügte sie zweifelnd hinzu.

»Das werde ich.« Der Thronerbe nickte, um seine Aussage zu untermauern, wandte die Augen einer Fackel zu, deren Flamme hoch aufloderte, als sich Runa ihr schnellen Schrittes näherte. Doch sie war nur ein winziges Licht, das in der Schwärze der Dunkelheit fast unterging.

»Magische Orte reagieren auf ihre Schöpfer.« Die Hexe lächelte ungezwungen, was ihm einen flüchtigen Blick hinter ihre eisige Fassade gewährte, ehe sie Corvins rechte Hand erfasste und unbeirrt tiefer in die Dunkelheit des Ganges eindrang. Sie kannte jeden Winkel des Schlosses, während der Thronerbe die entlegensten Orte niemals betreten hatte. »Ich stehe an deiner Seite, mein König, werde dich stets unterstützen. Doch ich erwarte

Gleichberechtigung in all unseren Entscheidungen.« Sie bog in einen breiten, schmucklosen Gang ein, hielt inne, als sich ein schweres, eisernes Tor den Suchenden gegenüber erhob und fuhr fort, ohne eine Antwort auf ihre Aufforderung abzuwarten. »Die Kerker schützten das Volk einst vor den bösartigsten Menschen des Reiches«, sagte die Hexe ehrfürchtig, während ihre Hände über Ketten glitten, über menschliche Gestalten fuhren, deren ausgemergelte Körper seltsam gekrümmt am Boden verharrten. Sie symbolisierten die dunkle Seite Aurums, Gewalt, Hass und nicht enden wollende Folter. »Du wirst als König schwere Entscheidungen treffen müssen, Geliebter.« Runas Gesicht verzog sich zu einem herablassenden Grinsen. »Lass mich diese zukünftig fällen. Ich bin aus härterem Holz geschnitzt, habe gelernt, dass das Überleben der eigenen Sippe über jeder Existenz steht.« Sie sah ihn abschätzend von Kopf bis Fuß an, ehe sie wieder in seine zu Schlitzen verengten Augen sah. »Du hingegen bist zu sanft, zu hilfsbereit, unfähig, nötige Entscheidungen zu treffen. Wenn du mich vor die Wahl gestellt hättest, wären Esther und Sinja dem Untergang geweiht gewesen. Doch du riskierst nicht nur deine Existenz. Du riskierst das Leben des gesamten Volkes, das goldene Reich, welches die Aufmerksamkeit eines wahren Königs verdient.«

Corvin erwiderte ihren missachtenden Blick. »Ich mag in deinem Sinne falsche Entscheidungen treffen. Doch ich lernte auf der Straße, dass es mehr gibt als uns, dass Egoismus und Alleingang nur eines bringen ...« Der Thronerbe trat näher an sie heran, hielt inne, als sich ihre Körper unmerklich berührten. »... den Tod.« Er vernahm den leisen, nervösen Atem der Hexe, blickte starr in Runas gefühllose Augen. »Ich werde dich niemals lieben, niemals zu schätzen wissen. Du wirst stets die Frau sein, die mich zwang, den Schwur sie zu heiraten, einzugehen, nicht mehr.« Er trat zurück, seine abfällige Stimme wandelte sich zu einem unheilvollen Flüstern: »Ich verachte dich, Hexe. Dein Fall wird meine Begierde sein. Dein Fall wird mich vor einer Ehe bewahren, die ich nie gewillt sein werde, zu führen.«

Runa lächelte kalt, trat zutiefst beeindruckt zurück, presste ihren zierlichen Körper gegen die steinerne Mauer. Doch in den schwarzen Augen der Hexe konnte Corvin Erregung erkennen, die sie zu verbergen versuchte. »Wir haben keine Zeit«, hauchte Runa schließlich mit brüchiger Stimme, ehe sie das Tor aufstieß und in die weiten Hallen des Kerkers eintrat, die von Stahl und Stein gesäumt waren.

»Begib dich auf die Suche nach Auffälligkeiten.« Ihre wachsamen Augen glitten über Ketten, Zellen und Gitter, über Knochen Verurteilter, die nie zu Grabe getragen worden waren. »Kennst du die Geschichten?«, fragte die Hexe leise flüsternd, als würde sie lauschende Ohren befürchten. »Kennst du die Geschichten der Spiegel?«

Der Thronerbe schüttelte schweigend den Kopf, ohne sie eines Blickes zu würdigen. Seine volle Aufmerksamkeit galt den menschlichen Überresten, spiegelndem Glas, das jeder Zelle gegenüber an eisernen Ketten von hohen Decken baumelte.

»In der Vergangenheit oblag es nicht den Königen allein, Urteile zu sprechen. Sie überließen dies meist Richtern, die schworen, das Reich von Verbrechen zu bereinigen. Hexen, weise Frauen, standen ihnen zur Seite, flüsterten den Auserwählten Prophezeiungen ein, Weisheiten, die lediglich aus Fantasien und Irrsinn bestanden.« Runa streckte eine Hand aus, fuhr mit ihren langen Nägeln über das kalte Metall eines eisernen Gitters. »Diese Frauen glaubten wahrlich an ihre eigenen Worte, ließen Spiegel gegenüber jeder Zelle anbringen, um den Verurteilten ihre wahren Gestalten in Form bösartiger Dämonen zu offenbaren. Diese Närrinnen versuchten, die grausamsten Verbrecher zu heilen, um sie in eine Gesellschaft einzugliedern, die sie längst verstoßen hatte.« Die Hexe schüttelte abfällig den Kopf, ehe sie innehielt und Esthers verzweifeltes Gesicht im Glas eines gebrochenen Spiegels betrachtete. Die silberhaarige Prinzessin kauerte weinend am Boden, sah blind in Runas Richtung, ohne die Hexe wahrzunehmen. »Geliebter, du wirst noch viele dunkle Geschichten über Aurum – das Königreich des Goldes – ertragen müssen. Ich bin gespannt darauf zu erfahren, ob du wahrlich gewillt bist, diese zu hören, um die vergangenen Fehler nicht zu wiederholen«, fuhr Runa skeptisch fort.

»Du wirst mich erleuchten«, entgegnete der Thronerbe ärgerlich, während er zitternd die Scherbe in einen Sprung einsetzte, welcher der Form des Glases in seinen Händen glich. »Doch zunächst werden wir Esther und Sinja befreien, wie du es geschworen hast. Wenn das Reich unser ist, wirst du mich ein Leben lang mit Geschichten aus der Vergangenheit beglücken können.« Corvin erschauderte, als er Runas Hand spürte, die sein Handgelenk umfasste, ihn einen Schritt zurückzog, was seinen Griff von der Scherbe löste, die augenblicklich mit dem Rest des Glases verschmolz, das Bild der Prinzessin vereinte, welche panisch zitternd in das Gesicht des Thronerben starrte.

»Du bist nun fähig, den Spiegel zu verlassen.« Corvin vernahm die Stimme der Hexe nur wie ein weit entferntes Echo. Seine volle Aufmerksamkeit galt Esther, die furchtvoll nach dem Glas griff, ihre Fingerspitzen in die lang ersehnte Freiheit streckte. »Trete hindurch!« Runas nervöser Blick fiel auf Staub, der sich von hohen

Decken löste, auf winzige Steine, die kaum merklich auf den gebrochenen, schwarzen Steinplatten aufschlugen. »Du bist frei!«

Esther, deren glasiger Blick fortwährend auf Corvin gerichtet war, nickte schaudernd, während sie aufstand und angsterfüllt durch den Spiegel trat, der auf der anderen Seite des Glases nur Schwärze, Angst und Tod zurückließ. Doch ehe sie die Illusion der Vergangenheit vollständig verließ, schaute die Prinzessin zurück, betrachtete Skadis leblose Gestalt, welche im deckenhohen eiskalten Wasser trieb. »Geh, rette dein erbärmliches Leben.« Esther erschauderte, als sie die frostigen Worte der Eisprinzessin vernahm. »Doch du wirst deine Tat nicht vergessen können.« Ihre Stimme glich einem unheilvollen Flüstern. »Niemals!«

Elins Blick schweifte über schwarze Gewänder, die ihrem glichen, über drei dürre, greise Hexen, welche nicht dem Zirkel angehörten, der Krone treu ergeben waren, ehe sie erneut Zayn ansah, dessen hochgewachsene Gestalt ihre um eine Haupteslänge überragte. »Schickt sie fort!«, sagte Elin erbost, die Arme ablehnend vor der Brust verschränkt. »Mir steht die Macht des Zirkels zur Verfügung. Ich erwarte, allein mit Euch zu sprechen, Hoheit.« Der Hexe war bewusst, dass der stellvertretende König ihre Nähe nicht grundlos suchte, dass er von Runas Blutschwur erfahren haben musste, den sie ohne Absprache eingefordert hatte. Doch während sich ihre junge, ungestüme Nachfahrin den Platz an Corvins Seite sicherte, verharrte Elin am Rande der Stadt, um mithilfe des Zirkels den Schleier aufrechtzuerhalten.

»Wir werden ...« Die älteste zirkellose Hexe brach abrupt ab, als Zayn die Hand hob, um Ruhe einzufordern, was das hintergründige Gemurmel ihrer Gefährtinnen vollkommen verstummen ließ.

»Geht, erwartet mich im Schloss!« Seine Stimme senkte sich stets deutlich, wenn er zu den Zirkellosen sprach, die nur zögerlich von der Seite des stellvertretenden Königs wichen. »Ich bin um eine friedliche Einigung bemüht.« Zayn vernahm leise Schritte, die kaum hörbar an seine Ohren drangen, fuhr erst fort, als die schwere Tür hinter den Hexen ins Schloss fiel: »Sie begeht Hochverrat!« Sein eisiger Blick war andauernd auf Elin gerichtet, die ihrer Tochter ähnelte, als wären sie eins. Sie schwieg, ihre zarten Hände umklammerten den rauen Stoff des bodenlangen, pechschwarzen Gewandes, das jede Hexe im Reich gezwungen war zu tragen. »Es ist Eure Tochter, Euch obliegt die Verantwortung«, fuhr er harsch sprechend fort, was sie lediglich abfällig kopfschüttelnd erwiderte, ohne ihn eines Blickes zu würdigen. Ihre schwarzen Augen, die der Finsternis glichen, fixierten das geöffnete Fenster, ein lauer Windstoß schlug der Leiterin des Zirkels ins Gesicht.

»Verräter erwartet in Aurum der Tod«, fuhr Zayn angespannt fort, was die Aufmerksamkeit der Hexe erneut auf seine Gestalt lenkte. »Doch im Namen des wahren Königs bin ich bereit, Eure Tochter zu begnadigen, wenn sie den Blutschwur von Corvin nimmt. Niemand würde von ihrem Gesetzesverstoß erfahren, darauf gebe ich Euch mein Wort.«

Elin räusperte sich, ein süffisantes Lächeln umspielte die vollen Lippen der Hexe. »Ihr gewöhnlichen Menschen wisst nicht, wie unsere Magie funktioniert. Ein Blutschwur ist bindend, bis das Herz aufhört zu schlagen.« Sie verschwieg die vollkommene Wahrheit, trat selbstbewusst näher an ihn heran, tippte kräftig gegen seine Brust. »Ich kann meine Tochter nicht kontrollieren, ich werde meine Tochter nicht kontrollieren. Runa mag dickköpfig sein. Doch ihre Macht ist bedeutend für uns, für Aurum, für das Reich, das Ihr zu beherrschen versucht.«

Zayn seufzte tief, wandte der Hexe den Rücken zu, entfernte sich einige Schritte. »Sie hat Verrat begangen, obwohl ich schwor, dem Zirkel Gerechtigkeit zukommen zu lassen«, sagte er erbarmungslos. »Ihr seid gezwungen, Eure Tochter der Obhut des Gesetzes zu übergeben.« Ihm war die Macht der Hexen bewusst, die Tödlichkeit der Frau, die hasserfüllt in seine Richtung starrte. Dennoch blieb Zayn jede Angst fern. Er war ein alter Mann von fast siebzig Jahren, hatte seinen Zenit längst überschritten.

»Runa mag dickköpfig sein«, wiederholte Elin bedrohlich. Das Gesicht der Hexe verfinsterte sich, ihre Hände ballten sich zu Fäusten. »Dennoch werde ich sie mit meinem Leben beschützen. Wagt es nicht, sie anzurühren, wagt es nicht, mir erneut zu drohen!« Sie trat näher an den Ziehvater des Thronerben heran, der in Corvins Abwesenheit das Reich mithilfe eines dreiköpfigen Rates regierte. »Ihr seid kein wahrer Nachfahre des Königs, seid nicht immun gegen dunkelste Hexenkräfte. Glaubt nicht, dass ich Angst habe zu tun, was nötig ist.«

Ihr herablassender Blick fiel auf sieben Frauen, die im nächsten Augenblick die heruntergekommene Kammer betraten. Sie schwiegen, in ihren magischen Händen lagen goldene Ketten.

»Ihr seid kein schlechter Mann, seid für die falschen Entscheidungen nicht verantwortlich, die unsere Treue brachen«, fuhr Elin mit erhobener Stimme fort. »Doch wir haben uns jahrelang aufgeopfert, haben Euch ein goldenes Reich geschenkt.« Sie schüttelte angewidert den Kopf. »Ich vertraue Euch nicht, der Zirkel traut Euch nicht. Wir haben Magie, Leben und unsere Freiheit geopfert. Doch Ihr dankt es uns mit Heuchelei und falschen Versprechen!« Ihre Stimme hob sich, gipfelte in einem lauten Schrei. »Meine wunderschöne Tochter wird Königin sein. Ihr werdet den Plänen des Zirkels nicht im Wege stehen!«

Esther umklammerte zitternd eine faustgroße Scherbe, die sie mit jedem schmerzvollen Schnitt daran erinnerte, dass sie am Leben war, kauerte schluchzend am Boden und drückte die Stirn gegen eisigen Stein, der sie fortwährend an Skadi denken ließ, an den Hass, welcher in den mitternachtsblauen Augen der Eisprinzessin geleuchtet hatte. »Glaubt Ihr, ich bereue nicht?«, brachte sie schließlich keuchend hervor. »Glaubt Ihr, ich bereue nicht, für den Tod meiner Schwester verantwortlich zu sein?« Esther schaute auf, starrte in Runas gefühlloses Gesicht, Tränen leuchteten im tiefen Olivgrün ihrer geröteten Augen. Schließlich fixierte sie Corvin, als die Hexe nicht antwortete, beobachtete die bedächtigen Bewegungen des Thronerben. Er kniete sich der aufgelösten Prinzessin gegenüber auf die Steinplatten und zog sie in seine Arme, wo ihre verzweifelten Tränen schnell versiegten.

»Die Zeitschleife bricht!« Esther schloss die Augen, drückte den Kopf an Corvins Schulter, versuchte, ihren rasenden Herzschlag zu kontrollieren. »Sinja, sie ist …«

Die Prinzessin richtete sich auf, ehe er den Satz vollenden konnte. »Wo ist sie?« Ihre Stimme zitterte, Angst lag in Esthers tränenreichen Worten.

»Sie ist schön wie eine Blume, deren Knospen sich nicht zu öffnen bereit sind«, warf Runa rätselhaft ein, während sie das zweite Fragment der Scherbe in die Hände nahm und auf Sinja wies, auf ihr goldenes Haar, das in völliger Finsternis leuchtete wie die Flamme einer Fackel.

»Fahre fort!«, raunte Corvin in die Stille hinein, als sie schwieg, um die Nervosität des Thronerben voll auszukosten. »Wir haben eine Abmachung.«

Runa fuhr mit ihren langen Fingern durch sein dunkles Haar. »Geliebter, ich spüre die Macht der Schleife. Die Erschütterungen haben sich gänzlich gelegt. Die Zeit steht auf unserer Seite.« Sie lächelte eisig, umfasste grob Esthers Handgelenk und zog die Prinzessin auf die Beine, welche bis zuletzt reglos in Corvins Armen gelegen hatte.

»Geliebter?«, fragte sie verwirrt. »Diese Frau ist unmenschlich, verachtenswert, bannte Sinja und mich in die Fragmente der Scherbe.« Esther taumelte zurück, als sie Runas hasserfüllten Blick auffing, umklammerte die eisernen Stäbe eines Gitters, um nicht zu stürzen.

»Sie zwang mich, einen Blutschwur zu leisten, um Königin zu werden.« Corvins Stimme klang rau, wie erstickt. »Ich hatte keine Wahl.«

Runa schüttelte den Kopf. »Ich bin für deine falschen Entscheidungen nicht verantwortlich«, zischte die Hexe verächtlich, während sie sich Esther zuwandte, deren Augen zwischen ihr und dem Thronerben rotierten. »Doch das Leben seiner Begleiterinnen – euer Leben – scheint sein wertvollstes Gut zu sein.«

Esther antwortete zunächst nicht, wandte die Augen den gesprungenen Steinplatten zu, ehe sie erneut in das Glas des Spiegels sah, welches ihr leidgeplagtes Gesicht offenbarte. »Danke«, sagte die Prinzessin schließlich, trat näher an Corvin heran, ließ sich von ihm in die Arme schließen. »Ich habe während meiner Flucht viel über Hexen und deren Zauber erfahren.«, flüsterte Esther nahezu lautlos, um ausschließlich dem Thronerben ihre Worte zu offenbaren. »Stirbt sie, ist der Schwur gebrochen.«

Corvin nickte unmerklich ohne zu fragen, woher sie dies zu wissen glaubte, löste sich aus ihrer Umarmung und betrachtete Runa abschätzend. Sie war eine schöne, anmutige Frau, deren mädchenhafte Züge einen dunklen Charakter verbargen. Er verachtete sie, ihr unermüdliches Streben nach Macht auf Kosten Unschuldiger. Dennoch lag es ihm fern, ihr zu schaden, das egoistische Leben der Hexe leichtfertig zu riskieren.

»Er wird mich nicht töten«, murmelte Runa, als er sich gänzlich von ihnen abwandte, um den Kerker zu verlassen, dessen eisige Kälte jeder lebenden Seele Unbehagen bereitete. »Du würdest es tun, ich würde es tun. Doch unser König ist schwächlich, nicht fähig, dunkle Entscheidungen zu treffen.«

Esther schüttelte den Kopf, beobachtete Corvin, dessen hochgewachsene Gestalt augenblicklich hinter dem eisernen Tor verschwand. »Ich bin nicht fähig zu töten«, entgegnete die Prinzessin schließlich. »Ich bereue jeden Tag, dass ich den Tod meiner Schwester verursacht habe, dass ich sie aus Eifersucht im Kerker zurückließ. Mit dieser Schuld werde ich leben müssen bis zum Ende meiner Zeit.«

Kapitel 8

Esther hielt den Atem an, als ihr Blick über Knochen schweifte, über Ketten und getrocknetes Blut, das auf grauen, steinernen Bodenplatten klebte. »Ich gehöre nicht an diesen Ort!« Sie wandte ihre furchtsamen Augen von den Zellen ab, warf Runa einen verachtenden Blick zu, die neben ihr lief und sich dem eisernen Tor langsam näherte, das der Prinzessin einen kalten Schauer über den Rücken jagte. Schon aus weiter Ferne erkannte Esther gekrümmte Körper gesichtsloser Männer, die leblos am Boden lagen, Frauen, deren Augen bangend zu ritterlichen Gestalten aufsahen. »Wo ist Sinja?«

Die Hexe blieb stehen, lächelte hochmütig und wies auf die Scherbe, welche ihr andauernd das verzweifelte Gesicht der Schatzjägerin offenbarte. »Ich bin dir keine Antworten schuldig, Prinzessin«, entgegnete Runa abfällig und schob sich durch den schmalen Spalt des offen stehenden Tores hindurch, ehe sie auf der anderen Seite erneut stillstand, um Esther in die Augen zu blicken, die ihren starren Ausdruck angsterfüllt erwiderten. »Er gehört mir«, fuhr sie leise flüsternd fort. »Erkenne ich eine weitere unangebrachte Berührung, werde ich dein Herz endgültig in Stücke reißen«, fuhr Runa eindringlich und voller Verachtung fort, ehe sie der Prinzessin gänzlich den Rücken zuwandte.

»Hexe, beantworte meine Frage!«, raunte Corvin ungeduldig, ohne sie eines Blickes zu würdigen. Seine Augen waren einem rundlichen, vergitterten Fenster zugewandt, goldenem Sand, der sich bis in weite Ferne erstreckte. Schließlich folgte der Blick des Thronerben den dunklen Gängen, fixierte erloschene Fackeln, die sich stets entzündeten, wenn Runa in unmittelbare Nähe geriet. Sie reagierten auf magische Impulse, auf die Anwesenheit der Frau, welcher die Existenz der Zeitschleife oblag. »Wo ist Sinja?«

Runas Hochmütigkeit erstarb augenblicklich. »Sie ist schön wie eine Blume, deren Knospen sich nicht zu öffnen bereit sind«, wiederholte die Hexe rätselhaft. »Wo glaubst du, habe ich sie hingebracht?«

Corvin wandte sich in ihre Richtung, atmete hörbar laut aus. »Runa, beantworte meine Frage!«, entgegnete er ärgerlich. »Wenn du wahrlich eine Königin wärst, würdest du mich unterstützen wollen. Doch du ziehst es vor, deine Überlegenheit zu demonstrieren.« Seine Augen verengten sich zu schmalen Schlitzen. »Sie ist im Rosengarten oder irre ich mich?«

Runa schüttelte den Kopf, öffnete den Mund, um seine Provokation barsch zu erwidern. Doch ehe ein Wort ihrer Kehle entspringen konnte, wandte Corvin der Hexe den Rücken zu und hastete eilig die steile Treppe hinauf, der stetig scheinenden Sonne entgegen, welche die Dunkelheit jäh durchbrach, als er die oberen Stufen erreichte.

»Der Rosengarten galt einst als prachtvollster Ort aller vier Königreiche.« Der Thronerbe trat an ein Fenster heran, warf den rötlichen Scherben einen flüchtigen Blick zu, die Dornen gleichend aus dem hölzernen Rahmen ragten. »Sieh ihn dir an!«

Esther folgte der Aufforderung des Thronerben, hielt mit klopfendem Herzen neben seiner anziehenden Gestalt inne und folgte Corvins Blick in die Freiheit. Ihre olivgrünen Augen schweiften über Rosensträucher, die ihre Blüten gen Himmel reckten, über gepflasterte Wege, bestehend aus glänzendem, goldenem Stein. Schließlich betrachtete die Prinzessin einen Brunnen, der inmitten eines kreisrunden, von Bänken gesäumten Platzes lag, eine steinerne Meerjungfrau, deren Flosse in ozeanblauem Wasser verschwand. »Die Menschen besuchten diesen Ort, um Ruhe zu finden, um Paare zu vermählen und Tote zu betrauern.«

Esther nickte andächtig, ehe sie der Schönheit den Rücken zuwandte, als sie Runas ärgerlichen Blick im Augenwinkel erkennen konnte. Die Hexe war stehen geblieben, hob die Hände, was erneut eine Erschütterung verursachte, welche drohte, die Reisenden unter sich zu begraben. Die Prinzessin taumelte über Risse im Boden, betrachtete schaudernd instabile Säulen, die sie zerquetschen würden, als wäre sie ein lästiges Insekt.

»Lauf!« Esther warf schützend die Arme über den Kopf, als sie eine Vibration des Bodens spürte, stolperte über einen breiten Spalt und fiel schmerzvoll stöhnend auf die Knie. »Lauf!«

Die Prinzessin schaute zu Corvin auf, der sich ihr näherte, während sie wie gelähmt am Boden verharrte. »Esther, die Säule! Sie wird dich zerquetschen!« Ihr Blick schweifte hastig zu der steinernen Stütze, die wankte, augenblicklich stürzte, um hinter ihr in tausend Teile zu zerspringen, was ihrer Kehle einen lauten angsterfüllten Schrei entlockte. Sie kniff die Augen zusammen, weil

Sand aufwirbelte, sah entrüstet zu Runa, die stehen geblieben war und der staubbedeckten Prinzessin einen abfälligen Blick zuwarf.

»Wir haben nicht ewig Zeit«, zischte sie nachdrücklich, als sich Staub und Sand zu legen begannen. »Steh auf, folge mir, wenn du gedenkst, die Schleife lebend zu verlassen!«

Doch Esther ignorierte ihre Aufforderung, erkannte Runas schwarz gekleidete Gestalt nur schemenhaft, die diese Welt jederzeit in lebose Asche verwandeln könnte.

»Sie spielt mit dir.« Die Prinzessin rappelte sich mühsam auf, als sie Corvins sanfte Stimme vernahm, wischte den Staub von ihren geröteten Wangen. Der Thronerbe war stehen geblieben, legte einen Arm um Esthers schmale Taille und führte sie den breiten Gang entlang, folgte Runa, die seine Art, mit der Prinzessin umzugehen, misstrauisch beobachtete. Dennoch schwieg die Hexe, stieß ein schmales, eisernes Tor am Ende des Ganges auf und trat in das wärmende Sonnenlicht, was sie genüsslich innehalten ließ. Sie schloss flüchtig die Augen, atmete einen lauen Windstoß tief ein, den Duft Hunderter Rosen, welche sich am Fuße der goldenen Treppe zu einem märchenhaften Bild vereinten. Sie reichten von strahlendem Weiß, das Schnee glich, bis zu tiefstem Schwarz, das selbst die nächtliche Dunkelheit übertraf.

»Sie ist hier!« Runa schaute auf, als Corvin und Esther innehielten, ihrem Blick folgten, der andauernd auf die makellose Schönheit, bestehend aus Blumen und Marmor, gerichtet war. »Ich empfand dies als passenden Ort«, fuhr sie fort, warf dem Thronerben einen Blick zu, der schweigend Statuen von gottgleichen Männern und Frauen betrachtete, steigende Pferde, die am Fuße der Treppe ihre Hufe gen Himmel streckten. »Du suchst keinen Spiegel!« Runa stieg andächtig die goldenen Stufen hinab, lief den Rosen entgegen, die steinerne Bögen zierten, dunkle

Schatten auf schmale Wege warfen, welche einluden, entlangzuschreiten.

»Ein Rätsel?«, fragte Corvin erbost, ehe er Esther folgte, deren linke Hand ein filigranes Geländer ergriff, während sie die Stufen hinabstieg, die Augen stetig der atemberaubenden Schönheit zugewandt.

»Kein Rätsel«, entgegnete Runa nachdrücklich, trat näher an ihn heran. »Du gewährst mir meine Wünsche. Nun bin ich gewillt, mich als wahre Königin zu beweisen.« Sie griff nach Corvins rechter Hand, schmiegte ihren Körper an seinen und folgte dem Blick des Thronerben, der Esther beobachtete, die über zarte Rosenblätter strich. »Du bist mir versprochen«, fuhr die Hexe ärgerlich fort. »Die silberhaarige Prinzessin wird einen anderen Mann beglücken müssen.« Ihre Stimme war leise, für Esther unmöglich zu verstehen.

»Sie ist eine Verbündete, eine Freundin, nicht mehr«, entgegnete Corvin übellaunig. »Dennoch würde ich sie dir in allen Punkten vorziehen.« Seine Worte hoben sich, drangen gedämpft an Esthers Ohren, die das Streitgespräch ignorierte. Ihre volle Aufmerksamkeit galt den Rosen, winzigen geflügelten Insekten, die im Königreich der Kälte als ausgestorben galten.

»Ich konnte in der Zeitschleife kaum Leben abbilden. Jedes Detail, jede Bewegung, jeder Atemzug kostet mich Kraft. Daher konzentrierte ich mich auf dienliche Menschen.« Runa entfernte sich einige Schritte, während sie sprach, folgte einem schmalen, blumengesäumten Pfad tiefer in den Park hinein. »Die Wachen führten dich zur Krone, die Kinder erinnerten dich stets an die Konsequenzen deines Scheiterns. Doch dir blieb die fehlende Menschlichkeit, die Wiederholung der Dinge bis zuletzt verborgen.« Sie seufzte tief. »Ich hegte zeitweise große Zweifel an dir.« Runa verstummte, hielt inmitten eines kreisrunden Platzes inne und sah auf, betrachtete die gläsernen Augen eines steigenden Pferdes. Es glich der Dunkelheit, war geschlagen aus schwarzem Marmor, trug goldenes Zaumzeug, welches das grelle Licht der Sonne reflektierte.

»Sieh sie dir an!« Esthers Augen schweiften über die steinerne Meerjungfrau, welche der Prinzessin längst aus weiter Ferne begegnet war, ehe ihr Blick auf Sinja fiel, die unter der Wasseroberfläche schwamm. Die Schatzjägerin konnte den Brunnen nicht verlassen, schlug wiederholt gegen unsichtbare Widerstände, die ihren Körper unbarmherzig gen Boden drückten.

»Manchmal sind die Dinge nicht, wie sie scheinen.« Runa lächelte geheimnisvoll, während sie in den Brunnen stieg, wodurch Sinjas Spiegelbild bis zur Unkenntlichkeit verschwamm. »Wir Hexen sind mit der Natur verbunden, lernen in frühester Kindheit, hinter die Fassaden zu blicken.« Runas Hände glitten über die scharfen Kanten der Scherbe, über Sinjas reglose Gestalt, die auf schwarzem Grund kauerte.

»Hexe, sprich nicht in Rätseln«, entgegnete Corvin ungeduldig, als sie schwieg, seine Nervosität genoss, die ihm erneut bewusst werden ließ, dass sein Leben in ihren magischen Händen lag. »Auch du hast einen Schwur geleistet!«

Runas Gesicht verzog sich zu einem unheilvollen Grinsen. »Dein Wunsch – Hoheit – ist mir Befehl.«

Zayns Blick schweifte über vermummte Gestalten, die rechts und links an steinernen Mauern standen, den breiten Gang säumten, der ihn tiefer in das verfallene Bauwerk hineinführte, das dem Zirkel seit Schaffung des Reiches als Heimat diente.

»Wir werden auf Ketten verzichten, wenn Ihr folgt.« Elins Stimme war stets kalt wie Eis, wenn sie das Wort an den stellvertretenden König richtete. Die Hexe stieß eine verwitterte Tür auf, was ein ohrenbetäubend lautes Quietschen verursachte, und führte den alten Mann in eine kleine, schäbige Kammer, wo die Armut der Verstoßenen traurige Gestalt annahm.

»Setzt Euch!«, fuhr Elin barsch fort, wies auf einen wackeligen Stuhl, der hinter einer hölzernen Tafel stand, und ließ sich ihm gegenüber auf einen zweiten sinken. »Ihr bleibt, werdet nicht rufen, Euch nicht rühren, den Hexen gehorchen, die über Euch wachen!« Sie rappelte sich auf, wandte dem alten Mann unvermittelt den Rücken zu und lief mit langsamen Schritten zwei jungen Hexen entgegen, deren Augen unterwürfig den vermoderten Dielen zugewandt waren.

»Was verlangt Ihr?«, fragte er, ehe Elin die schäbige Kammer verlassen konnte.

Sie hielt inne, atmete hörbar laut aus, wandte sich mit ausgebreiteten Armen erneut zu ihm um. »Seht Ihr, wo wir gezwungen sind, zu leben?«

Zayns Augen schweiften über sperrige Möbel, über gebrochenes, rotes Glas, das ihm lediglich einen Blick auf die Stadtmauer gewährte. Die Hexen waren seit Schaffung des Reiches an den Rand der Gesellschaft verbannt worden, lebten in ärmlichen Baracken und unterirdischen Katakomben. »Ich versprach Euch und dem Zirkel Besserung.«

Elin schüttelte den Kopf. »Ihr gleicht Eurem Sohn und seinen Vorfahren, seid ein guter Redner«, entgegnete sie ärgerlich. »Doch wir können nicht länger warten, Hoheit. Unsere Kinder leiden Hunger, sterben an Krankheiten, die seit Generationen ausgerottet waren. Das Reich sieht zu, ergötzt sich an unserem Leid!« Ihre

Stimme gipfelte in einem lauten Schrei. »Meine Tochter, eine zauberhafte Hexe, hat den ersten Schritt getan.« Sie trat näher an ihn heran, stützte sich auf die narbige Holzplatte der Tafel auf und sah tief in seine aschgrauen Augen, deren Tiefe außergewöhnlich war. »Die Erschafferin des Reiches ist Vergangenheit. Sie ist mein Mahnmal, meine Erinnerung an die Falschheit der Hierarchie des Königreichs.« Elin richtete sich auf, ohne ihre Geißel aus den Augen zu verlieren, sah hasserfüllt in sein sanftmütiges Gesicht, das weder Angst noch Groll verbarg. »Ihr werdet bleiben, mein König!«

Esther hatte nie an Hexen geglaubt, an Frauen, die über magische Kräfte verfügten. Doch seit der Rückkehr der wahren Königin von Glacies war ihr bewusst geworden, dass es zwischen Himmel und Erde mehr gab, als sie je für möglich gehalten hätte, dass sie seit frühester Kindheit mit Blindheit geschlagen gewesen war.

»Dein Wunsch – Hoheit – ist mir Befehl«, wiederholte Runa hochmütig lächelnd, wohl wissend, dass die ungeteilte Aufmerksamkeit beider auf ihre anziehende Gestalt gerichtet war. »Nun schweigt, ich benötige Ruhe.«

Corvin beobachtete bebend, wie sie die Augen schloss, abermals über das gläserne Fragment strich und Worte murmelte, welche kryptisch an seine lauernden Ohren drangen.

»Sie ist frei!« Esther taumelte einen Schritt zurück, als die Scherbe zu Flüssigkeit zerfiel, sich mit dem Wasser des Brunnens vereinte, das augenblicklich die zitternden Hände der Schatzjägerin freigab, welche die Oberfläche teilten. Die Prinzessin hielt den Atem an, als Sinjas goldener Haarschopf auftauchte, ihr Mund, der sich sogleich öffnete und die warme Luft einsog.

»Manchmal sind die Dinge nicht, wie sie scheinen«, wiederholte Runa ärgerlich, während sie nach Sinjas dünnen Handgelenken griff und sie auf die Beine zog. »Geliebter, du musst lernen hinzusehen«, fuhr die Hexe schnippisch fort, ehe sie aus dem Brunnen stieg, die Schatzjägerin zurückließ, welche nach Luft ringend auf die Knie sank.

»Ich, ich konnte nicht atmen«, keuchte Sinja verzweifelt schluchzend. Ihre meerblauen Augen fixierten Runa, das rote, auffällige Haar der unbekannten Frau, das Blut glich. »Du ... ich habe dich gesehen.« Sie rappelte sich keuchend auf, ballte die Hände zu Fäusten, ohne die Hexe aus den Augen zu verlieren. »Wieso ist sie hier?« Ihr tränenreicher Blick schweifte zu Corvin, dessen Aufmerksamkeit gänzlich Runa galt.

»Sie zwang mich, einen Blutschwur zu leisten« entgegnete der Thronerbe schließlich, ohne die Augen von der Hexe abzuwenden, die bereit war, Leben zu opfern, um an den Thron zu gelangen.

»Einen Blutschwur?«, entgegnete Sinja verständnislos, während sie taumelnd aus dem Wasser stieg. Erschöpft sank sie auf den Rand des Brunnens, strich ihr langes, goldenes Haar zurück. Sie schluchzte, Tränen liefen in Strömen über die leichenblassen Wangen der Schatzjägerin, ihre bläulichen Lippen zitterten unaufhörlich, was die keuchenden Worte seltsam verzerrte.

Corvin nickte betrübt. »Ich hatte keine Wahl! Sie kontrolliert die Schleife, unser Leben, die Existenz des Reiches.«

Sinja rappelte sich mühsam auf, trat mit langsamen Schritten näher an ihn heran, ohne Runa aus den Augen zu verlieren. Sie war den Frauen, die über magische Fähigkeiten verfügten, seit Kindheit misstrauisch gegenüber gewesen, hatte sie stets gemieden wie der Teufel das Weihwasser. Sie galten als grausam, als potenziell gefährlich, standen im Verdacht, Menschen zu opfern, Dämonen anzubeten.

»Welchen Schwur hast du geleistet?«, fragte die Schatzjägerin mit angehaltenem Atem. Ihr war bewusst, dass Blutmagie bindend war, dass nur der Tod oder die Erfüllung sie brechen konnte.

»Ich habe geschworen, die Hexen aus dem Schatten zu holen, Runa zu heiraten, um ihren Willen, Königin zu sein, zu erfüllen«, entgegnete der Thronerbe niedergedrückt. Seine Stimme klang eiskalt, ganz und gar ohne Gefühl.

Sinja riss die Augen auf, wandte sich wie elektrisiert der Hexe zu, die ihren Blick frostig erwiderte. »Die Geschichten meiner Familie sind wahr«, zischte sie wütend. »Ihr seid grausam!«

Runa lächelte, was zwei Reihen schneeweißer Zähne entblößte. »Als das Fragment deine Seele aufnahm, habe ich die Vergangenheit gesehen, Liebes. Es wundert mich, dass du diese Menschen als Familie bezeichnest.« Die Hexe lief um den kindlichen Körper der Schatzjägerin herum, beäugte abfällig ihre durchnässte Gestalt. »Ein Vater, der seine Tochter verkauft wie ein Stück Vieh, ist kein Mann, dem eine junge Frau Glauben schenken sollte, naives Gör.«

Sinjas Gesicht versteinerte sich, ihren trockenen, spröden Lippen entwich ein tiefer Seufzer. »Du bist keine Königin!«, stellte sie niedergeschlagen fest. »Du wirst nie würdig sein, ein Volk zu ...« Die Schatzjägerin schwieg, als sie eine Erschütterung spürte, Vibrationen des Bodens vernahm, die tiefe Risse in den goldenen Stein schlugen. Schließlich fiel ihr angsterfüllter Blick auf die Türme des Schlosses, welche zusammensanken, auf rotes Glas, das aus bogenförmigen Fenstern brach.

»Die Zeitschleife ...« Runas keuchende Stimme erstarb, als ein hastiges Husten ihre Worte jäh durchbrach. »Die Zeitschleife bricht!«

Leans Augen streiften eine prächtige Zitadelle, deren Türme gen Himmel ragten, zwei Kinder, ein Mädchen und einen Jungen, die sich an den Händen hielten und schallend laut lachend durch verwaiste Straßen zogen.

»Wo bin ich?«, fragte der Schatzjäger angespannt. Seine Worte waren mehr an sich selbst gerichtet, als an Rahel, die ihn mithilfe des Goldes verführt hatte, diesen Ort zu betreten. »Wo bin ich?«, wiederholte er voller Ungeduld.

»Folge mir, vertraue meinen Anweisungen.« Lean entfernte sich taumelnd von den Mauern des Schlosses, betrat die Zugbrücke, als eine erneute Vibration den tonnenschweren Stein erschütterte. *»Du bist in der Zeitschleife gefangen, die droht zusammenzubrechen. Geh, suche den westlichsten Turm auf, wo sich die mächtigste Hexe des Reiches stets zurückzieht, um die Schleife aufrechtzuerhalten, wenn du gewillt bist, lebend in die Realität zurückzukehren«,* fuhr die Meuchelmörderin mit grober Stimme fort, was seinen erstarrten Körper wieder in Bewegung setzte.

Leans Blick glitt über deckenhohe Säulen, die unheilvoll bebten, über Gemälde, eingefasst in goldenen Rahmen, die von glatten Wänden rutschten. Seine Augen hafteten nur flüchtig auf unbekannten Gesichtern, auf einer breiten, festlichen Tafel, die das höfische Leben – die Existenz im Überfluss – in Öl verewigte.

»Halte dich nicht auf.« Der Schatzjäger verabscheute es, Befehle entgegenzunehmen, dieser unbekannten Frau zu Diensten zu sein, die ihre Überlegenheit offen demonstrierte. *»Nimm den rechten Gang.«*

Lean hielt inne, sah sich skeptisch um, um Rahels Aufenthaltsort zu lokalisieren, die seinen Weg mit Argusaugen zu verfolgen schien. »Du kannst mich sehen?«

Die Meuchelmörderin lachte schallend laut auf. *»Glaubst du, dass ich allein fähig bin, den Thronerben, der von zirkellosen Hexen und Soldaten beschützt wird, zu stürzen?! Du bist wahrlich dümmer, als ich dachte.«* Ihre Stimme verebbte, als erneut eine Erschütterung einsetzte, was die Aufmerksamkeit des Schatzjägers auf eine breite Säule lenkte, die augenblicklich vor seinen Füßen am Boden zerschellte. *»Die Zeit verrinnt!«*

Leans Atem wandelte sich zu einem lauten Keuchen, als er sich abwandte und die breiten Stufen einer Treppe hinaufsprang, die ihn in das obere Stockwerk des Schlosses führte, wo die Vibrationen der Erde deutlich zunahmen. Sein schreckgeweiteter Blick glitt über breite Risse im steinigen Fundament, über Büsten und Vasen, die bereits zu Scherben zersprungen waren. Lange würden die Mauern den Erschütterungen nicht mehr trotzen können, dessen war sich der Schatzjäger bewusst. Dennoch blieb er nicht stehen, lief weiter, tiefer in das Schloss hinein, bis er die Orientierung völlig verloren hatte.

»Nimm den linken Gang, folge dem Weg, bis du eine schmale Treppe erreichst, die dich in den Turm führen wird.« Lean nickte gehorsam, wohl wissend, dass Rahel seine Geste erkennen konnte, taumelte einen Schritt zurück, als die Decke über ihm bröckelte, wich Geröll aus, das vor seinen Füßen die steinernen Bodenplatten zerschlug.

»Rahel, du tötest mich!«, entgegnete er kopflos. Lean war nur selten von Angst übermannt worden, war Gefahren stets mutig gegenübergetreten, um seine Familie zu beschützen. Doch er hatte nie so tief in die leeren Augen des Todes geblickt wie in diesem

Moment. »Rahel, du tötest mich!«, wiederholte er hasserfüllt, als eine erneute Erschütterung das Schloss ins Wanken brachte.

»Schatzjäger, ich verfüge nicht über magische Fähigkeiten. Meine Verbündeten werden dich erst befreien, wenn du mir gibst, was ich begehre. Ich bin nicht gewillt, dich zu töten.« Die Stimme der Meuchelmörderin hatte einen erbarmungslosen Klang angenommen, der ihre Worte seltsam verzerrte. *»Doch ich bin bereit, es zu tun!«*

Lean schüttelte abfällig den Kopf, stieg hastig über einen breiten Spalt, der drohte, das Schloss in zwei Hälften zu teilen und drang tiefer in den Gang ein, blieb erst abrupt stehen, als er eine schmale Treppe erreichte, die in den westlichsten Turm führte.

»Lauf!« Leans Blick fiel durch ein kleines, rundes Fenster, schweifte über goldene Dächer, die in der Sonne glänzten, über Statuen, welche bis in den wolkenlosen Himmel zu ragen schienen. *»Lauf!«*

Der Schatzjäger ergriff ein metallenes Geländer, dessen Kälte seinen Körper durchfuhr wie ein Blitz, als er Rahels ungeduldige Stimme erneut vernahm, zog sich mühsam gebrochene Stufen hinauf, die mit jeder Vibration mehr an Substanz verloren.

»Sieh dich um!« Keuchend riss Lean eine hölzerne, verwitterte Tür auf, wankte in den kreisrunden Raum hinein und schaute sich mit zusammengekniffenen Augen um. Sein Blick schweifte über ein Pentagramm, das den Boden zierte, über Schränke und Regale, die Bücher füllten, deren Titel gewöhnliche Menschen nicht fähig waren zu entziffern. Schließlich fixierte er eine Schale, die inmitten des Raumes auf einer steinernen Säule thronte.

»Begib dich auf die Suche nach einer hölzernen Kiste, verziert durch gebrochene Kronen und Staub.« Rahels gierige Stimme glich einem unheilvollen Flüstern. *»Bringe meine Gefährten zu mir, dann ...«* Die folgenden Worte der Meuchelmörderin gingen in Erschütterungen

unter, die Glas zerbrachen, Mauern zum Einsturz brachten, welche drohten, ihn lebendig zu begraben. *»Bringe meine Gefährten zu mir, wenn du Befreiung wünschst.«*

Die hektischen Augen des Schatzjägers schweiften über Flaschen, gefüllt mit heilenden und tödlichen Gebräuen, über Schmuck und magische Symbole, die von Hexen während Ritualen getragen wurden, um die Macht des Zirkels zu stärken. Schließlich fixierte sein erschöpfter Blick eine kleine Schatulle, deren silberne Beschläge hinter winzigen Fläschchen hervorschimmerten. *»Sie ist es!«*

Lean näherte sich dem Gefäß mit langsamen Schritten, streckte die Hände nach Rahels Objekt der Begierde aus. *»Nimm die Schatulle!«* In der Stimme der Meuchelmörderin schwang Sehnsucht mit, ein Hauch Besorgnis durchdrang jedes Wort, das ihre Lippen verließ.

»Was ist darin?«, fragte der Schatzjäger. Seine rauen Hände strichen über die kalte Oberfläche, über gebrochene Kronen, die das glatte Holz in regelmäßigen Abständen durchbrachen.

»Das spielt keine Rolle.« Lean griff nach eisernen Beschlägen, betrachtete ein Schloss, in dem ein winziger Schlüssel steckte. Doch ehe er ihn drehen und seine Neugier befriedigen konnte, erschütterte eine Vibration das Königreich, was Regale zum Wanken brachte, Schränke umstürzen ließ. Der Schatzjäger taumelte einen Schritt zurück, versuchte der Flut aus Schriften und Büchern auszuweichen, die augenblicklich über ihn hereinbrach und seinen Körper zu Boden riss. *»Bring die Schatulle zu der Schale! Rette dein Leben!«*

Lean rappelte sich mühsam auf, griff nach dem Behältnis und trat näher an die wassergefüllte Schale heran, die sein angstverzerrtes Gesicht spiegelte.

»Lege die Schatulle in das Wasser«, fuhr sie fort. Der Schatzjäger vernahm ihren hektischen Atem, glaubte, Furcht in Rahels Stimme wahrnehmen zu können. *»Gehorche meinem Willen, dann werden dich meine Verbündeten aus dieser Hölle befreien.«*

Lean strich abermals über das kalte Holz, ehe er ihrer Aufforderung nachkam, die Schatulle in die Schale sinken ließ und mit aufgerissenen Augen beobachtete, wie sie vollständig im flachen Wasser verschwand. »Ich habe deinen Willen erfüllt«, entgegnete er, sich hastig umschauend, als sie urplötzlich schwieg. »Befreie mich!«

Der Schatzjäger umfasste zitternd die flache Schale, als er ein leises Kichern vernahm, und betrachtete Rahels Gesicht, das ein süffisantes Lächeln verzog. *»Du hast deinen Zweck erfüllt. Nun wirst du fallen!«*

Kapitel 9

» Corvin ...« Runas Stimme verstummte, ging im schallenden Schrei der goldhaarigen Schatzjägerin unter, deren angsterfüllter Blick auf brechenden Marmor gerichtet war. »Die Zeitschleife, sie ...« Die Hexe taumelte zurück, weil der Boden bebend brach, betrachtete mit schreckgeweiteten Augen Risse, die den Untergrund teilten, Gold und Stein in die Tiefe zogen. »Wir müssen verschwinden!« Runa versuchte, in seine Richtung zu laufen, stolperte über einen tödlichen Spalt, als sie zurücksah, flüchtig Sinja und Esther betrachtete, deren Körper am Fußende einer gottgleichen Statue verharrten. Schließlich fixierten ihre Augen erneut Corvin, der sich ihr bedächtig näherte, um nach der Krone zu greifen, welche die Hexe krampfhaft in den Händen hielt. »Ich kann die Schleife nicht länger aufrechterhalten!« Runas Finger glitten zitternd über drei Rubine, die im gleißenden Licht der Sonne schimmerten, über das kalte Gold, das einst aus einem Strang Heu entstanden war. »Schon bald wirst du König und ich Köni...« Runa brach ab, als der Boden unter ihren Füßen unvermittelt nachgab. »Nein!« Die Krone glitt aus den Händen der Hexe, drohte in der unendlichen Weite des Abgrundes zu verschwinden. Doch ehe tiefste Schwärze das Artefakt verschlingen konnte, ließ sich Esther auf den Boden fallen, griff nach ihr und riss das Gold an sich, das fähig war, Aurums Existenz hinter dem Schleier zu beenden.

»Gib mir deine Hand!« Corvin fiel auf die Knie, näherte sich Runa, die aufgrund der Erschütterungen prompt zu Boden gerissen worden war, ihre langen, roten Fingernägel panisch in die brüchige Erde schlug. Selbst sie konnte die Zerstörung nicht mehr kontrollieren, welche sich gänzlich ausbreitete, um jedes Leben auszulöschen. »Gib mir deine Hand!« Der Thronerbe kroch dem Abgrund entgegen, beobachtete mit schreckgeweiteten Augen Runas zitternde Gestalt, die versuchte aufzustehen.

»Hilf mir!« Sie hielt den Atem an, als die Erde erneut nachgab, warf einen flüchtigen Blick zurück, was sie die gebrochene Gestalt der Meerjungfrau erkennen ließ, deren Schönheit seit der jüngsten Erschütterung Vergangenheit war. »Ich kann mich nicht bewegen.«

Corvins Augen folgten ihrem verzweifelten Blick, fixierten den Brunnen, welcher der Hexe als grausames Gefängnis gedient hatte, bis er das berstende Geräusch von Steinen wahrnahm, das die Aufmerksamkeit des Thronerben auf Wassermassen lenkte, die über den Erdboden rannen, in Schluchten und Rissen versanken. Seine rasenden Gedanken glitten zu Esther, die ihm offenbart hatte, dass Runas Tod den Schwur brechen würde, ehe er erneut die Hexe ansah, die wie gelähmt am Boden kauerte.

»Verlasse die Schleife aus eigener Kraft. Erinnerst du dich an deine Worte?«, entgegnete Corvin erbarmungslos, wohl wissend, dass er seine überlegene Position ausnutzte, um ihr die Wahrheit zu entlocken.

»Ich kann sie nicht verlassen!«, keuchte Runa atemlos, ohne auf die provozierende Frage einzugehen. Sie spürte, wie sich ihre Hände schmerzvoll verkrampften, wie ihr Griff nachließ, der sie einzig mit der festen Erde verband, als das Geröll unter ihren Knien erneut nachzugeben drohte. »Ich kann die Schleife nicht ohne dich verlassen. Diese Welt erschöpft meine Energie nahezu vollständig.« Sie beobachtete mit aufgerissenen Augen, wie er aufstand, sich wortlos abwandte. »Du kannst mich nicht zurücklassen! Ich bin Teil deines Volkes, Teil der Menschen, die du während unseres ersten Zusammentreffens zu beschützen geschworen hast!«

Corvins Blick schweifte zum Schloss, über instabile Mauern, die augenblicklich zusammenbrachen, Staub und Sand aufwirbelten, welche der laue Wind in seine Richtung trug. »Ich mag in deinen Augen schwach sein. Doch ich überlasse keine lebende Seele dem Tod«, entgegnete der Thronerbe, während er nach ihren blutigen Händen griff, die kraftlos zitterten. Abrupt zog er die Hexe in seine Arme, als ein wiederholtes Donnern ertönte, das die rissige Erde, auf der sie gelegen hatte, tiefer in den drohenden Abgrund zog. »Dein Leben war nicht Teil des Schwurs, der sich ausschließlich auf treue Untertanen bezieht«, stellte er leise flüsternd fest, was nur Runa fähig war zu hören.

Sie nickte keuchend, protestierte nicht, lehnte kraftlos zitternd den Kopf an seine Schulter, während ihre Augen fortwährend auf die bebende Erde gerichtet waren. »Wir müssen die Schleife verlassen«, entgegnete sie schließlich zwischen hektischen Atemzügen. Ihr Blick fiel auf Sinja, die am Rand des Weges stand, in Richtung Schloss starrte, das tosend unterging, auf Esther, deren Hände die Krone umklammerten. »Wenn wir länger warten, ist es zu spät!«, fuhr sie schallend laut fort, um selbst die abseits Stehenden zu erreichen.

Doch Sinja ignorierte ihre warnenden Worte, betrachtete die schattenhafte Silhouette einer Gestalt, die sich raschen Schrittes vom Schloss entfernte. »Wir können diesen Ort nicht verlassen«, murmelte die Schatzjägerin, den Arm gen Unbekannten ausgestreckt. »Wir können diesen Ort nicht verlassen!«, wiederholte sie lautstark, als eine zustimmende Reaktion ihrer Begleiter ausblieb.

Sinja vernahm Schritte, sah im Augenwinkel Esthers zitternde Gestalt, die neben ihr innehielt. Die Prinzessin hustete, sah mit zusammengekniffenen Augen in den Nebel aus Sand und Staub hinein, der in Form dunkler Wolken auf das fallende Königreich niederging.

»Wir können diesen Ort nicht verlassen«, bestätigte Esther, als sie Runas warmen Atem im Nacken spürte, der sie erschaudern ließ.

Doch die Hexe antwortete nicht. Ihre volle Aufmerksamkeit galt der Krone, dem kalten Gold in den Händen der Prinzessin, das fähig war, sie aus der Zeitschleife zu führen, ehe diese völlig zu Asche zerfallen würde.

»Es ist Lean!«, hauchte die Schatzjägerin schließlich nervös, als die hochgewachsene Gestalt näherkam, den Schatten aus Sand und Staub verließ, der einem hauchzarten Regenschleier gleichend vom Himmel fiel. »Es ist Lean!«, wiederholte Sinja aufgeregt, während sie – die brechende Zeitschleife ignorierend – ihrem einstigen Vertrauten entgegenlief, der längst zum Feind übergelaufen war.

»Warte!« Die Schatzjägerin hielt inne, als sie Runas Stimme vernahm, wandte sich wie elektrisiert zu ihr um, erwiderte entschlossen den eiskalten Blick der Hexe. »Er hat euch den

Rücken zugekehrt, hat euch im Stich gelassen. Straßenmädchen, ihr seid nicht verpflichtet, ihn zu retten. Riskiere dein erbärmliches Leben nicht wegen deines falschen Pflichtgefühls. Wir müssen diesen Ort verlassen!«

Sinja verengte die Augen zu schmalen Schlitzen, schüttelte abstoßend den Kopf. »Lean hat unser Leben gerettet. Er mag den falschen Weg gewählt haben. Doch Familie hält in dunkelster Stunde zusammen, Familie verzeiht. Ich traue ihm mehr, als ich dir je trauen würde!« Sie nahm Esther die Krone aus den Händen, trat näher an die Hexe heran und drückte das kalte Gold an ihre Brust. »Geht, lasst mich zurück. Ich kann Lean nicht im Stich lassen.« Sie seufzte schwer. »Für dich mag ich nur ein naives Straßenmädchen sein. Doch im Gegensatz zu dir bin ich nicht herzlos.«

Die Schatzjägerin warf Runa einen letzten verachtenden Blick zu, ehe sie ihr den Rücken zuwandte, um sich mit hastigen Schritten zu entfernen, dem fallenden Schloss entgegenzulaufen, dessen steinerne Silhouette im aufkommenden Nebel gänzlich unterging. Sie ignorierte den goldenen, instabilen Stein unter ihren Füßen, der in winzige Splitter zersprang, schritt taumelnd über breite Risse, die jederzeit dem Weg in den Abgrund folgen konnten.

»Sinja!« Sie reagierte nicht auf Corvins Stimme, die hinter ihr ertönte, spürte Esthers hektischen Atem, der ihre Nackenhaare zu Berge stehen ließ. Selbst Runa war der Schatzjägerin auf den Fersen, folgte den Verbündeten durch Geröll und Staub.

»Lean!« Sinja schrie, rannte die brechende Straße hinab, sprang über instabilen Marmor, der einst die schönsten Frauen und Männer des Reiches geformt hatte, und lief hastig die brüchigen Stufen in Richtung Schloss hinauf. »Lean!« Ihr verzweifelter Blick fiel auf Runa, deren Macht mit der Stabilität der Schleife deutlich schwand.

»Meine Magie ...«, keuchte sie, als Corvin nach ihrer taumelnden Gestalt griff, die deutlich zurückfiel, während sie sprach: »Meine Magie schwindet. Ich kann sie nicht länger aufrechterhalten. Sei vernünftig!«

Sinja ignorierte die eindringlichen Worte der Hexe, räusperte sich, ein schmerzvolles Husten entsprang ihrer Kehle, als sie den Mund öffnete, um die warme Luft einzuatmen. Sie verachtete Runa, die bereit gewesen war, das Leben Unschuldiger zu opfern, um Corvin schändlich zu erpressen. »Lean!« Ihre Stimme klang rau, wie erstickt, ging im tosenden Lärm des Niedergangs unter, der unbarmherzig nach den Lebenden griff. »Lean, wir sind es!«

Sie atmete erleichtert auf, als der Schatzjäger plötzlich innehielt, Sinja das Gesicht zuwandte, die sich augenblicklich in seine Arme sinken ließ. »Wie, wie kommst du an diesen Ort?«, stotterte sie erleichtert. Ihre Worte waren brüchig, verebbten infolge eines lauten Hustens, das ihr den Atem stocken ließ. Doch sie erwartete keine Antwort, fuhr unbeirrt mit rauer Stimme fort: »Die Schleife, sie bricht, wird mit uns zu Staub zerfallen, wenn wir uns nicht sputen!«

Lean antwortete nicht, strich sanft durch das goldene Haar der Schatzjägerin, die sich schluchzend an seinen Körper schmiegte. In diesem Augenblick war der Konflikt vergessen, der sie vor viel zu langer Zeit auseinandergetrieben hatte. »Geht es dir gut?«

Sinja nickte, sah zitternd in sein sorgenvolles Gesicht. Tränen standen in den Augen der Schatzjägerin, schluchzend strich sie den Staub von ihren geröteten Wangen. Sie sagte nichts. Doch in ihrem Blick brannte tiefste Neugier, die sie nicht fähig war, vor ihm zu verbergen.

»Ich habe Fehler begangen, schwerwiegende Fehler. Diese führten mich an diesen Ort«, fuhr er mit dunkler Stimme fort. Seine Worte, die sonst stets voller Selbstbewusstsein waren, hatten einen bedrückenden Klang angenommen, der ihr das Herz bis zum Hals schlagen ließ.

»Das spielt keine Rolle!«, hauchte Sinja schluchzend, wandte sich aus seinem eisernen Griff, obwohl sie sich längst nach Leans sanften Berührungen sehnte. »Kehre zu uns zurück, kehre zu deiner Familie zurück. Wir werden diesen Ort gemeinsam verlassen.«

Der Schatzjäger schüttelte bekümmert den Kopf, wandte den Blick schweren Herzens von ihr ab, als er Corvins Schritte vernahm, die er sofort erkannte, seit sie sich vor dreizehn Jahren erstmals begegnet waren.

»Ich habe dich an diesem Ort nicht erwartet«, sagte der Thronerbe skeptisch. »Du hast uns – deine Familie – im Stich gelassen, weil du aufgrund deiner Gefühle für Sinja, die wie eine Schwester für mich ist, von Neid geplagt warst. Nun bist du dennoch hier. Wir darf ich das verstehen?«

Der Schatzjäger erwiderte gefühllos seinen eisigen Ausdruck, ignorierte Sinjas überraschten Blick, der auf ihm ruhte. Doch sie sagte nichts, umfasste Leans Hände und drückte die Stirn gegen seine breite Brust. »Ich habe dich verraten«, entgegnete er schließlich, ohne sich hinter listigen Lügen zu verstecken. »Ich war eifersüchtig, weil ich Sinja liebe, seit wir uns erstmals begegneten«, fuhr Lean überraschend ehrlich fort. »Doch meine Verbündete hat mich im Stich gelassen. Das habe ich wohl verdient.« Er lachte verbittert. »Ich hätte ihr die Wahrheit sagen müssen. Doch meine Feigheit zwang mich zu falschen Entscheidungen, die unverzeihlich sind.« Er seufzte, löste seine rechte Hand aus Sinjas

Griff und strich zärtlich durch ihr goldenes Haar, dessen Glanz wegen des herabfallenden Staubes deutlich schwand.

»Hoheit, ich habe dir meine Treue geschworen, bin gezwungen, dich zu unterstützen. Handle ich im feindlichen Sinne, erwartet mich der Tod.« Leans dunkle Augen schweiften zu der rothaarigen Hexe, als diese zu sprechen begann. »Vertraue mir, lass ihn zurück. Mir ist seine Verbündete bekannt, die dir nach dem Leben trachtet. Gerate nicht in eine tödliche Falle«, fuhr sie eindringlich fort, um an Corvins Vernunft zu appellieren.

»Ich bin an diesen Ort gekommen, um den westlichsten Turm des Schlosses aufzusuchen. Du weißt, wovon ich spreche?!«, entgegnete der Schatzjäger provozierend. Seine Erinnerungen glitten zu Gemälden, welchen er im Turm wenig Beachtung geschenkt hatte, weil die Zeit in dieser Welt kostbarer war als alle Reichtümer, die im blühenden Reich Aurum existierten. Sie hatten das Abbild der göttinnengleichen Frau festgehalten, die vor ihm stand, bis sie mit dem Schloss zu Staub zerfallen waren.

Runa räusperte sich, ein anziehendes Lächeln umspielte ihre vollen Lippen, verbarg einen geheimnisvollen Ausdruck, der ausschließlich dem Schatzjäger galt. »Du irrst!« Runa schüttelte den Kopf, um ihre Aussage zu untermauern. »Es sei denn, du bist an diesen Ort gekommen, um mich zu bestehlen, was ich mit dem Tode bestrafen würde.«

Lean erwiderte ihr Lächeln, welches einem zähnefletschenden Raubtier glich, das zum tödlichen Sprung ansetzte. »Ich habe mich nicht getäuscht«, entgegnete er angespannt. Ihm war bewusst, dass Corvin von der geheimnisvollen Schatulle erfahren musste, dass er dem Thronerben die Wahrheit schuldig war, selbst wenn sie sein Leben kosten würde.

»Warum bist du hier?«, fragte Corvin ungeduldig, als ein erneutes Beben die Zeitschleife erschütterte. Sand wirbelte auf, schlug ihm ins Gesicht, er kniff die Augen zusammen. »Wir haben keine Zeit für Ausreden!«

Der Schatzjäger spürte Runas argwöhnischen Blick auf sich, als er den Mund öffnete, um die Wissensgier des Thronerben zu stillen. Doch ehe Lean die volle Wahrheit aussprechen konnte, warf er der Hexe einen letzten Blick zu, die unmerklich auf Sinja wies und schließlich drohend über ihre eigene Kehle strich, was seinen Willen, die Wahrheit auszusprechen, völlig ins Wanken brachte. »Ich bekam den Auftrag, dir die Krone abzunehmen und einer Frau zu überlassen, die vorgab, eine Meuchelmörderin des gefallenen Reiches zu sein«, entgegnete er heuchelnd, um nicht gänzlich von der Wahrheit abzuweichen. Doch er log nicht ausschließlich, um Sinjas Leben vor Runas Rache zu bewahren. Er unterschlug Informationen, um seine Familie zu schützen, um die Hexe in Sicherheit zu wiegen, deren Macht er nicht einzuschätzen vermochte. »Sie bot mir Gold an, das ich zu sehr begehrte, ein Leben in Reichtum, fernab von staubigen Straßen.« Er atmete die warme Luft tief ein. »Ich war eifersüchtig, fühlte mich von meiner Familie im Stich gelassen, von Sinja abgewiesen, die ich mehr liebe als je einen Menschen zuvor. Selbst die Prinzessin nahmt ihr mir, die uns ein prunkvolles Leben versprach.« Der Schatzjäger warf Esther einen flüchtigen Blick zu, ehe er wieder Corvin ansah, dessen skeptische Augen andauernd auf ihm ruhten. »Ich habe Verrat begangen, habe dein Leben und Sinjas leichtfertig riskiert. Nun ist es deine Entscheidung, ob du mich zurücklässt.«

»Sie bricht!« Rahel umklammerte zufrieden ein schlangenförmiges Amulett, das sie befähigte, zwischen den

Realitäten zu wandeln, in die Zeitschleife Einblick zu erhalten, welche gegenwärtig unaufhörlich zu Staub zerfiel. Sie verschwendete keinen Gedanken an Lean, den sie zum Sterben zurückgelassen hatte. Seine nutzlose Seele war nur eine von vielen, ein winziges Opfer im Vergleich zum näher rückenden Ziel. »Nun wirst du dich mir stellen müssen, Hexe.« Ihr war längst bewusst, dass Runa den geschmiedeten Plan aus Eigennutz geändert hatte, dass sie wohl kaum länger an einer Zusammenarbeit interessiert war, was erneut blinde Wut in der Meuchelmörderin aufkommen ließ. Dennoch betrat sie diesen Ort, um die Hexe um Antworten zu ersuchen.

Rahels angespannter Blick glitt über Gebäude, die Tempelanlagen glichen, über flaggengesäumte Türme, welche drohten, die weißen Wolken zu durchstoßen. Schließlich fixierten ihre aufmerksamen Augen schwarze Laternen, feurige Lichter, die hinter Glas schimmerten, um die im Schlaf liegenden Straßen zu erhellen. Sie entzündeten sich stets bei Anbruch der von Hexen geschaffenen Nacht wie von Geisterhand, leuchteten wie winzige Sterne am verdunkelten Firmament.

»Du bist hinter dem Schleier unerwünscht, Schlange. Ich verlange, dass du diesen Ort verlässt, dass du ihn nicht erneut aufsuchst!« Rahels Blick fiel auf eine unbekannte Frau, eine hochgewachsene Hexe mit blutrotem Haar, deren beobachtende Augen auf ihr ruhten, seit sie Aurums wahre Realität betreten hatte.

»Ihr seid Runas Mutter«, entgegnete die Meuchelmörderin, den herablassenden Klang der Fremden ignorierend, während sie abrupt auf der goldgepflasterten Straße innehielt und skeptisch in das steinerne Gesicht der Hexe blickte. »Wo ist sie? Ich versprach, sie aufzusuchen, sollte ich das Grab meiner Gefährten in den

Händen halten. Wir trafen eine Abmachung, dass ...« Rahel unterbrach, ihre Augen verengten sich zu schmalen Schlitzen, als ein hochmütiges Lächeln die Lippen der Unbekannten umspielte.

»Meine Tochter pflegte Bündnisse mit den niedersten Kreaturen, die durch die Kanalisation kriechen. Doch sie hat die Pfade gewechselt, ist nicht länger an einer Zusammenarbeit interessiert. Deine Bemühungen waren vergeblich.« Elin schritt näher an die Meuchelmörderin heran, beäugte die junge Frau abfällig von Kopf bis Fuß, die voller Anspannung nach einem Dolch griff, der in den Tiefen ihres ledernen Mantels verborgen war. »Wage es nicht, eine Waffe zu ziehen. Ich wäre auch unbewaffnet schneller als du.«

Rahel löste die Hand unmerklich von der Klinge. »Lasst mich mit Eurer Tochter sprechen«, entgegnete die Meuchelmörderin um Fassung bemüht, ohne Elin aus den Augen zu verlieren, die ihr furchtlos den Rücken zuwandte, als wäre sie eine unbewaffnete Bürgerin, von der keine Gefahr ausging.

»Das ist nicht nötig.« Rahel folgte der Hexe tiefer in die schmale Gasse hinein, wo der Glanz der Häuser mit jedem Schritt deutlich schwand. Schon bald wichen die prunkvollen Gebäude schäbigen Hütten, die den Hexen als Heimat dienten. »Sieh dich um! Einst bestand dieses Reich nur aus Sand und Staub. Doch ...«

Elin verstummte, als die Meuchelmörderin ihre Worte harsch unterbrach: »Ich bin nicht an diesen Ort gekommen, um Geschichten zu hören, ich akzeptiere Runas Entscheidung.« Es fiel ihr schwer, die Worte auszusprechen, Wohlwollen zu heucheln. Doch Rahel war bewusst, dass sie eine Hexe brauchte, um die Bruderschaft erneut zum Leben zu erwecken. »Ich bitte lediglich um die Wiederauferstehung meiner Familie. Danach werden wir verschwinden. Darauf gebe ich Euch mein Wort.«

Die Hexe lächelte dünn, ohne ihren Gang zu unterbrechen, hielt inmitten eines Platzes inne, wo die Verwahrlosung am deutlichsten zu erkennen war. Rahels Blick schweifte über gebrochenes Gold, das den Boden säumte, fixierte das Wasser eines Brunnens, das ihr angespanntes Gesicht spiegelte. In seiner Mitte stieg eine Frau aus einer steinernen Blüte hervor, die Arme gen Himmel gestreckt.

»Ich bin gewillt, die Situation meinesgleichen zu verbessern. Wir sind gezwungen, Baracken zu bewohnen, während die gewöhnliche Bevölkerung in Reichtum schwelgt. Der Zirkel hat dieses Reich geschaffen, hat aus Tod und Sand eine Oase erbaut. Doch die Zwillingskönige ließen die Stadt von deinesgleichen in Asche verwandeln. Sag mir, Schlange, wer hat die Taten blind ausgeführt, Unschuldige gemeuchelt und ausgeraubt?«

Rahel hob ergeben die Hände, trat einen Schritt zurück, als Elins Stimme einen hasserfüllten Klang annahm. »Hexe, ich folge Euch nicht, um einen Streit auszutragen«, entgegnete sie beschwichtigend, um den drohenden Konflikt zu entschärfen. »Doch unsere Pflicht bestand darin, Befehle auszuführen, die uns die Herrscher des Reiches gaben. Hätten wir uns geweigert, wären wir wegen Hochverrats getötet worden. Welche Wahl hättet Ihr getroffen?«

Elin ließ sich auf den Rand des Brunnens sinken, griff nach einem Büschel Gras, das aus den schmalen Fugen der Bodenplatten hervorragte. Es war längst vertrocknet, verwelkt, das strahlende Grün einem fahlen Grau gewichen. »Du bist in einer Familie aus Kriegstreibern und gewissenlosen Mördern aufgewachsen. Deine verachtenswerten Prioritäten verwundern mich nicht. Ich hingegen wurde mit dem Wissen erzogen, dass Frieden den Wert der eigenen Existenz bei Weitem übersteigt.

Dennoch wiegt der familiäre Wert in den Reihen des Zirkels mehr. Daher kämpfe ich. Doch du planst eine völlige Neuordnung, den Tod des Königs, um selbst zu herrschen. Diesen Irrsinn werde ich nicht unterstützen!«

Rahel schüttelte abfällig den Kopf. »Erlaubt mir, mit Eurer Tochter zu sprechen«, forderte sie hastig atmend. »Es war riskant, an diesen Ort zu gelangen. Wenn ich erkannt werde, ist mein Leben dem Untergang geweiht.« Sie griff nach den goldenen Gliedern einer zarten Kette, die ihren Hals umschlang, fuhr über das Amulett in Form einer Schlange. Es war ein Geschenk von Runa gewesen, um die Stadt hinter dem Schleier unerkannt betreten und wieder verlassen zu können, war Teil ihrer Abmachung, Teil eines Versprechens, das Reich zugunsten der Hexen und der Bruderschaft wiederauferstehen zu lassen. »Ich ...« Rahel horchte auf, als sie Schritte hörte, schwere Stiefel vernahm, die auf den goldenen Bodenplatten aufschlugen, sich ihnen stetig näherten ohne innezuhalten.

»Runa wird Königin sein, wird den Zirkel aus dem Schatten befreien, in dem wir seit Jahrhunderten gezwungen sind zu existieren. Verräter, potenzielle Königsmörder werden Aurum nicht betreten. Schlange, der Zirkel wird dir nicht helfen! Geh deines Weges, wenn du nicht wie deine Gefährten enden möchtest!« Elin betonte jedes einzelne Wort, als wollte sie an ihre Vernunft appellieren, erhob sich und trat näher an die Meuchelmörderin heran.

»Wir haben eine Abmachung. Ich werde das Reich nicht ohne die Anhänger der Bruderschaft verlassen!«, entgegnete Rahel energisch. Ihre Stimme zitterte kaum merklich, sie trat zurück. Der Meuchelmörderin war die Macht der Hexe bewusst, welche die Arme vor der Brust verschränkt hatte und erbarmungslos in ihr verzweifeltes Gesicht blickte. »Ich bin im Besitz meiner Familie, war bereit, das Leben eines Mannes zu opfern, um sie zurückzuerhalten. Runa hat mich verraten. Sie ist mir die Erfüllung dieses Wunsches schuldig!«

Elins Gesicht verzog sich zu einem eiskalten Lächeln. »Du bist im Besitz einer Schatulle, gefüllt mit Asche, hast dein sehnlichstes Ziel fast erreicht. Dennoch bist du ohne magische Hilfe nicht fähig, deine Verbündeten erneut zum Leben zu erwecken!«

Die Hexe schaute auf, betrachtete den langen Schatten eines Mannes, der drohte, den Platz im nächsten Augenblick zu betreten. »Verlasse das Reich, Schlange, wenn du gewillt bist, zu leben. Du bist an diesem Ort nicht erwünscht!«

Kapitel 10

Als Corvin aus tiefster Dunkelheit erwachte und die Augen aufschlug, spürte er nur Sand und Staub, glutheißen Wind, der sein angespanntes Gesicht umspielte. Die ruhelosen Hände des Thronerben glitten über das weiße Gold, während sein Bewusstsein hinter der niedergegangenen Zeitschleife verharrte, deren jüngste Ereignisse sich völlig seinen Erinnerungen entzogen. Corvins letzte Gedanken galten Sinjas Flehen, Lean zu verschonen, der Krone, die ihre zum Sterben verdammten Seelen vor dem unweigerlich erscheinenden Untergang bewahrt hatte. Dennoch spürte der Thronerbe, dass essenzielle Details im Dunkeln lagen, dass Leans und Runas Verbündete ein und dieselbe Person sein musste, die er längst nicht fähig war zu identifizieren.

»Die Zeitschleife ...« Corvin wandte seinen schmerzenden Kopf zur Seite, als er die brüchige Stimme der Hexe vernahm, betrachtete ihr rotes Haar, das sich deutlich vom goldenen Sand abhob. Doch sein verschwommener Blick verzerrte es zu Feuer, zu lüsternen Flammen, die stets gierig auflloderten, wenn ein erneuter Windhauch über den verdorrten Erdboden fegte.

»Die Zeitschleife ist gebrochen!« Runas zitternde Hände umklammerten winzige Scherben, die in ihre Haut schnitten, oberflächliche Wunden verursachten, welche nicht aufhören wollten zu bluten, was sie kaum zu spüren vermochte. Ihr leerer Blick war ausschließlich auf das bläuliche Glas fokussiert, das einst einen flüchtigen Moment längst vergangener Zeit offenbart hatte. »Die Scherbe ist von nun an nutzlos.« Die Hexe richtete schmerzvoll stöhnend ihren ausgelaugten Körper auf, ließ die winzigen, schneidenden Fragmente auf den Boden fallen. »Doch sie hat ihren Zweck erfüllt. Die Krone ist dein, Aurum steht nach einhundert Jahren die Wiederkehr bevor.« Sie seufzte niedergedrückt, warf dem Artefakt der Herrschaft einen flüchtigen Blick zu, ehe sie erneut Corvin ansah, der ihre Worte zu ignorieren schien.

»Du bist ein gutmütiger Mann«, fuhr Runa kopfschüttelnd fort, während sie geringschätzig den argwöhnischen Augen des Thronerben folgte, die auf Lean gerichtet waren. Sinja lag bewusstlos in den muskulösen Armen des Schatzjägers, ihr Kopf verharrte auf seiner breiten Brust. »Er mag viele Jahre lang Teil deiner Familie gewesen sein. Doch dieser Mann hat Verrat gestanden, hat zugegeben, dir die Krone entreißen zu wollen, um sie einer Frau zu überlassen, deren Aufträge stets mit dem Tod in Verbindung standen. Corvin, mir ist die Bruderschaft bekannt. Du bist nicht gewillt, dieser verdorbenen Seele gegenüberzustehen.« In ihrer Stimme lagen Unverständnis, ein Hauch Wut, den sie zu verbergen versuchte. Der Hexe war bewusst, dass Lean in Rahels Auftrag die Zeitschleife betreten hatte, um an die Asche der Bruderschaft zu gelangen, dass sie aufgrund des Vertrauensbruchs nach Rache sann. »Noch ist es nicht zu spät, sich seiner zu entledigen!« Sie erwiderte gefühllos Corvins eiskalten Blick, dessen volle Aufmerksamkeit auf Runas zitternde Hände gerichtet war, die kraftlos durch ihr blutfarbenes Haar fuhren. Die Hexe war leichenblass, was ihn an Schnee erinnerte, an Esthers blütenweiße Haut, deren bewusstloser Körper neben seinem lag. Das Gesicht der Prinzessin war vollständig unter ihrem silbernen Haar verborgen. Doch sie lebte, ruhig und gleichmäßig hob und senkte sich ihr Brustkorb.

»Du hast mich gezwungen, einen Blutschwur zu leisten, um Königin zu werden«, entgegnete Corvin schließlich kopfschüttelnd. »Dennoch habe ich dein verdammtes Leben gerettet. Du weißt, was das bedeutet. Ich weiß, was das bedeutet.« Er lächelte wissend, ohne Runa an die vergangene Last zu erinnern, welche jede Novizin, die in den Kreis der vollwertigen Hexen aufgenommen wurde, gezwungen war zu tragen. »Mir ist dein Geheimnis, das du mit Lean teilst, nicht entgangen. Doch vom heutigen Tag an wirst du nach meinen Regeln spielen.«

Runas schönes Gesicht verzog sich zu einer wutverzerrten Fratze. »Du lernst schnell, Geliebter. Ich beginne zu glauben, dass in dir ein wahrer König schlummert.« Sie streckte eine Hand nach ihm aus, fuhr forsch durch sein dunkles Haar. »Du bist dir der düsteren Vergangenheit der Hexen bewusst. Das beeindruckt mich. Doch die wahrhaftige Geschichte um Amikas Fluch, welcher im Kreise meiner Familie als Last der drei Schwestern bezeichnet wird, ist selbst dir verborgen. Vergiss niemals, dass wir einen Blutschwur geleistet haben. Deine und meine Seele sind miteinander verbunden, bis unsere Herzen aufhören zu schlagen.« Runas Worte klangen rau, verebbten vollständig zwischen hektischen Atemzügen. »Du wirst dich meiner niemals bemächtigen.«

Corvin verabscheute die Berührungen der Hexe, griff grob nach ihrer bebenden Hand und streifte sie von seinem Körper. »Deine Geschichten interessieren mich nicht länger. Ich habe dein Leben vor dem Tode bewahrt. Du stehst auf ewig in meiner Schuld. Deine Macht ist meine Macht, deine Magie ist meine Magie, bis ich dir die Freiheit schenke!« Der Thronerbe griff erbarmungslos nach Runas Kragen, zog sie näher an sich heran, hielt erst inne, als sich ihr Gesicht direkt unter seinem befand. »Dein Leben gehört mir, Hexe!«

Zayn starrte schweigend aus dem Fenster, betrachtete Aurums Schönheit, die im Schutze des Schleiers zu Vollkommenheit erblühte. Selbst durch das rötliche Glas, welches das Antlitz seltsam verzerrte, erkannte er in weiter Ferne Wohlstand, was den Hexen, die das Reich schufen, bis zum heutigen Tag verwehrt blieb.

»Die Zeitschleife ...« Der stellvertretende König vernahm leise Schritte nackter Füße, die rhythmisch auf den gebrochenen Dielen aufschlugen, spürte einen schwachen Windhauch, der seine Nackenhaare zu Berge stehen ließ. Dennoch wandte er der Hexe fortwährend den Rücken zu, die er nicht fürchtete, obwohl ihre Macht die eines gewöhnlichen Menschen bei Weitem überstieg. »Die Zeitschleife ist gebrochen!«, fuhr die Unbekannte ärgerlich fort, weil er ihr keine Reaktion zukommen ließ.

Zayn wandte sich gemächlich zu der jungen Fremden um, deren langes, schwarzes Haar sich kräuselte wie die Locken eines Engels. Die kindliche Gestalt der Hexe war in ein schwarzes, bodenlanges

Gewand gehüllt, ein blutrotes Band umschlang ihre Taille, was sie als Novizin in den ersten Jahren der Ausbildung identifizierte.

»Der König hat die Schleife verlassen«, fuhr die Unbekannte fort, als seine Aufmerksamkeit vollständig auf sie gerichtet war. Die Novizin trat näher an ihn heran, verschränkte die Arme vor der Brust. »Euer Ziehsohn kehrt zurück, um Euch die Macht zu nehmen, die Ihr seit Jahren hütet wie Euren Augapfel. Diese Erkenntnis muss eine schwere Last sein.« Sie lachte kalt, wandte Zayn den Rücken zu, um die Kammer zu verlassen, die seit unerträglich langer Zeit Heimat der Geisel war.

»Ich war nie gewillt zu herrschen, das Reich zu regieren. Corvin wird seinen rechtmäßigen Platz einnehmen. Ich werde ihm als Unterstützung und Vater dienen, sollte er dies zulassen. Meine Rolle ist mir durchaus bewusst.«

Das Mädchen verengte die Augen zu schmalen Schlitzen, sah forschend in sein furchenreiches Gesicht. Er war ein alter Mann, der sein Leben als Jüngling in den Dienst des letzten herrschenden Königs gestellt hatte. Doch trotz der Macht, die ihm seit vielen Jahren ohne Zeit und Alterung oblag, war er ein bodenständiger Mann geblieben, der nach Frieden strebte. Dennoch blieb auch ihm die Gerechtigkeit des Zirkels versagt. Zayn scheiterte an der Ignoranz der Einflussreichen bis zum gegenwärtigen Tag.

»Ihr seid ein ehrenwerter Herrscher.« Die Novizin, deren Alter dem eines jungen Mädchens entsprach, lächelte betrübt. »Ich bete täglich für meinen Zirkel, für ein Leben in Freiheit ohne Hunger, ohne Zwang, ohne Unterordnung. Wir wurden vor langer Zeit an den Thron gebunden, haben die Visionen der herrschenden Familien stets erfüllt. Als Dank leben wir in ständiger Isolation.« Sie schüttelte niedergedrückt den Kopf. »Ich bin noch ein Kind. Doch es ist mir nicht gestattet, die Straßen ohne Begleitung zu betreten, weil das gewöhnliche Volk meine Magie fürchtet. Runa mag einen gefährlichen Weg eingeschlagen haben, mag mit ihrem Wunsch – Königin zu werden – zu weit gegangen sein.« Sie seufzte tief, richtete ihre mitternachtsblauen Augen schuldbewusst dem Boden zu. »Sie hatte keine Wahl. Wir können nicht weiterhin in Abhängigkeit existieren«, stellte sie abschließend fest.

»Wie lautet dein Name?«, fragte Zayn, als die Novizin ihm erneut den Rücken zuwandte, um sich rasch zu entfernen.

»Cleo«, antwortete sie knapp. »Meine Mutter schickte mich, um Euch die Rückkehr des wahren Königs anzukündigen. Diesen Auftrag habe ich hiermit erfüllt.« Das schwarze Gewand der Novizin streifte am Boden, als sie in Richtung Tür schritt, sich von Zayn stetig entfernte, dessen Blick fortwährend auf ihre kindliche Gestalt gerichtet war.

»Ich verstehe deine Wut, die Unzufriedenheit des Zirkels. Euer Leid blieb lange Zeit unbeachtet, wurde von den Herrschenden ignoriert. Ich bin versucht, den Wandel zu vollziehen. Doch die Weigerung des Zirkels, in diesen Tagen Unterstützung zu leisten, weckt Unverständnis bei den einflussreichsten Menschen des Reiches. Ich mag im Amt des Königs fungieren. Dies bedeutet jedoch nicht, dass ich allein herrsche.« Zayns Stimme senkte sich, ein Hauch Wut verzerrte seine erbarmungslosen Worte, die den ersten folgten: »Runas erzwungener Blutschwur hat gegen geltendes Recht verstoßen. Sie wagt, Corvin zu erpressen, den Platz an der Seite des Königs einzufordern. Ich werde ihm raten müssen, sie zum Tode zu verurteilen. Anderenfalls droht ihm Verlust von Respekt, den er benötigt, um das Reich regieren zu können.«

Die Novizin blieb abrupt stehen, als sie sein Urteil vernahm, und wandte sich erneut zu ihm um. »Alter Mann, Ihr solltet mir nicht drohen!«, entgegnete sie bebend. Groll lag in Cleos Worten, Enttäuschung in jeder Silbe, die ihren Lippen entwich. »Runa wird nicht zum Tode verurteilt werden, wird zukünftig Königin des goldenen Reiches sein, was uns eine lebenswerte Existenz verspricht. Ihr werdet Euch anpassen müssen oder Ihr findet den Tod.« Cleo griff nach dem rostigen Knauf, zog die verwitterte Tür auf, um sich seiner Nähe endgültig zu entziehen. »Trefft Eure Entscheidung weise!«

Runas Blick glitt über den dünnen Schnitt, der ihre zukünftige Stellung als Königin sicherte, ehe ihre Augen eine zarte Narbe fixierten, die einen Schwur symbolisierte, der viele Jahre zurücklag. Die Hexe erinnerte sich bis zum heutigen Tag an die Zeichnung des blutigen Pentagramms, das für Blutschwüre unabdingbar war. Die Hexe war gezwungen gewesen, ihn zu leisten: des Menschen Dienerin zu sein, der ihr Leben vor dem Tode bewahren würde, obwohl sie ihn einer Existenz in Unterwürfigkeit vorzog. Dieser Schwur war ein Überbleibsel aus der Vergangenheit, stammte aus grauer Vorzeit, als Amikas Fluch jede zukünftige vollwertige Hexe wie ein dunkler Schatten überkam.

»Sie sind wach!« Runa wandte den Blick von weit entfernten Dünen ab, die sich Wellen gleichend gen Horizont erhoben, als wäre es die klare See, deren Ausläufer ihre Füße umspielten. Doch der Blick der Hexe war auf die tödliche Dürre gerichtet, auf Sand und Kakteen, die nach Wasser dürstend den nächsten Regenguss herbeisehnten. »Es ist Zeit, den Schleier zu durchschreiten, Aurum aus dem Schatten zu ziehen.« Corvin trat geduldig näher an die Hexe heran, die sich nicht rührte, mit gesenktem Haupt den goldenen Sand anstarrte.

»Weißt du, was geschieht, wenn ich deine Befehle verweigere?«, fragte sie schließlich leise flüsternd, was ihm einen kalten Schauer über den Rücken jagte, fuhr fort, als der Thronerbe schweigend den Kopf schüttelte. »Die Magie würde sich gegen mich wenden, meinen Körper verbrennen, bis er zu Asche zerfällt. Doch der Weg des Todes ist lang, mit unmenschlicher Qual verbunden. Es heißt, dass das Ende die Erlösung sei, dass Hexen, die in dieser Abhängigkeit gefangen sind, meist den Freitod wählen.« Ihre Hände verkrampften sich zu Fäusten, ihre Stimme zitterte aufgrund fürchterlicher Angst. »Auch ich werde ihn wählen, wenn die Zeit gekommen ist. Du wirst mich nicht befreien, was ich dir nicht verüble. Doch es ist mein Leben, meine Entscheidung, ob ich gewillt bin, es zu führen. Mein Weg war nicht grundlos, Hoheit. Daher bereue ich nicht.«

Corvin lauschte angespannt ihren verzweifelten Worten, war von der schonungslosen Ehrlichkeit überrascht, die ihre Aussage widerspiegelte. »Ich bin unsere Feindschaft leid«, gab er betrübt zu. »Doch ich kann nicht zulassen, dass du mich länger als Geisel des Zirkels missbrauchst. Beweise mir deine Treue, dann wirst du frei sein.« Er berührte die Hexe an den Wangen, hob ihren Kopf und sah entschlossen in ihre schwarzen Augen. »Du weißt mehr, als mir je bewusst sein wird. Ich bin geboren, um das Reich zu regieren.« Der Thronerbe löste seine Hände von ihrer makellosen Haut. »Was liegt näher als eine Allianz?! Ich biete dir mein Vertrauen an, Runa. Im Gegenzug verlange ich deines und die vollkommene Wahrheit über den Fluch, der auf dir lastet, den Krieg und die Bedrohung der Bruderschaft. Lass mich nicht länger im Schatten verharren.«

Runa räusperte sich, öffnete den Mund, ein leises Krächzen entwich ihrer trockenen Kehle. »Du bist bereit, mir zu vertrauen?«, brachte sie schließlich mit brüchiger Stimme hervor, um sich zu vergewissern, dass sie die Worte des Thronerben richtig vernommen hatte.

Corvin nickte. »Wir verfolgen ein Ziel«, antwortete er nachdrücklich. »Ich verabscheue erzwungene Abhängigkeit, möchte in dir weder Feindin noch Dienerin sehen.«

Runa seufzte, senkte den Blick. »Du bist ein guter Mann«, entgegnete sie anerkennend. »Dennoch seid ihr Menschen nicht fähig, uns zu verstehen. Du standest nie mit dem Zirkel in Verbindung, hast unser Opfer nicht am eigenen Leib ...« Sie schwieg, als ein freudloses Lächeln über sein Gesicht huschte.

»Du weißt es nicht«, stellte Corvin ehrlich überrascht fest. »Ich war damals zu jung, um zu verstehen. Doch Zayn – mein Ziehvater – erzählte mir vor langer Zeit von einer jungen Hexe, die unseren Weg wenige Monate begleitete, ehe sie an schweren Wunden, die aus dem Krieg stammten, starb. Dank ihrer Macht habe ich das erste Lebensjahr unbeschadet überstanden. Ich fürchte euch Hexen nicht.« Sein energischer Blick fixierte ihre skeptischen Augen. »Sie verzichtete auf ein Leben hinter dem Schleier, brauchte ihre letzten Kräfte auf, um mich zu beschützen. Das werde ich ihr, das werde ich dem Zirkel niemals vergessen.«

Runa beobachtete, wie er den rechten Ärmel seines Mantels zurückschlug und auf ein breites Lederband wies, das der Thronerbe trug, seit er sich erinnern konnte. »Mein Vater legte mir dieses Zeichen an, um ihrer zu gedenken.« Er drehte die Hand, bis seine Handflächen gen Himmel zeigten und strich mit der zweiten über das filigrane, silberne Symbol in Form eines Pentagramms. »Es erinnert mich stets daran, dass die dunklen Geschichten, die über Hexen kursieren, nicht wahr sind.«

Runa griff unvermittelt nach seinem rechten Handgelenk und strich mit ihren gebrochenen Nägeln über das Symbol, das seit der Entstehung des Zirkels Teil von ihm war. »Ich dachte, du seist wie all die Herrschenden, die uns mit Heucheleien begegneten«, murmelte sie schließlich verwundert.

Corvin lächelte, schüttelte langsam, aber entschieden den Kopf. »Ich habe dich nie belogen. Mein Ziel ist nach wie vor die Integration des Zirkels. Ihr habt das Reich vor dem Untergang bewahrt, euch gebührt die Ehre, worum ich kämpfen werde. Doch deine Unterstützung wird unabdingbar sein.«

Runa seufzte tief. »Ich kann dir nicht vertrauen, noch nicht«, gab sie zögerlich zu. »Doch ich werde dich unterstützen und deiner Herrschaft nicht mehr im Wege stehen«, fuhr sie rasch fort, wohl wissend, dass der Zirkel auf die Gunst des Thronerben angewiesen war, weil sie wegen des Fluches mit dem Rücken zur Wand stand. »Um den Beweis meiner Treue zu erbringen, möchte ich eine Beichte ablegen«, fügte sie mit fester Stimme hinzu, während ihre linke Hand über die zarte Narbe strich, welche sie zwang, Corvins Dienerin zu sein. »Ich habe dich belogen. Ich bin fähig, den Blutschwur, der uns verbindet, zu brechen.«

Rahels Blick glitt über goldene Ziegel, über zwei kräftige Männer, die hinter weißem Glas saßen und Bier aus Krügen tranken. Die Meuchelmörderin vernahm das dunkle Gelächter der Betrunkenen, das Geräusch zerberstenden Glases, als es auf steinernen Böden aufschlug. Rahel hatte Aurum nicht verlassen, obwohl die Wächter der goldenen Stadt ihr Leben beenden würden, sollte sie in ihre tödlichen Hände geraten.

»Ich kann dir alles beschaffen, was du begehrst, gefallene Schlange!« Rahel fuhr herum, als sie die raue Stimme einer alten

Frau vernahm, sah in eiskalte Augen, die in ihre starrten. »Kind, deine Gefolgschaft ist nur ein Häufchen Staub. Ich kann deinen Wunsch nach Rache spüren, den Willen, jene zu vernichten, welche die Schädel deiner Familie spalteten.«

Die Meuchelmörderin zog sich die Kapuze tiefer ins Gesicht, bis sie ihre kastanienbraunen Augen vollständig verdeckte. »Ihr seid eine Hexe«, entgegnete sie misstrauisch. »Nennt mir Euren Namen.«

Die Alte nickte, ein süffisantes Lächeln huschte über ihre schmalen Lippen. Viele Lebensjahre hatten tiefe Furchen in ihr Gesicht gegraben, das an Pergament erinnerte. »Mein Name ist Elsa. Die Hierarchie – wie sie seit Jahren existiert – hat mich meiner Magie beraubt, hat meine Töchter auf dem Scheiterhaufen brennen lassen, weil ich einst Lügen in die Ohren des Königs flüsterte, um seine Macht zu torpedieren.« Die Unbekannte öffnete die obersten Knöpfe ihres grauen, bodenlangen Mantels, der an die Kleidung einer Bettlerin erinnerte, reckte den Kopf und wies auf eine tiefe Brandnarbe in Form eines Pentagramms, die ihr zugefügt worden war, als sich die tödlichen Flammen an den Körpern ihrer Töchter gelabt hatten. Bis zum heutigen Tag verfolgten Elsa die Schreie der bildschönen Zwillingsmädchen in jeder Nacht, die ihr das Herz aus der Brust gerissen hatten. Doch die Hexe war machtlos gewesen, hatte zusehen müssen, wie ihr eigen Fleisch und Blut vor der lechzenden Bevölkerung hingerichtet worden war.

»Ihr sinnt nach Rache?«, entgegnete Rahel skeptisch, während ihr Blick über die narbigen Konturen des Symbols glitt, das den Zirkel seit vielen Jahren repräsentierte. Doch in Aurum stand das Pentagramm auch für Hochverrat, für Menschen, deren Leben es nicht wert war, gelebt zu werden.

Elsa lächelte unheilvoll, band die langen Strähnen ihres aschgrauen Haares zu einem geflochtenen Zopf. Eiseskälte lag in den blauen Augen der Alten, die dämonisch aus den tiefen Höhlen hervorleuchteten. »Als die Magie in mir schwand und meine Töchter starben, wurde ich aus dem Zirkel verstoßen. Viele Hexen bekannten sich schuldig, saßen in Zellen, die nur den Tod erwarten ließen. Was glaubst du, ist mit ihnen geschehen?« Sie unterbrach, ohne die Frage zu beantworten, legte eine Hand an Rahels linke Wange, die ihre Berührung geduldig ertrug, und strich über die sonnengebräunte Haut der Meuchelmörderin. »Du erinnerst mich an meine Mädchen.« Ihre Stimme nahm einen mütterlichen, hauchzarten Klang an. »Sie nahmen mir Familie, Macht ...« Sie zog die Hand zurück, lachte verbittert. »Doch ein Funke ist mir geblieben. Diesen möchte ich mit dir teilen – für uns, für unsere Rache!«

Kapitel 11

>> Die Zwillingskönige drohten, jedes Leben auszulöschen, sollte der andere den Thron für sich beanspruchen.« Runas Augen verengten sich zu schmalen Schlitzen, als sie die Aufmerksamkeit des Thronerben spürte, tiefste Neugier wahrnahm, die im dunklen Schilfgrün seiner Augen lag, welche leuchteten wie der steinerne Blick eines Reptils. Sie wies auf goldene Straßen, die infolge ihrer Handbewegung brachen, auf Gebäude, welche vor Corvins Augen zu Ruinen zerfielen. Der instabile Stein säumte das Reich bis zum heutigen Tag, bot irrenden Vagabunden Unterschlupf, um der unbarmherzigen Sonne zu entrinnen. »Aurum glich einem Schlachtfeld.«

Corvin folgte ihren gestikulierenden Händen, ohne die Worte der Hexe vollständig wahrzunehmen. Seine Gedanken galten der kürzlichen Offenbarung, die sein Leben vom Zwang der Ehe zu entbinden versprach. »Du bist fähig, den Blutschwur zu brechen, der uns verbindet?«, wiederholte er schließlich zweifelnd.

Sie nickte, hielt inne, schaute mit gläsernen Augen zu ihm auf, was den Thronerben tiefsten Schmerz erkennen ließ. Die Aufrechterhaltung des Trugbildes nagte deutlich an Runas Ressourcen. »Blutschwüre können einzig von den Hexen gelöst werden, die sie ausgesprochen haben«, entgegnete die Hexe trübsinnig. Ihre Stimme hatte einen dunklen Klang angenommen, der die Worte seltsam verzerrte. »Doch um Missbrauch zu verhindern, wurden sie von den ersten Hexen mit drakonischer Bestrafung belegt.« Sie lächelte kühl, neigte den Kopf auf die Seite. »Sara, Melody und Amika, drei Schwestern, die von Mutter Erde einst mit magischen Kräften gesegnet wurden. Legenden zufolge lebten sie, bis die ersten drei Königreiche Glacies, Sol und Lapis entstanden. Doch sie starben nicht wie gewöhnliche Menschen oder Hexen. Als die ersten Völker das Land besiedelten, herrschten nur Hunger, Krankheit und Tod. Sara und Melody waren gutherzig, opferten ihre Macht, ihre Lebensenergie, um den Menschen eben diese zu schenken, die in der heutigen Zeit in Kriegen so unbarmherzig von der Erde getilgt wird. Sara verblieb im Süden, legte den Grundstein für Sol, für das Königreich des Lichts, das von tiefster Finsternis überschattet worden war.«

Corvin hatte nur Geschichten gehört, vage Schilderungen, die vom Reich Sol erzählten, das in gleißendem Licht geboren war, als hätte die Sonne nur aufgrund von Saras Schönheit begonnen zu erstrahlen. Doch vor vielen Jahren war tiefste Dunkelheit über Sol hereingebrochen, dessen Ursachen die Weisen in Dämonen und Hexen zu wissen glaubten.

»Melody hingegen verblieb im Norden, wo sie Eis und Schnee vor vielen Jahren weichen ließ, um Glacies in einen lebenswerten Ort zu verwandeln. Dank ihrer Magie entstand die Mine, die Quelle der Macht des Südens, welche fiel, als die wahre Königin ihre Macht stärkte, um die zweite Eiszeit abzuwenden. Melodys Kraft existiert bis zum heutigen Tag in Form der ewigen Flamme, lenkt die Jahreszeiten, die seit Monaten wieder Einzug nehmen.« Runa ballte die Hände zu Fäusten, sah zur Illusion des Schlosses auf, die sie geschaffen hatte, um Corvin die Vergangenheit vor Augen zu führen. »Sara und Melody symbolisieren Güte, das Pentagramm, dessen fünf Zacken für die vier Elemente und den Geist stehen, der uns mit der Natur, mit Feuer, Wasser, Erde und Luft verbindet. Doch Amika wählte den dunklen Pfad.« Die Hexe setzte den Weg in Richtung Schloss fort, beobachtete angstverzerrte Gestalten, die lautlos schrien, vor Schlächtern flohen, welche wahllos Blut vergossen, um den verfeindeten Königen zu dienen. Runa erinnerte sich an jedes Gesicht, an jeden Menschen, der geglaubt hatte, in diesen verhängnisvollen Tagen sterben zu müssen. Doch heute waren die Erinnerungen ausgelöscht, die Bevölkerung lebte im Schutze der Unwissenheit. »Während Melody und Sara ihr Leben opferten, um die todgeweihten Menschen zu retten, verweigerte Amika ihre Unterstützung und versuchte, die guten Taten ihrer Schwestern zu torpedieren. Sie verstand die Vision von einer menschenbeherrschten Welt nicht, in der Hexen zum Schutze niederer Lebewesen ihr Leben gaben. Sie empfand die Magie als Instrument des Herrschens, als Zepter, das die Reiche kontrolliert. Daher verbannten Melody und Sara sie nach Lapis, dem Königreich des Todes, wo sie bis zum heutigen Tag über Stein regiert. Doch schließt sie die Augen, erwacht ihr Reich zum Leben. Amika ist dazu verdammt, auf ewig in Lapis zu verweilen, um für das Leid zu büßen, das sie plante, über die Völker zu bringen.« Runa schwieg, um die Worte auf Corvin wirken zu lassen, der sie mit Argusaugen beobachtete. »Aurum entstand viele Jahre später. Doch diese Geschichte erzählte ich dir bereits.«

Corvin wandte den Blick von der Hexe ab, begann seinerseits ihr gegenüber auf und ab zu laufen, ignorierte die Bilder der Vergangenheit, welche Runa mit ihm teilte. Anspannung lag in seinen Schritten, Nervosität in jeder Bewegung, in jedem Muskelzucken. »Du hast von Folgen gesprochen. Sag mir, was geschieht, wenn du meinen Willen verweigerst«, raunte er ärgerlich, weshalb sich ihre mädchenhaften Züge augenblicklich versteinerten.

Doch Runa antwortete nicht, schwieg beharrlich, presste die Lippen aufeinander, als sich ein andauernder Schmerz wie ein dunkler Schatten auf ihr Gesicht legte, dessen Bräune prompt Leichenblässe wich. Corvin erkannte Leid in den schwarzen Augen der Hexe, eine vereinzelte Träne lief über ihre rechte Wange.

»Du möchtest es sehen?«, fragte sie schließlich zitternd, was Runa jede Kraft abverlangte. Sie konnte kaum sprechen, nicht atmen, ihr Körper schmerzte, als würde er vollständig in Flammen stehen.

Der Thronerbe nickte nachdrücklich, beobachtete mit klopfendem Herzen, wie sie den rechten Ärmel des bodenlangen, schwarzen Gewandes zurückschlug und auf Brandwunden wies, die sich wie von Geisterhand mehrten. »Sei dir deiner Forderungen bewusst, Hoheit.« Runas gebrochene, rote Nägel glitten über schwarze, großflächige Wunden, die sich fortwährend ausbreiteten, als würden wahrhaftige Flammen nach ihrer makellosen Haut greifen. »Ich werde innerlich und äußerlich verbrennen, sollte ich deiner Forderung nicht in den nächsten Minuten nachkommen.« Das Gesicht der Hexe wandelte sich zu einer schmerzverzerrten Grimasse, während ihr starrer Blick ausdauernd auf die glühenden Wunden gerichtet war. »Sie breiten sich aus, um mich zu zwingen, deinem Befehl zu folgen. Wir Hexen verdanken dies Amika, die uns als Dienerinnen der gewöhnlichen Sterblichen verspottete. Daher belegte sie jede vollwertige Hexe, die das Novizinnenalter überschreitet, mit einem Fluch, der uns an den Menschen bindet, der unser Leben rettet, wie Melody und Sara es getan haben. Leistet eine Novizin den Schwur der dunklen Hexe nicht, ist sie verdammt zu sterben. Dies war Amikas letzte, verachtenswerte Tat, ehe sie nach Lapis verbannt wurde.« Runa öffnete mit zitternden Händen die Knöpfe des Gewandes, strich über ihre verkohlte Haut, die sie bis zur Höhe des Bauchnabels entblößte. »Die Folgen sind schwerwiegend, können ein Leben lang andauern. Sind die inneren Organe erst zerstört, gibt es kein Zurück mehr, selbst wenn ich mich deinem Willen beuge«, brachte Runa schmerzvoll stöhnend hervor, als sich der fassungslose Blick des Thronerben von ihrem Oberkörper löste und erneut das Gesicht der Hexe fixierte. »Wünschst du, dass ich dir den Rest meines Körpers zeige, Hoheit?«, fuhr sie provozierend fort. »Möchtest du sehen, was du mir antust?«

Corvin schüttelte den Kopf, trat näher an sie heran und griff nach dem Stoff des Gewandes. Runa spürte, wie seine kräftigen Hände ihre Haut streiften, während er die Knöpfe schloss, was ihre weibliche Gestalt gänzlich vor den Augen des Thronerben verbarg.

»Blutschwüre können einzig von den Hexen gelöst werden, die sie ausgesprochen haben«, wiederholte sie geheimnisvoll. »Doch ich müsste einen hohen Preis bezahlen.« Die Stimme der Hexe brach, ein Räuspern entwich ihrer trockenen Kehle, als sie schmerzlich nach Worten rang. »Meine Magie!« Runa wandte ihm den Rücken zu, blickte in Richtung Schloss. »Selbst den Tod ...«, hauchte sie flüsternd, »selbst den Tod fürchten Hexen weniger als den Verlust der Magie.« Sie lächelte niedergedrückt, wischte sich hastig vereinzelte Tränen von den Wangen. »Ich werde dich entbinden, wenn Aurum in deinen Händen liegt«, fuhr sie fort, um das Schweigen zu brechen, als er ihr keine Reaktion zukommen ließ.

»Ich versprach, dir zu vertrauen. Doch ich muss wissen, ob der Zirkel meinen Großvater tötete, ob der Soldat, der in der Zeitschleife zu Asche zerfiel, die Wahrheit sprach«, entgegnete Corvin schließlich. Der Thronerbe beobachtete sich nähernde Menschenmassen, ehe er erneut Runa ansah, die seine flüchtige Abwesenheit nutzte, um ihm erneut den Rücken zuzuwenden.

»Hoheit, ich bin dank Amika gezwungen, jeden deiner Wünsche zu erfüllen, dir stets die Wahrheit zu offenbaren. Der Zirkel tötete deinen Großvater nicht. Meine Mutter sah in die Vergangenheit, um dem Anführer des Heeres, der Hexen verachtet, den Schuldigen zu präsentieren, was die Tat deines Onkels bewies. Dennoch lastete sein Urteil auf uns.« Sie seufzte schwer, erkannte in seinen verständnisvollen Augen, dass er ihren Worten traute, die seiner Sippe Königsmord vorwarfen. »Lass mich dir zeigen, was während der grausamsten Stunden des Krieges geschah. Doch spute dich.« Sie beschleunigte ihren Schritt, rannte den menschlichen Abbildungen entgegen, die in der Vergangenheit nicht fähig gewesen waren zu entkommen. Das Heer hatte jeden Ausweg versperrt, um erbarmungslos unschuldige Seelen abzuschlachten, die versuchten zu fliehen. »Sieh dich um!«

Corvins Augen fixierten Rauch, der gen Himmel stieg, angsterfüllte Menschen, welche panisch die Straßen füllten, ihre Familien aus Ruinen zogen. In weiter Ferne erkannte der Thronerbe bewaffnete Männer, die tödlichen Stahl in Leibern versenkten, als bestünden sie aus Butter.

»Das Blut ist nicht wahrhaftig vergossen worden.« Runa hielt inmitten eines Platzes inne und betrachtete eine tiefe, weinrote Lache. »Doch die Bilder könnten kaum realer sein.« Ihr Blick schweifte über den durchbohrten Torso eines Mannes, über ein Mädchen, das vor ihren Füßen zusammenbrach. »Die Stadt versank im Chaos.« Sie hob die Hände, was eine Erschütterung verursachte, das Bild des Schreckens weiter verschärfte. »Der Krieg dauerte mehrere Monate. Doch die Morde am unschuldigen Volk wurden innerhalb weniger Stunden begangen.«

Runas Blick glitt über Dutzende Leichen, die den Platz füllten, über Blut, das in Form dünner Rinnsale durch die Straßen floss. »Der Übergriff geschah überraschend.« Sie hielt neben einem kleinen Mädchen inne, dessen graue Augen tot gen Himmel blickten. »Um Angst und Panik zu verhindern, löschten wir die Erinnerungen der gewöhnlichen Bevölkerung aus. Für sie hat dieser Tag nie existiert. Doch ich träume von der Begegnung in jeder Nacht.«

Sie spürte Corvins rechte Hand, die ihre linke streifte, als er neben sie trat. Doch sein Blick haftete nicht auf den Leichen, deren letzte Todesschreie längst verhallt waren. Die besorgten Augen des Thronerben galten Runa, die sich mühevoll auf den Beinen hielt. »Genügt deine Kraft?«

Sie nickte keuchend. »Mein Verrat wiegt schwer, Hoheit – schwerer, als du glaubst.«

Corvin blinzelte, als die Sonne urplötzlich hell aufleuchtete, ehe sie tiefster Finsternis wich.

»Einst wurden an diesem Ort die gefährlichsten Assassinen aller vier Königreiche ausgebildet.« Seine Augen glitten zu vier Männern, die einander gegenüberstanden und miteinander sprachen. Doch dem Thronerben blieben die geheimnisvollen Informationen gänzlich verborgen. »Ihre Worte sind *bedeutungslos, würden meine derzeitige Kraft bei Weitem übersteigen.« Runa seufzte, ehe sie ihm den Grund gestand, der sie an diesen Ort geführt hatte. »Lean und ich schlossen einen Pakt mit einer Schlange.« Die Hexe wies auf eine näherkommende Gestalt, deren seidige Locken im Takt der unbekannten Schritte tanzten. »Sie ist tödlich und wunderschön zugleich«, gab Runa anerkennend zu. »Rahel führte zuletzt die Bruderschaft an, was aufgrund ihrer Weiblichkeit verwunderlich ist. Doch die Gründe hierfür sind unerheblich.«*

Corvin beobachtete, wie die anziehende Meuchelmörderin an seiner unsichtbaren Gestalt vorüberging, sich einem Mann näherte, der ungezügelt nach ihrem Körper griff.

»Sie ist herzlos, eiskalt, kennt keine Reue.« Der Thronerbe trat näher an die Liebenden heran, welche die beobachtenden Augen der übrigen Assassinen ignorierten. Sie küssten einander lustvoll, ohne tiefgreifende Gefühle. Schließlich fiel sein Blick auf Messer, Schwerter und Dolche, die auf langen Tafeln ausgebreitet waren.

»Welchen Pakt habt ihr geschlossen?«, fragte Corvin misstrauisch. Seine Hände glitten über die Waffen, welche ineinander verschwammen, als er versuchte, die tödlichen Klingen zu berühren.

»Bitte bedenke, dass ich nicht aus Bösartigkeit gehandelt habe. Der Zirkel leidet, droht, unterzugehen. Daher verweigerten wir unsere Unterstützung, wiesen die Bitte der Krone ab, um deinen Ziehvater zu erpressen. Lediglich den Schleier waren wir bereit, aufrechtzuerhalten.« Sie seufzte schwer, trat näher an ihn heran und erfasste seine ruhelosen Hände. »Während des Krieges wurde die Bruderschaft wie Schlachtvieh niedergestreckt. Selbst die fähigsten Assassinen konnten sich gegenüber den zahlenmäßig weit überlegenen feindlichen Soldaten nicht behaupten. Rahel überlebte nur, weil ihre äußerlichen Vorzüge gewaltig sind. Sie gewann die Gunst eines reichen Händlers, der dank Hexenmagie fähig ist, zwischen den Realitäten zu wandeln. Nun sinnt sie nach Rache. Lean stahl die Asche ihrer Gefährten,

weil ich ihr versprach, die Bruderschaft wiederauferstehen zu lassen. Gemeinsam planten wir die Übernahme Aurums. Ich brach mein Versprechen, wandte mich von ihr ab. Doch ich befürchte, dass sie Wege finden wird, um uns zu schaden, um Rache zu begehen.« Sie senkte schuldbewusst den Kopf. *»Corvin, ich habe aus Sorge und Wut mehrfach Verrat begangen, werde meine Strafe erwarten, wenn die Gefahr abgewendet ist. Doch bedenke, dass die Verbrechen auf mir lasten, nicht auf den unschuldigen Frauen und Mädchen, die sich lediglich ein einfacheres Leben wünschen.«* Die Hexe wies flüchtig auf Rahel, als sie die drohende Gefahr erwähnte, ehe sie ihm endgültig den Rücken zuwandte und sich mit langsamen Schritten entfernte. *»Es ist Zeit, Hoheit. Dein Königreich erwartet dich«*, fuhr sie bekümmert lächelnd fort.

»Erweise mir Einsicht in das Leben des Zirkels«, entgegnete Corvin wissbegierig, ohne auf ihr Geständnis einzugehen, das jedem Herrschenden genügen würde, um ein tödliches Urteil zu fällen. *»Ich möchte deine Vergangenheit mit eigenen Augen sehen.«*

Rahels angespannter Blick schweifte durch erleuchtete, schmale Gassen, über verhüllte Gestalten, die gesenkten Hauptes durch die verwinkelten Straßen am Rande der Stadt zogen. Es waren ärmliche Gestalten, die in Abschottung, fernab der wohlhabenden Bevölkerung, existierten. Sie wurden gemieden, von der Regierung Aurums als Verbrecher und Wertlose betitelt, deren Leben für das Reich unbedeutender kaum sein könnte. Schließlich fiel ihr Blick auf Elsa, die verstoßene Hexe, was sie erneut an ihre Töchter denken ließ, die starben, weil sie Hochverrat begangen hatte.

»Der ärmlichste Teil der Bevölkerung besteht aus Aussätzigen«, sagte diese krächzend, als Rahels Blick auf zwei Kindern ruhte, deren schmächtige Körper in bräunlichen Fetzen steckten. In ihren dunklen Augen, die Bernsteinen glichen, lagen Traurigkeit, Hunger und tiefste Hoffnungslosigkeit, welche selbst die gestandene Meuchelmörderin, die von Mitgefühl befreit zu sein schien, erschaudern ließen. »Einst sprachen die angrenzenden Königreiche von Reichtum und Gold, glaubten, dass wir von Armut befreit wären. Doch in Wahrheit existieren auch in Aurum dunkle Ecken, die der niederen Schicht als Heimat dienen. Diese finden jedoch keinerlei Beachtung.«

Rahel nickte wissend, während ihre Augen einem Mann folgten, dessen hochgewachsener Körper in einen schwarzen Mantel gehüllt war. »Ich kenne die Geschichten«, entgegnete sie ungeduldig. »Vergesst nicht, dass ich an diesem heuchlerischen Ort aufgewachsen bin.«

Elsas Gesicht verzog sich zu einem kalten Lächeln. »Dennoch sind dir die dunkelsten Geschichten nicht bekannt.« Die krächzende Stimme der Alten stockte, ihre eisblauen Augen leuchteten. »Der Verteidigung hat es an nichts gefehlt«, raunte sie angespannt. »Die Aussätzigen – wir – leiden unter der anhaltenden Ausgrenzung, während die überwiegende Gesellschaft weder Krankheit noch Hunger kennt. Die Herrschenden verschwenden keinen Gedanken an Bedürftige.« Sie seufzte schwer, hielt inne, sah Rahel emotionslos an, deren Blick den umschließenden Mauern der Stadt gewidmet war.

»Runa, meine einstige Verbündete, offenbarte mir, dass die Bevölkerung unwissend sei, dass Tag und Nacht in dieser Welt nicht wirklich existieren.« Rahel schaute skeptisch in den Himmel hinauf und betrachtete schneeweiße Wolken, die beständig über der Stadt hingen. Doch in weiter Ferne regte sich eine sanfte Röte, die in der Realität Morgen und Abend verkündete.

»Die Umwelt verändert sich nicht«, bestätigte Elsa, was die Meuchelmörderin aus den Gedanken riss, deren Augen auf das gleißende Licht der Sonne gerichtet waren. »Doch die Hexen gaukeln den Menschen vor, dass Tag und Nacht existieren, dass der Krieg nie in voller Blüte stand. Der Zirkel legte einen Schleier der Vergessenheit über die Stadt, ließ die Bevölkerung glauben, dass sich die Stunden des schwersten Blutvergießens nicht ereigneten. Der Tod der Zwillingskönige wurde abtrünnigen Soldaten angelastet, was das plötzliche Verschwinden großer Teile des Heeres erklärte. In Wahrheit verdächtigen die Herrschenden jedoch den Zirkel, der sich bis zum heutigen Tag nicht schuldig bekannte.«

Rahel schüttelte angewidert den Kopf, lauschte angespannt Elsas Worten, die das Feuer in ihr erneut entfachten. Sie verachtete das Reich, die Königsfamilie, welche für den Tod ihrer Vertrauten verantwortlich war. »Wir wurden geopfert, als hätte die Bruderschaft lediglich aus gewöhnlichen Bauern bestanden, obwohl wir stets das Reich beschützten«, zischte sie aufgebracht. »Die unbewaffnete Bevölkerung wird erzittern, wenn meine Familie erst die Mauern einreißt.« Ihr Blick wurde frostiger, die Hände der Meuchelmörderin ballten sich zu Fäusten.

»Sie sind unwissend«, entgegnete Elsa krächzend, ohne auf ihre Drohung einzugehen. »Diese Menschen glauben, in der Realität zu leben, wiegen sich und ihre Familien in Sicherheit. Doch in Wahrheit steht die Zeit still. Der Zirkel schenkte dem Volk Tag und Nacht, um die Vergänglichkeit der Zeit vorzuheucheln. Doch in Wahrheit nahmen sie den Menschen jedes Zeitgefühl. Ihnen ist nicht bewusst, dass in der Realität fast einhundert Jahre vergangen sind.«

Rahels Blick glitt über verfallene Häuser, die in den glorreichen Geschichten Aurums keinen Einzug fanden, über bettelarme Kinder, welche am Boden saßen, ihre Körper an den instabilen

Stein der Ruinen gelehnt. Es waren Nachkömmlinge verstoßener Hexen, Unschuldige, deren einziger Fehler war, von der falschen Mutter geboren worden zu sein.

»Aurum mag äußerlich aus strahlendem Gold bestehen. Doch innerlich regieren auch Armut und Angst.« Elsa ließ sich auf den Boden sinken, strich sanft über das struppige, schwarze Fell eines streunenden Hundes. Sie spürte die hervorstehenden Knochen des hungrigen Tieres, sah Glanz in braunen, treuen Augen.

»Ihr seid machtlos«, entgegnete Rahel ungeduldig. Ihr Blick fixierte schwarze Ratten, die in verwahrlosten Ecken kauerten, ihre winzigen Köpfe gen Himmel gereckt. »Dennoch ist Euch bewusst, dass der Schleier existiert, während die gewöhnliche Bevölkerung in Unwissenheit lebt.«

Elsa lächelte, antwortete, ohne die Meuchelmörderin eines Blickes zu würdigen: »Menschen sind blind. Sie lassen sich täuschen, ignorieren, dass der Sternenhimmel seit einem Jahrhundert stillsteht. Ich mag nahezu machtlos sein. Doch ich spüre die Kraft des unsichtbaren Schleiers.«

Rahel warf instinktiv einen Blick in den Himmel hinauf, betrachtete weiße Wolken, die stets in gleicher Form über dem Reich verharrten.

»Viele Hexen bekannten sich schuldig, saßen wegen Hochverrats in Zellen, die nur den Tod erwarten ließen. Was, glaubst du, ist mit ihnen geschehen?«, wiederholte Elsa eine Frage, die sie bereits zu Beginn ihres Aufeinandertreffens gestellt hatte, als Rahel ihr keine Reaktion zukommen ließ.

Die Meuchelmörderin zuckte ermüdet mit den Schultern, während ihr Blick einen kleinen Jungen streifte, dessen ausgemergelter Körper am Boden saß. Die wohlhabende Bevölkerung sprach von einem goldenen Königreich, vergaß die niederschmetternden Schicksale, die zweifellos auch innerhalb der Mauern Aurums traurige Gewissheit waren.

»Der Zirkel opferte mich, nahm mir meine unschuldigen Töchter und meine Macht zugunsten aller Schuldigen. Ich sollte ein warnendes Beispiel sein, ein Mahnmal, den König nicht zu betrügen. Diese Gräueltat werde ich ihnen niemals vergeben.« Elsa ballte die Hände zu Fäusten, Wut leuchtete im eisigen Blau ihrer Augen auf. »Lange Zeit hielt mich einzig der Wunsch nach Rache am Leben. Ich trieb meinesgleichen zusammen, suchte viele Jahre lang nach Menschen und Hexen, denen schwere Ungerechtigkeit angetan worden war. Doch wir sind nicht stark genug, bestehen lediglich aus Alten, Kranken und Schwachen, deren Hoffnung auf ein besseres Leben längst zum Erliegen kam.« Die verstoßene Hexe wandte sich unvermittelt Rahel zu, erwiderte starr ihren ausdruckslosen Blick. »Wir waren machtlos – bis jetzt! Die Asche deiner gefallenen Gefährten wird die Wende bringen. Hast du sie bei dir?«

Rahel schüttelte den Kopf. »Ich kam an diesen Ort, um mit meiner Verbündeten Runa zu sprechen, die mir die Treue gebrochen hat, weil sie glaubt, den Platz an der Seite des Königs einnehmen zu können. Lediglich ihre Mutter sprach mit mir, der ich Frieden anbot und der ich schwor, mit meiner Familie zu verschwinden. Doch sie wies meine Bitte ab.« Die Meuchelmörderin blies die warme Atemluft herablassend durch ihre vollen Lippen hindurch aus. »Der Bruderschaft mag es nicht mehr möglich sein, an der Seite der Hexen zu regieren. Dennoch werde ich nicht verschwinden, ihren Betrug akzeptieren. Runa ist ein feiges Miststück, das ich zu stürzen gewillt bin. Ich wurde betrogen, belogen, wie ein Stück Vieh herangezüchtet, um im Krieg abgeschlachtet zu werden. Aurum wird brennen, auch wenn es das Letzte ist, was ich tue!« Eiskalte Wut stieg in der Meuchelmörderin auf, als sie an die mächtige Hexe dachte, die ihr einst die Treue geschworen hatte. »Ich versteckte meine Familie in den Ruinen Aurums, um sie vor den Herrschenden und der Hinterhältigkeit des Zirkels zu bewahren. Mein Misstrauen hat sich wohl bestätigt.« Ihre Stimme nahm einen frustrierten Klang an, den sie räuspernd unterbrach. »Wie gedenkt Ihr vorzugehen?«

Elsa schwieg, griff nach dem rostigen Knauf einer verwitterten Tür, die das Innere eines verfallenen Hauses verbarg, und riss sie auf, was den modrigen Geruch von verfaultem Holz ins Freie entließ. »Der Zirkel hat sich von der Krone abgewandt, ist aufgrund des Schleiers geschwächt. Dies müssen wir ausnutzen.«

Rahels misstrauischer Blick fiel auf zwei junge Männer, deren Gesichter von Brandnarben übersät waren, und auf ein kleines Mädchen, dessen Hände nach einer hölzernen Schale griffen. Die Meuchelmörderin erschauderte, als sie in die schneeweißen Augen der jungen Fremden blickte, die ihre fixierten, ohne Rahels äußerliche Gestalt wahrzunehmen.

»Wir sind Verstoßene«, sagte Elsa bekümmert lächelnd, während sie näher an die Blinde herantrat und sanft durch das lange, schwarze Haar des Mädchens strich. »Ihr Name ist Melina. Sie wurde als Säugling in der entlegensten Ecke der Stadt ausgesetzt, weil sich die Familie für dieses liebenswerte Kind schämte.« Sie küsste das Mädchen auf die Stirn, das zitternd ihre Hände umklammerte und den Kopf an Elsas Körper schmiegte. »Wir fanden bisher keinen Weg, Melina das Augenlicht zu schenken, weil wir von Machtlosigkeit geplagt sind. Der Zirkel verweigert jede Mithilfe, obwohl sie ein unschuldiges Kind ist, welches das Leben in der Dunkelheit nicht verdient hat.« Elsa wies auf die Soldaten, gekleidet in Metall und rotem Leder, die schweigend Bier tranken und Rahel musterten. Doch es lag keine Gier in den Blicken, wie es die Meuchelmörderin von gewöhnlichen Männern gewohnt war. Neugier und tiefstes Misstrauen dominierten ihre Mienen, was die Unbekannten nach Schwertern greifen ließ.

»Sie dienten dem neuen Heer, das aufgebaut wurde, nachdem deine Familie starb, bewahrten einen Jungen, dem infolge von Diebstählen die rechte Hand genommen werden sollte, vor der Verstümmelung. Du hast ihn gesehen.« Rahels trübe Gedanken streiften den Jungen, der außerhalb der schäbigen Behausung am Boden gesessen hatte. »Sie ließen ihn entkommen und empfingen ihre Strafe in Form von Flammen.«

Die Meuchelmörderin betrachtete skeptisch wulstige Narben in Form kleiner Pentagramme, das im Reich Aurum nicht nur den Hexen vorbehalten war. Die Herrschenden nutzten es als Zeichen des Verrats, um Verurteilte zu brandmarken, sie aus der Gesellschaft zu verstoßen.

»Wir leben in völliger Isolation. Selbst der angekündigte Frühling in Gestalt des Königs verspricht uns keine Besserung. Wir sind Verstoßene, geächtete Verbrecher, die nie Teil des Widerstandes sein wollten. Doch der Hunger und der stetig drohende Tod treiben uns zu Diebstählen, die in Aurum mit Verstümmelung bestraft werden.«

Rahels Blick glitt erneut zu dem jungen, blinden Mädchen, das die Augen geschlossen hatte und Elsas Worten lauschte. Sie schien ihr Schicksal längst akzeptiert zu haben, weder Trauer noch Wut dominierten Melinas kindliches Gesicht. Sie wirkte zufrieden, obwohl der Tod bereits seit Jahren an die Tür klopfte.

»Deine Verbündeten bestehen aus Alten, Kranken und Kindern«, stellte die Meuchelmörderin schließlich skeptisch fest.

Elsa nickte bekümmert. »Wir sind nicht fähig zu kämpfen«, sagte sie nachdrücklich. »Doch ich bin im Besitz der Macht, die du brauchst, um deine gefallene Sippe erneut zum Leben zu erwecken. Außerdem kennen wir Mittel und Wege, die es uns ermöglichen, unerkannt in das Schloss einzudringen.«

Rahel antwortete zunächst nicht, zog einen Stuhl näher an sich heran und ließ ihre zierliche Gestalt auf die hölzerne Sitzfläche sinken. »Mein Vater bildete die fähigsten Assassinen des Reiches aus. Doch obwohl ich aufgrund meines Geschlechts als ungeeignet für einen solchen Posten galt, erkannte er mein Potenzial und setzte sich über alle Regeln der geheimen Bruderschaft hinweg, indem er mich ausbildete. Die Assassinen wurden mit Aufträgen betraut, die niemals an die Öffentlichkeit geraten durften. Wir arbeiteten schnell, ohne Aufsehen, jederzeit mit Erfolg. Als er starb, übernahm zunächst seine rechte Hand die Führung.« Sie zog kalt lächelnd einen Dolch, dessen Griff der Form einer Schlange nachempfunden war, beobachtete amüsiert, wie die Soldaten ihre Kurzschwerter zogen und die Waffen bedrohlich auf sie richteten. »Er war ein guter Mann – anziehend, kriegerisch, ein Schauspieler, dem jeder Auftrag gelang. Doch er akzeptierte mich nicht in den Reihen der Bruderschaft, versuchte mich zu verdrängen, weil er Frauen grundsätzlich als unfähig empfand. Daher forderte ich ihn zu einem Zweikampf bis zum Tode heraus.« Sie drehte und wendete das tödliche Metall, sah provokativ in die skeptischen Augen der abtrünnigen Soldaten Aurums. »Sein Leben endete schmerzlos. Von diesem Tag an oblag mir die Führung meiner Gefährten, ich trug die Maske der goldenen Schlange.« Rahel zog den schwarzen Stoff aus ihrer Manteltasche, als sie den skeptischen Blick der Männer auf sich spürte, und wies auf leuchtend grüne Augen, welche von goldenen Schuppen umgeben waren. »Ich mag eine Frau sein. Doch meine Fähigkeiten übersteigen die eines jeden Soldaten.«

Rahel ließ den tödlichen Dolch, der ein Geschenk ihres Vaters gewesen war, auf die Tischplatte sinken, lehnte sich zurück und verschränkte die Arme vor der Brust. »Die Bruderschaft der Assassinen wurde in den letzten Jahren der Herrschaft des alten Königs aufgelöst und unter Todesstrafe gestellt. Die Anhänger waren gezwungen, sich gewöhnlichen Soldaten anzuschließen.« Die Meuchelmörderin schüttelte verächtlich den Kopf. »Wir verloren Achtung, Stand, Reichtum, dieser verdammte König nahm uns alles.«

Elsa ließ schweigend einen gefüllten Bierkrug auf die Tischplatte sinken, den Rahel sogleich ergriff und näher zu sich heranzog. Lange Zeit war es Frauen in Aurum verboten gewesen zu trinken, zu kämpfen, Tabak zu rauchen. Doch die Meuchelmörderin hatte sich nie von Regeln und Gesetzen beeindrucken lassen.

»Ein blindes Mädchen, ein verängstigter Junge, dem die rechte Hand genommen werden sollte, eine Hexe ohne Magie, zwei gebrandmarkte Soldaten, eine Schlange und ihre klägliche Schar von Bauern.« Der ältere Mann seufzte zweifelnd.

Elsa griff nach einer winzigen Kapsel, die an einer ledernen Kette baumelte, ein eisiges Lächeln umspielte ihre Lippen. »Wir werden siegreich sein. Das schwöre ich bei der kalten Asche meiner Töchter.«

Kapitel 12

Mutter!« Corvin taumelte überrascht einen Schritt zurück, als er urplötzlich Stimmen zweier Mädchen vernahm, deren blaue Augen in Richtung Tür starrten, die langsam aufschwang. Sie erhoben sich hastig von der Kante eines schmalen Bettes, liefen freudestrahlend einer jungen Frau entgegen, welche den Nachwuchs liebevoll in die Arme schloss. »Mutter, wir haben Hunger!«

Der Thronerbe warf Runa einen flüchtigen Blick zu, die unruhig neben seiner Gestalt verharrte, sich gänzlich auf die ärmlichen Hexenkinder konzentrierte. »Du musst es hören«, keuchte sie. »Doch ich bin nicht lange fähig, diese Vergangenheit aufrechtzuerhalten.«

Er nickte, legte behutsam einen Arm um ihren schwankenden Körper und wandte die Augen erneut den Kindern zu. »Du hast mir vieles erzählt«, sagte Corvin schließlich, Verwunderung lag in seiner Stimme. »Doch deine zauberhaften Töchter hast du mir verschwiegen.«

Runa lächelte, schüttelte den Kopf. »Meine Mutter erwartet Enkelinnen. Doch die Herrschenden verbieten Hexen, Ehen einzugehen, um eine Integration unsererseits zu unterbinden.« Sie schwieg, als ihre Worte zu zittern begannen, ein leises Räuspern entwich ihren Lippen. »Ich werde niemals

Nachwuchs in Armut und Hunger gebären. Ich mag mich dir gegenüber wie eine Straßendirne verhalten haben. Doch ich bin keine Frau, die sich einem Mann nur für eine Nacht hingibt. Hexen, die sich jedoch nach Kindern sehnen, verführen einen Fremden, ohne ihn eines Tages wiederzusehen. Wir gebären für gewöhnlich Töchter. Ein Sohn entsteht nur durch Zugabe eines komplizierten Zaubers. Allerdings wird uns auch dieser versagt.« Ein herzliches Lächeln umspielte Runas Lippen, das ihrer Schönheit eine ungeheuer anziehende Wirkung verlieh, während sie die jungen Hexen betrachtete, welche in den Armen ihres Abbildes lagen. »Die Mädchen sehen in mir eine Bezugsperson, seit ihre wahre Mutter starb. Seither nächtigen sie in meiner Kammer, weil sie in Einsamkeit von schweren Albträumen geplagt werden.«

Corvin nickte andächtig schweigend, betrachtete Runas Abbild, das sich deutlich von der herzlosen, eiskalten Hexe unterschied, die er in der Zeitschleife kennenlernte. Diese war warmherzig, voller Liebe und Besorgnis.

»Mutter, wir haben Hunger«, wiederholte eines der Mädchen, dessen braunes Haar zu einem langen Zopf geflochten war. Selbst die Jüngsten waren in das schwarze Gewand des Zirkels gekleidet, in einfachen, ärmlichen Stoff.

»Ich zeige dir jede Hexe, jeden Tag der Vergangenheit, wenn du es wünschst. Doch du wirst stets hungerleidende und kranke Kinder zu Gesicht bekommen, die wir kaum fähig sind, am Leben zu erhalten. Wir mögen über Magie verfügen, die Erde mag uns ernähren. Doch der Schleier saugt die Kraft des Zirkels vollständig auf. Wir sind längst zu schwach, um uns selbst zu versorgen. Doch die Krone ignoriert unser Leid, obwohl wir die Herrschenden wiederholt um Hilfe ersuchten«, fuhr Runa hektisch keuchend fort. Sie taumelte aufgrund ihrer schwindenden Kraft, löste sich aus seinem Griff und sank auf den kalten Steinboden.

»Ich habe euch etwas mitgebracht.« Runas Abbild aus der Vergangenheit ließ sich auf die Bettkante sinken, zog die Mädchen näher an sich heran und küsste beide zärtlich auf die Stirn. Schließlich griff sie in die tiefe, seitliche

Tasche ihres Gewandes und zog zwei kleine Äpfel heraus, was augenblicklich ein strahlendes Lächeln auf die jungen Gesichter zauberte.

»Die Rationen sind sehr knapp. Oft verzichte ich auf Nahrung, weil sich die Mädchen nachts in den Schlaf weinen.« Runa schaute zu Corvin auf, dessen gebannter Blick auf die unschuldigen Kinder gerichtet war, die im Königreich des Goldes Hunger litten. »Jeder Tag schürte meine Wut, in jeder Nacht schmiedete ich grausame Pläne. Der Entschluss, dich unter Druck zu setzen, kam urplötzlich. Ich war die Machtlosigkeit leid, griff nach den vermeintlichen Sternen.« Sie wandte ihre schmerzvollen Augen erneut den Kindern zu, die auf der Bettkante saßen und genüsslich aßen. »Ich mag die Mädchen nicht geboren haben. Doch ich liebe sie mehr, als ich je einen Menschen geliebt habe, würde für sie töten und sterben. Bitte bedenke dies, ehe du über mich urteilst.«

»Ich werde dich töten!« Sinja formte lautlos die Worte, welche ihr in der Zeitschleife wie ein Echo begegnet waren, während sie im Wasser des Brunnens gedroht hatte zu ersticken. Die Gedanken an den Mann, den sie in jüngsten Jahren gezwungen worden war zu heiraten, hallte in den Erinnerungen der Schatzjägerin nach, lasteten wie ein schwerer Stein auf ihrem gebrochenen Herzen. Sinjas Hände glitten gedankenverloren über den rauen, bräunlichen Stoff, der ihren Bauch verbarg. Sie glaubte, die inneren Narben spüren zu können, die in der Zeitschleife erneut begonnen hatten zu bluten. »Ich werde dich töten!«

Sinja wich zurück, als sie Leans Hand auf der rechten Wange wahrnahm, die sie unvermittelt aus der Vergangenheit riss, sah Sorge in seinen warmen Augen, welche sanft in ihre blickten. Die Schatzjägerin hatte trotz ihrer engen Vertrautheit nur selten über das Leben jenseits der Straße gesprochen, über Unterdrückung und Gewalt, die sie zu erdulden gezwungen gewesen war.

»Was bedrückt dich?« Die Schatzjägerin wandte den Blick dem sandigen Erdboden zu, als seine dunkle Stimme erklang, um ihn nicht ansehen zu müssen. »Bitte, sprich mit mir.«

Sinja schluchzte leise, strich sich vereinzelte Tränen von den Wangen, während ihre trübsinnigen Gedanken der Scherbe galten – Runa, die sich ihres Körpers und ihrer Seele bemächtigt hatte, um sie zu quälen. Sie hatte die Schatzjägerin in graue Vorzeit verbannt, hatte sie das schlimmste Leid erneut durchleben lassen, welches sie zu vergessen gewillt war. Doch die Hexe hatte dunkelste Gefühle wiedererweckt, Albträume und tiefste Verzweiflung geschürt, die Sinjas Trauer täglich ins Unermessliche steigen ließen.

»Du vertraust mir nicht«, stellte der Schatzjäger mit enttäuschter Stimme fest, während er seiner Angebeteten eine goldene Haarsträhne aus dem Gesicht strich, die auf ihrer geröteten Haut klebte. Seit sie vor vielen unerträglich langen Stunden die Zeitschleife verlassen hatten, schwieg sie beharrlich, schien fortwährend unter der Wasseroberfläche des Brunnens zu verharren.

»Ich habe ihn gesehen«, entgegnete Sinja schließlich schluchzend. Die Worte der Schatzjägerin zitterten, fürchterliche Angst lag in ihren blauen Augen, die gläsern schimmerten. »Als ich in der Scherbe gefangen war, habe ich ihn gesehen«, murmelte sie wie in Trance.

»Wen hast du gesehen?«, fragte Lean leise flüsternd. Er versuchte erneut, nach Sinja zu greifen, als diese nicht antwortete, bekam ihre Hände zu fassen, die panisch zitterten. »Ich sehe, dass du dich quälst. Bitte, sprich mit mir!«

Sinja, deren Augen andauernd den gluteißen, sandigen Erdboden fixierten, schaute schluchzend auf. »Du, du hast uns im

Stich gelassen«, stotterte die Schatzjägerin verzweifelt. »Die Hexe hat mich gefoltert, drohte mein Leben auszulöschen.« Sie wies auf Runa, die abseits Corvin gegenüber am Boden saß und die Augen geschlossen hatte, um dem Thronerben die Grausamkeiten der Vergangenheit zu offenbaren. »Ich sah ihn, den scheußlichen Mann, den mich meine Familie zwang zu heiraten. In jeder Nacht ertrage ich seine eiskalten Augen, erdulde wiederholt die Grausamkeiten, die er mir angetan hat.« Die Schatzjägerin war frei, konnte seit zwei Jahren gehen, wohin sie es wünschte. Dennoch war die Anwesenheit des Ungetüms, das sie vergewaltigte, schlug und einsperrte, stets allgegenwärtig. »Sie ließ mich die grausamsten Tage erneut durchleben.« Sinja schüttelte verzweifelt den Kopf, wischte sich hastig aufkommende Tränen aus dem Gesicht. »Er hat mich entstellt, hat mich in schlimmsten Zeiten schwer verletzt zurückgelassen, um seinen Durst nach Wein und Bier zu stillen.« Sinja war bewusst, dass Lean bis zum heutigen Tag nur Oberflächlichkeiten ihrer Vergangenheit kannte, die sie ihm und Corvin nach langem Schweigen im Vertrauen offenbart hatte. Doch in diesem Augenblick verspürte die Schatzjägerin den Drang zu sprechen, die grausamen Bilder zu beschreiben, welche in ihrem Gedächtnis verharrten, trotz der vielen Monate nicht verblassen wollten. Bis heute streiften Sinjas Gedanken täglich seine unbändige Wut, die ihr stets einen kalten Schauer über den Rücken jagte. »Du weißt, was er mir angetan hat, seit ich ein junges Mädchen war. Doch eines habe ich euch verschwiegen, weil mich mein Versagen zutiefst beschämt.« Ein Zittern durchfuhr den Körper der Schatzjägerin, die Tränen auf ihren Wangen verdichteten sich. »Vor vielen Jahren erwartete ich ein Kind. Doch als dieses Scheusal von meiner Schwangerschaft erfuhr, schlug er mich, weil er glaubte, dass ich einen anderen Mann geliebt hätte.«

Sinjas zitternde Worte mündeten in ein unverständliches Schluchzen, beschämt verbarg sie das Gesicht in ihren Händen. Die Schatzjägerin hatte Lean und Corvin von Misshandlung und Demütigung erzählt, hatte sie schüchtern an ihrer Vergangenheit teilhaben lassen, ohne auf Details einzugehen, die menschenunwürdiger kaum sein konnten. Doch ein Geheimnis war bis zum heutigen Tag gänzlich verborgen geblieben, das sie längst wie einen wertvollen Schatz beschützte. »Er schlug mich, bis ich bewusstlos zusammenbrach, ließ mich im Blut meiner Wunden zurück, ohne Hilfe zu ersuchen, weshalb mein Ungeborenes starb. Dennoch wurde mir die Unterstützung einer Familie nie zuteil. Selbst meine Mutter wandte sich von mir ab, weil er sie glauben ließ, dass ich den Tod unseres Kindes verschuldet hätte. Sie glaubte ihm, jeder glaubte seine schändlichen Lügen.« Sinja strich gedankenverloren über ihren Bauch, über hervorstehende Rippen, die sie deutlich spüren konnte. »Ich war schwer verwundet, versuchte, ans Bett gefesselt, zu überleben.« Sie schluchzte, was ihre tränenreichen Worte unterbrach. »Trotz der vielen Jahre, die dieser Nacht folgten, blieb mir eine erneute Schwangerschaft versagt. Ich werde vermutlich niemals Kinder gebären. Meine Verletzungen wogen zu schwer.« Ihre Stimme wich einem tiefen Seufzen. »Ich bin keine Frau, nicht mehr. Du sagst, du liebst mich. Doch kannst du dies akzeptieren?« Sinja erwartete keine Antwort, stützte sich mit den Händen auf dem Boden auf, versuchte aufzustehen, um das Gespräch zu beenden, das ihr Herz erneut drohte zu zerbrechen. Doch ehe sich der Körper der Schatzjägerin aus dem Sand erheben konnte, fasste Lean ihre Handgelenke und zog sie zurück.

»Das spielt keine Rolle. Als ich dich zum ersten Mal sah, hast du mich verzaubert. Ich verachte diesen Mistkerl, der dich misshandelte, hätte ihn töten müssen. Doch deine Gesundheit und deine Flucht waren bedeutender als sein Tod.« Der Schatzjäger nahm ihr Gesicht in seine Hände, sah tief in ihre freudlosen Augen. »Ich habe dich im Stich gelassen, weil mich meine Eifersucht übermannte. Corvin war in diesen Stunden nicht länger mein Bruder. Ich sah ihn als Konkurrenten, als Abschaum, dessen Wert unseren bei Weitem zu übersteigen schien.« Lean strich sanft über ihre warme, weiche Haut, beobachtete, wie sie vertrauensvoll die Augen schloss. »Vergib mir meine Feigheit.«

Sinja erinnerte sich an die Befreiung, als wären nur Stunden verstrichen, an die taumelnde, betrunkene Gestalt ihres Gatten, welcher Leans Gesicht aufgeschlitzt hatte, was bis zum heutigen Tag an der breiten Narbe zu erkennen war, die seine rechte Wange entstellte. Der Schatzjäger hatte sie wochenlang gesund gepflegt, ohne ihre Distanz zu verletzen, hatte Sinja zur Seite gestanden wie nie ein Mann zuvor. Dennoch verdrängte sie jedes romantische Gefühl, das er seit Monaten auslöste. »Lean, seit frühester Kindheit war mir bewusst, dass ich diesen Sadisten heiraten müsste. Er war älter als ich, ein erwachsener Mann, während ich am Tag unserer Vermählung ein Kind – ein junges Mädchen – war.« Sie seufzte, als ihre Gedanken das weiße Kleid streiften, das jede Braut am Tag der Hochzeit gezwungen war zu tragen. »An diesem Tag habe ich aufgegeben, an Liebe zu glauben …« Sinja griff nach der rechten Hand des Schatzjägers, streifte sie von ihrer Wange und umklammerte mit aller Kraft seine kräftigen Finger, ehe sie gestand, was sie längst gewillt war zu sagen: »… doch dann kamst du.«

»Eure Männer ...« Zayns starrer Blick fiel auf Cleo, die junge Novizin, die sich ihm mit langsamen, furchtsamen Schritten näherte. In ihren zitternden Händen lagen eiserne Ketten, Fesseln, die dazu bestimmt waren, ihn, den stellvertretenden König, zur Untätigkeit zu verdammen. »Eure Männer verharren auf den Straßen, der Zirkel droht, ihnen mit Magie zu begegnen.« Ihre Stimme verebbte in einem leisen Murmeln, das sie seufzend unterbrach. »Es wird mit Toten enden, wenn Ihr nicht zur Ruhe aufruft.«

Zayn erhob sich ächzend von der instabilen, hölzernen Sitzfläche eines Stuhls, trat näher an die zierliche Gestalt der Novizin heran und streckte ihr schweigend seine Hände entgegen, die aufgrund seines Alters rastlos zitterten. »Die Soldaten werden den Zirkel nicht angreifen, wenn ich es ihnen befehle. Kind, der wahre König kehrt zurück! Lass mich gehen, lass mich zu den Männern sprechen und meinen Sohn in Empfang nehmen!«

Zayn vernahm Angst in ihren dunklen Augen, als Schreie ertönten, als sie schwere Stiefel hörte, die rhythmisch auf den goldenen Pflastersteinen aufschlugen. Cleo spürte, dass sie bereit waren ihre Waffen zu ziehen, dass ein Zirkel toter Hexen weniger bedeutete als dieser alte Mann, dessen beste Jahre längst der Vergangenheit angehörten.

»Es ist mir nicht ...« Die Novizin brach abrupt ab, als Zayn den Mund öffnete, um sie von der Dringlichkeit seiner Befreiung zu überzeugen. Doch ehe ein Wort den ledrigen Lippen des stellvertretenden Königs entfleuchen konnte, versiegte die erste Silbe. »Es ist mir nicht gestattet, Euch zu befreien«, fuhr sie schließlich angsterfüllt fort, weil er beharrlich schwieg. »Verräter werden auf dem Scheiterhaufen brennen.«

Die Novizin taumelte zurück, als er sich ihr einen Schritt näherte, was sie als bedrohliche Geste wahrnahm. »Ich bin ein alter Mann, werde schon bald in das knöcherne Gesicht des Todes blicken müssen. Dir hingegen steht noch ein ganzes Leben bevor. Doch wenn die Soldaten hereinstürmen und ihre Klingen in deinen Hals rammen, wirst du sterben. Kind, beschütze deine Familie!« Zayn verstummte, lauschte der lauten Stimme eines Soldaten, welche die zähe Stille auf den Straßen jäh durchbrach. Doch er war nicht fähig, die Worte zu verstehen, die durch schallende Zwischenrufe seitens der Hexen unterbrochen wurden.

Cleo hielt den Atem an, lief in Richtung Fenster und starrte durch das gebrochene Glas hindurch. »Geht!«, raunte sie schließlich. Ihr angsterfüllter Blick glitt über ein Dutzend schwer bewaffneter Männer, die regungslos auf den Straßen verharrten. »Geht!«, wiederholte sie hektisch atmend, während ihre Augen einen Mann fixierten, eine Armbrust, welche auf die Anhängerinnen des Zirkels gerichtet sein musste. »Verhindert das Blutvergießen, bitte!« Ihre Stimme war von tiefster Furcht erfüllt. Sie bangte sichtlich um das Leben des Zirkels, um ihre Existenz im Reich, die am seidenen Faden hing, sollten die Hexen den ersten Schritt tun.

Zayn warf dem verängstigten Mädchen, das die Augen kaum von den bewaffneten Männern abwenden konnte, einen flüchtigen Blick zu, ehe er das Wort ergriff, um die Novizin zu beruhigen: »Ich habe mich freiwillig an diesen Ort begeben, habe das Gespräch mit dem Zirkel gesucht.« Der stellvertretende König lächelte väterlich, trat näher an sie heran und legte eine Hand auf Cleos rechte Schulter, ehe er an ihr vorüberschritt, um die schäbige Kammer zu verlassen. »Deiner Familie wird nichts geschehen. Ich verspreche es dir!«

Runas erschöpfter Blick glitt zu Lean und Sinja, die sich schweigend gegenübersaßen und einander gefühlvoll ansahen, zu

Esther, die im goldenen Sand lag und schwermütig in Richtung Norden starrte. Ihre Gedanken schienen der Vergangenheit zu gelten: Glacies, dem Reich, das einst in Eis und Schnee versank. Runa konnte die Anspannung der Prinzessin spüren, eine tiefe Traurigkeit, die sich stets in ihrem Inneren ausbreitete, wenn sie von Einsamkeit umgeben war. Schließlich sah die Hexe erneut zu Corvin auf, dessen Augen fest auf ihrer schönen Gestalt ruhten. Doch er sagte zunächst nichts, betrachtete golden schimmernde Sandkörner, die ihr glutfarbenes Haar umspielten.

»Du bist frei.« Corvins Worte rissen Runa unvermittelt aus den Gedanken. »Ich werde die Fehler meiner Vorfahren nicht wiederholen.« Sein Blick fiel auf Sinja, deren Tränen langsam versiegten, auf Esther, die fortwährend in ihrer Trance verharrte. »Dennoch habe ich eine Bitte.« Er seufzte, sah forschend in Runas schwarze Augen. »Ich bin die Konflikte leid. Meine Familie fürchtet deine Kräfte, während wir eine Allianz schmieden. Du bist eine Hexe, hast gesehen, was Sinja und Esther in der Vergangenheit widerfahren ist. Hilf ihnen, bitte.« Corvin war bewusst, dass sie ablehnen konnte, dass er auf ihre Macht angewiesen war, wenn er erfolgreich sein wollte. Doch ihm lag es fern, den Fluch auszunutzen, den Amika über jede vollwertige Hexe gelegt hatte, um sie zu versklaven. »Ich brauche dich, deine Unterstützung, deine Magie.« Der Thronerbe schwieg, als sie den Kopf schüttelte.

»Du brauchst mich nicht«, stellte sie niedergedrückt fest. »Trage die Krone, dann wird sich Aurum in vollem Glanze vor dir auftun. Dein Volk erwartet dich.« Sie lachte in freudiger Erwartung, ihre Ziehtöchter wiederzusehen. »Dennoch werde ich dir stets zur Seite stehen, Hoheit. Meine Magie ist deine Magie. Deine Familie ist meine Familie. Du hast mir die Freiheit geschenkt. Dafür möchte ich dir danken.« Sie stand auf, näherte sich Esther, die zurückwich, und ließ sich ihr gegenüber wieder auf den sandigen Erdboden sinken. »Mein Handeln beruhte auf Enttäuschung und Wut«, sagte die Hexe mit lauter Stimme, was ihr die volle Aufmerksamkeit aller garantierte. Runas Blick fiel auf Sinja, die in Leans Armen lag, ehe sie – eine Antwort erwartend – erneut Esther ansah. Doch die Prinzessin schwieg eisern, umklammerte die Krone und fuhr mit zitternden Fingern über winzige Rubine, die glutwarm schimmerten. Sie leuchteten im gleißenden Licht der Sonne wie ein wärmendes Feuer in einer kalten Winternacht. »Ich bin zu weit gegangen«, fuhr sie fort, den Blick niedergedrückt zum Boden gerichtet. »Misstrauen und Angst um meine Familie haben mich erblinden lassen. Ich stehe auf Corvins Seite, habe ihm gestanden, dass ich mit der Schlange plante, Verrat zu begehen.« Runa ignorierte Esthers geweitete Augen, Sinjas fragenden Blick. Sie war gänzlich auf Lean konzentriert, der nickte, ohne sich hinter heuchlerischen Ausreden zu verstecken. »Du konntest nicht sprechen, weil ich deine Liebste bedrohte, dich trifft keine Schuld. Dennoch musste Corvin erfahren, welch große Gefahr von ihr ausgeht. Rahel ist verbissen, wird nicht aufgeben, niemals. Wir werden uns wappnen müssen. Hierfür erbitte ich euer Vertrauen.« Die Hexe stand auf, löste ein ledernes, perlenbesetztes Band von ihrem rechten Handgelenk und reichte es Sinja, deren zitternde Finger über die kalten, spiegelnden Oberflächen glitten. »Ich habe gesehen, was dir widerfahren ist«, sagte sie leise flüsternd, dass nur Lean und die Schatzjägerin ihre Worte vernehmen konnten. »Trage die Perlen, bis das Weiß gänzlicher Schwärze gewichen ist. Dann werden all deine Gebrechen geheilt sein.«

Sinja öffnete den Mund, versuchte zu sprechen, eine Frage zu stellen. Doch ehe sie ein Wort herausbringen konnte, sammelten sich Tränen in ihren Augen, sie schluchzte. »Ich, ich werde Kinder haben?«, fragte sie schließlich weinend.

Runa nickte. »Ihr werdet Kinder haben«, verbesserte sie die Schatzjägerin sanft. Die Hexe beobachtete lächelnd, wie Lean die Perlenkette um das linke Handgelenk seiner Liebsten schlang, Sinjas schluchzende Gestalt näher an sich zog und zärtlich durch ihr langes Haar strich, das gesponnenem Gold glich. »Danke«, weinte die Schatzjägerin hektisch atmend, als wäre sie kürzlich meilenweit gelaufen. »Danke!«

Runa warf den Liebenden einen letzten, flüchtigen Blick zu, ehe sie erneut an Esther herantrat, deren Aufmerksamkeit auf Sinja gerichtet war. Doch sie erfragte den Grund der Tränen nicht, erkannte in den leuchtenden Augen der Schatzjägerin, dass sie nicht aus tiefstem Unglück weinte. »Sie wurde in der Vergangenheit schwer verletzt«, begann die Hexe, ohne Sinja zu beschämen, indem sie die volle Wahrheit verriet. »Ich kann auch deine körperlichen Wunden heilen, wenn du es wünschst.« Esther seufzte bekümmert. Einst war sie eine eitle, stets auf Schönheit und Macht bedachte Prinzessin gewesen, die Menschen ausschließlich aufgrund des Standes beurteilte. Doch in den vergangenen Monaten war ihr bewusst geworden, dass Äußerlichkeiten eine untergeordnete Rolle spielten, dass sie all die Jahre lang falschen Vorstellungen gefolgt war.

»Die Narben gehören zu mir«, entgegnete Esther schließlich. »Doch ich wünsche mir zu vergessen. Ich kann mit der Gewissheit, für den Tod meiner Schwester verantwortlich zu sein, nicht leben.« Sie schaute auf, Leere lag in ihren olivgrünen Augen. »Kannst du mir helfen?«

Runa nickte. »Dennoch werde ich deinen Wunsch nicht erfüllen, aber nicht, um dich zu kränken.« Sie ließ sich der

Prinzessin gegenüber auf die Knie sinken, ergriff behutsam ihre Hände. »Ich habe Menschen ohne Vergangenheit getroffen. Sie alle gingen zugrunde. Unwissenheit wiegt schwerer als jede Schuld. Kehre nach Glacies zurück, erbitte Vergebung.«

Esther lächelte, wandte den Blick in Richtung Norden. »Skadi hat Vergessenheit nicht verdient.« Ihre Worte klangen nachdenklich, waren mehr an sich selbst gerichtet als an Runa, die ihr gegenüber am Boden saß. Schließlich griff die Prinzessin entschlossen nach der Krone, stand auf und trat näher an Corvin heran, der wie in Trance die ruinengesäumten Straßen anstarrte. »Es ist Zeit.« Zitternd hob sie die Hände und ließ das kalte Gold auf sein Haupt sinken, was augenblicklich eine Erschütterung verursachte, die in der Realität nur Runa fähig war, zu spüren. »Aurum braucht einen König.«

»Der Schleier ...« Rahel griff nach dem schlangenförmigen Dolch, der auf der Tischplatte vibrierte, sprang auf und betrachtete angespannt die morsche Tür, die aus den Angeln zu brechen drohte. Die Meuchelmörderin spürte einen kalten Windhauch, der ihren Körper erklomm, warf einen Blick aus dem Fenster und betrachtete weiße Wolken, die der Wind in Richtung Norden schob. »Der Schleier fällt!«

Rahels Blick traf Elsa, als diese erneut das Wort ergriff, ehe ihre Gedanken die Schatulle streiften, welche die Asche, bestehend aus den Knochen der Bruderschaft, seit einem Jahrhundert barg.

»Wo sind sie?« Die harsche Stimme der verstoßenen Hexe verschärfte sich, weil die Meuchelmörderin nicht antwortete. Sie konzentrierte sich gänzlich auf die Erschütterung der Tür, auf das morsche Holz, das infolge des schwachen Bebens barst. »Wo sind sie?«, wiederholte Elsa ungeduldig.

»Beruhigt Euch«, entgegnete Rahel schließlich süffisant lächelnd, als sie die Nervosität der verstoßenen Hexe wahrnahm, welche ihr stets fernblieb. Sie war es gewohnt, in Kriegsfällen zu agieren, in bedrohlichen Situationen die Ruhe zu bewahren. Ihr Geist war völlig auf den Feind konzentriert, der in Form des Frühlings die Stadt zu betreten drohte. »Ich werde nicht zulassen, dass meine Verbündeten in die Hände Fremder geraten.« Die Meuchelmörderin warf seelenruhig ihr Haar zurück, nahm die Klinge und band die langen, karamellfarbenen Locken geschickt zu einem Zopf, der die scharfe Schneide der Waffe vollständig verbarg. »Ich bin in der Stadt aufgewachsen, kenne jeden Winkel, jedes Versteck. Der fallende Schleier, der die Ruinen der scheinbaren Realität in neuem Glanz erstrahlen lässt, weckt keine Furcht in mir.«

Im nächsten Augenblick stieß Rahel die Tür auf und trat ins Freie, während sie den Griff eines Kurzschwertes umklammerte, das nahezu vollständig unter ihrem ledernen Mantel verborgen war. Die Augen der Meuchelmörderin schweiften misstrauisch durch leergefegte Gassen, über schwarze Stiefelabdrücke, die in Richtung Stadtmitte führten.

»Der Schleier ist gefallen.« Rahels Blick fiel auf den kleinen Jungen, dem wegen Diebstählen die rechte Hand genommen werden sollte, als dieser leise flüsternd das Wort ergriff. Er kauerte fortwährend am Boden, schaute furchtsam in ihr kriegerisches Gesicht. »Der Schleier ist gefallen«, wiederholte der Junge mit angehaltenem Atem, obwohl er nur selten das Wort ergriff, sich meist stumm am Rande der Stadt versteckte. Die Meuchelmörderin erkannte Sorge und Angst in seinen meerblauen Augen, ein Zittern lag auf den schmalen Lippen des unbekannten Kindes.

»Sie werden uns holen, uns bestrafen, uns töten.« Der Junge rappelte sich mühselig auf, trat näher an Rahel heran, deren rechte Hand beharrlich das Kurzschwert umklammerte, dem er nur einen flüchtigen, verstörten Blick zuwarf. »Ich sah Hexen die Straßen durchsuchen, die Euch an diesen trostlosen Ort geführt haben. Sie suchten nach Euren Gefährten, sprachen von toten Schlangen, die nicht erneut das Licht der Welt erblicken dürften.« Das unbekannte Kind schwieg, als sich Rahels Augen zu schmalen Schlitzen verengten. Doch sie nickte ihm lediglich stumm zu, um ihn zum Weitersprechen aufzufordern. »Die Hexen fanden eine Kiste, verziert durch Kronen und Staub.«

Rahel riss die Augen auf, ihre schmale Hand schlang sich fester um den Griff des Schwertes. »Sie haben meine Gefährten gefunden?«, hauchte die Meuchelmörderin fassungslos.

Der Junge nickte, ehe er anschließend den Kopf schüttelte, was Rahel völlig verwirrt zurückließ. »Sie fanden Eure Gefährten, Schlange. Doch ich habe die Anhängerinnen des Zirkels beobachtet, da sie diesen Teil der Stadt nur selten aufsuchen. Ich fand Euer Versteck mithilfe meiner Verbündeten, bevor die Hexen kamen.« Er zog einen ledernen Beutel aus der tiefen Tasche seines verschlissenen, grauen Mantels, übergab ihn Rahel, die begierig nach ihm griff. »Die Könige haben uns im Stich gelassen, ignorieren das Leid der Armen seit Generationen.« Der Junge wandte ihr den Rücken zu, ließ sich erneut auf den Boden sinken und lehnte den Kopf gegen die verfallene Mauer einer Ruine, die längst nicht mehr als Behausung diente. »Sie werden uns holen, wenn Ihr nicht siegreich seid. Daher müsst Ihr kämpfen.«

Kapitel 13

Cleo vernahm leise Schritte, die kaum hörbar an ihre Ohren drangen, laute Stimmen, welche die Stille in regelmäßigen Abständen durchbrachen, in schallende, hasserfüllte Schreie gipfelten. Sie spürte das pochende Schlagen ihres Herzens, eine lähmende Angst, die sie am ganzen Körper erzittern ließ. Die Novizin konnte die brodelnden Gemüter der Soldaten und Hexen wahrnehmen, sah die tödlichen Klingen der Schwerter im Licht der Sonne aufblitzen, wenn sie aus dem gebrochenen Glas der bogenförmigen Fenster blickte, die sich an tristen, grauen Mauern aneinanderreihten.

»Wir sind dem Tode geweiht«, murmelte Cleo, während sie dem stellvertretenden König einen flüchtigen Blick zuwarf, der ihr hastigen Schrittes folgte. »Diese Männer sind dem Tode geweiht.«

Zayns väterliches Gesicht war Versteinerung gewichen, seine blassbraunen Augen leuchteten vor Entschlossenheit, gepaart mit Nervosität, eine Mischung, die der Novizin einen kalten Schauer über den Rücken jagte. »Sie werden kein Blutbad anrichten«, entgegnete er, ohne Cleos Worte vernommen zu haben, die ausschließlich ihr selbst gegolten hatten. »Doch der Zirkel muss sich zurückziehen, um den Frieden zu wahren.«

Die Novizin protestierte nicht, obwohl sie die Schergen der Königsfamilie verachtete, nickte unruhig, während sie ihren Schritt beschleunigte, hastig durch den breiten Gang rannte, der kein Ende zu nehmen schien.

»Lauft!« Cleo wies auf den deckenhohen Schatten des schweren Tores, das sie einzig vor den Soldaten außerhalb der Mauern zu schützen vermochte. Doch ehe sie die eiserne Barriere erreichen konnte, spürte sie einen pochenden Schmerz, der die Novizin durchfuhr wie ein Blitz, was sie abrupt innehalten ließ. Cleo schrie peinvoll auf, sank auf die Knie und drückte die Hände auf ihre Ohren, um das schallende Geräusch einzudämmen, das durch ihren Schädel schoss. »Der Schleier!« Die Stimme der Novizin glich einem Schrei, Schmerz verzerrte Cleos Worte bis zu völliger Unkenntlichkeit. »Fällt er vollständig, kehrt die Macht des Zirkels wie ein Donnerschlag zurück, die uns einst genommen wurde.«

Zayn verstand nur Bruchstücke, zusammenhanglose Worte, die Cleos Kehle in Form eines Stöhnens entfuhren. Doch ehe der stellvertretende König ihre unverständliche Aussage erwidern konnte, vernahm er ein Beben, betrachtete mit schreckgeweiteten Augen tiefe Risse, die sich in die steinernen Bodenplatten des Ganges schlugen. Sein geweiteter Blick fiel auf eiserne Kronleuchter, die unter hohen Decken baumelten, auf Kerzen, deren Lichter augenblicklich aufgrund eines Windstoßes erloschen, der durch das berstende Glas der Fenster drang.

»Das Gebäude ...« Sie fasste blind nach Zayns Hand, ließ sich von ihm auf ihre kraftlos zitternden Beine ziehen. »Das Gebäude stürzt ein!«, fuhr sie hektisch atmend fort. Die Novizin ergriff seinen schmächtigen Oberarm, setzte taumelnd einen Schritt vor den anderen, um den Trümmern zu entkommen, die sich unvermittelt von den Decken lösten und am Boden zu Staub zerschellten. »Lauft!« Cleos schreckgeweitete Augen glitten über breite Risse, die den Stein spalteten, ehe sie die maroden Mauern betrachtete, welche unerbittlich gegen die Vibrationen ankämpften.

»Der Schleier band die Macht des Zirkels«, keuchte Cleo atemlos. »Mit der Rückkehr des wahren Königs ist er gefallen, die Kraft kehrt zu uns zurück. Doch unsere Körper, die über Jahre hinweg von Schwäche geplagt gewesen waren, sind kaum fähig, dieser zu widerstehen.« Die Novizin hielt trotz der drohenden Gefahr inne, als ihr Blick aus einem schmalen, rundlichen Fenster fiel, Hexen streifte, die auf den Stufen der Treppe außerhalb des Gebäudes zusammenbrachen. Die Schwächsten würden sterben, dessen war sie sich bewusst. »Lauft!«

Cleo löste sich hektisch atmend von seiner Seite, lief taumelnd den langen Gang entlang, ohne die glasigen Augen von den kalten Mauern abzuwenden, welche der Novizin als Halt dienten. Schließlich fiel ihr Blick erneut auf das hölzerne Tor, das einen Spaltbreit offenstand, schmerzvolle Schreie hereinließ, die aus den Kehlen sterbender Hexen drangen, was sie schneller laufen ließ, obwohl ihr Körper jederzeit zusammenzubrechen drohte. Doch sie bangte nicht um ihr eigenes Leben. Die Gedanken der Novizin galten ausschließlich dem Zirkel, der Unversehrtheit ihrer Familie.

»Kind, bleib zurück!« Zayn drückte mit aller Kraft gegen das schwere Holz, stieß das Tor auf und trat in das grelle Licht des hell erleuchteten Tages. Der stellvertretende König kniff die Augen zusammen, erkannte lediglich schemenhafte Gestalten, die reglos am unteren Ende der Treppe verharrten. »Seit Gründung des Reiches ist es nicht gestattet, Waffen auf Unschuldige zu richten.«

Er blinzelte, fixierte den Mann, der ihm am nächsten war, dessen rechte Hand ein Schwert umklammerte. Es glänzte golden im Licht der Sonne, was ihn als Hauptmann identifizierte.

»Hoheit, Eure Geiselnahme hat mich veranlasst, drei Dutzend Männer an diesen Ort zu führen. Dem Zirkel muss Einhalt geboten werden«, entgegnete der Anführer des Heeres, während er ihn mit einer tiefen Verbeugung begrüßte.

»Ich suchte die Hexen freiwillig auf, bat Auserwählte, mich zum Unterschlupf des Zirkels zu begleiten. Ihr wisst von den dunklen Ecken, die selbst in Aurum existieren. Ich bin ein alter Mann, vor gewaltsamen Übergriffen nicht gefeit, besprach am heutigen Tage die menschenunwürdigen Lebensumstände des Zirkels, welche mein Sohn zu verändern gewillt sein wird.« Zayn schritt eine gebrochene Treppe hinab, die von bewusstlosen Hexen gesäumt war, sah in leere braune Augen dreier Frauen, welche sich schmerzvoll stöhnend aufrichteten. Schließlich fiel sein Blick auf Cleo, die weinend in den Armen einer schwarzhaarigen Hexe lag. Selbst die Jüngsten waren vor dem Rückstoß der Macht nicht geschützt, litten unter der rasenden Magie, die fortan durch ihre Adern floss. »Der Schleier ist gefallen. Sucht den wahren König auf, der in Kürze die Stadt betreten wird.«

Der Hauptmann presste die Klinge des Schwertes zwischen die Fugen der aus Gold gepflasterten Straße und richtete sich auf. »Hoheit, verzeiht mein Handeln. Doch die Sorge um Euer Wohl hat treue Männer der Krone an den Rand der Stadt getrieben. Wir werden Euch sicher zum Schloss geleiten.« Seine Stimme war dunkel, von Argwohn erfüllt. Dieser Mann verachtete den Zirkel, der dank Magie die Kraft des Heeres bei Weitem überstieg. Dennoch hatten die Hexen Hunger, Unfreiheit und Isolation über

Jahrhunderte ertragen, um die Erschafferin des Reiches zu würdigen.

Der stellvertretende König ignorierte die offensichtliche Skepsis des Hauptmannes, stieg mühevoll die Stufen hinab. Sein Gehör fing das Weinen junger Hexen auf, trauererfüllte Schreie, die selbst den letzten Winkel der Stadt erreichen mussten. »Die Sorge ehrt Euch«, entgegnete Zayn schließlich, ehe er dem Träger des goldenen Schwertes den Rücken zuwandte, was ihn Trauer und Wut in den Augen der Hexen erkennen ließ, die versuchten, Sterbende am Leben zu erhalten. Dennoch verstummten ihre verzweifelten Stimmen allmählich, wichen stillem Bangen und Gedenken. »Ich war nicht fähig, die scheinbar aussichtslose Situation zu verändern.« Zayns laute Stimme durchdrang die tränengeladene Stille, während sein Blick fortwährend auf den verstoßenen Frauen ruhte. »Der Zirkel hat unser Reich vor dem Untergang bewahrt, hat ...« Der stellvertretende König brach abrupt ab, als er im Augenwinkel eine hastige Bewegung wahrnahm, die Klinge des goldenen Schwertes spürte, die seine Kehle durchbohrte. Zayn riss die Augen auf, öffnete den Mund um fortzufahren, obwohl ihm bewusst sein musste, dass er an diesem Ort sterben würde. Doch seiner Kehle entsprang lediglich ein unverständliches Gurgeln, das erstarb, als er am Boden zusammenbrach. Blut floss durch die verschmutzte Gasse, Cleos Schrei durchbrach die lähmende Stille, welcher der ohnehin aufgeheizten Situation noch mehr zusetzte. Die Novizin rappelte sich blitzartig auf, sprang die Stufen hinab und fiel neben der reglosen Gestalt des alten Mannes auf die Knie. Sie schluchzte, Tränen liefen über ihre Wangen, als sie in seine gläsernen, bräunlichen Augen blickte, die aufgerissen waren, weit in die Ferne zu starren schienen.

»Hexen sind Abschaum, scheußlichste Kreaturen, Fehler der Natur!« Der Hauptmann des Heeres drückte die scharfe, blutige Klinge an Cleos Kehle, drohte, das Leben des jungen Mädchens ebenfalls zu beenden. »Euch fiel der stellvertretende König zum Opfer.« Er lachte schallend laut auf, sah hasserfüllt in die schreckgeweiteten Augen der Novizin, die ihm gegenüber am Boden kniete. »Dafür werdet ihr brennen!«

Sinja fiel hustend auf die Knie, als schneidende Sandkörner in ihr Gesicht schlugen, umklammerte zitternd Leans Hände, schmiegte sich an seine kräftige Gestalt. »Sandstürme säumten die Grenze des Schleiers.« Runas Stimme drang nur gedämpft an die Ohren der Schatzjägerin. »Sie sind nun frei.« Sinja hob vorsichtig den Kopf, betrachtete Esthers zusammengesunkene Gestalt, die neben ihrer am Boden lag, Corvin, dessen Haupt die Krone zierte. »Erhebt euch!«

Die Schatzjägerin gehorchte protestlos, schaute auf, als der Wind nachließ und betrachtete goldenen Sand, der vom Himmel fiel. Schließlich fixierte ihr Blick menschliche Silhouetten, Schatten Unbekannter, die auf den Straßen stehen geblieben waren, um Corvin anzusehen, der sich erstmals der Bevölkerung seines Reiches gegenübersah.

»Geh, Hoheit! Doch gib acht. Nicht alle Untertanen stehen wirklich auf deiner Seite. Manche sind gewillt, dich zu zerstören.« Runa spürte die missbilligenden Augen der Menschen, die auf ihr ruhten, betrachtete ein junges Mädchen, das sich angstvoll zitternd hinter der zierlichen Gestalt einer Frau versteckte. Aurums begüterte Bevölkerung war in bunte Seide gekleidet, in wertvolle Gewänder und Gold gehüllt. »Sei auf der Hut!« Die Hexe spürte, dass im abgelegenen Teil der Stadt nur Stunden zuvor Blut vergossen worden war, dass Corvins Vater längst den Tod gefunden hatte. Doch sie schwieg, brauchte Gewissheit, ob der Thronerbe wahrlich fähig war, zwischen Gut und Böse zu unterscheiden. »Ich werde dir folgen.«

Corvin nickte schweigend, trat näher an die Menschentraube heran, welche tuschelnd den Weg freigab, um dem rechtmäßigen König Zugang zu den goldenen Straßen zu gewähren. Der Thronerbe sah flüchtig in Esthers Gesicht, in ihre grünen Augen, die an sonnenbeschienene Smaragde erinnerten. Sie hatte seit Stunden kein Wort mehr gesprochen, war gänzlich auf die Trümmer konzentriert gewesen, auf gebrochene Mauern, welche das Reich einst vor feindlichen Angriffen geschützt hatten. Nun erstrahlten sie in neuem Glanz, Flaggen und Wappen zierten den goldenen Stein.

»Hoheit!« Corvin hielt inne, als er die wirren Stimmen der Bevölkerung vernahm, beobachtete angespannt, wie sie unterwürfig auf die Knie sanken. Letztlich fixierten seine Augen einen bewaffneten Soldaten, der sich ihm federnden Schrittes näherte. »Hoheit, ich fühle mich geehrt, Euch begrüßen zu dürfen. Ich werde Euch und Eure Begleiter zum Schloss geleiten, wenn Ihr es gestattet.«

Der Thronerbe antwortete zunächst nicht, warf Runa einen skeptischen Blick zu, die kaum merklich den Kopf schüttelte, ehe er erneut in die frostigen Augen des Mannes blickte, der das goldene Schwert umklammerte. Spuren von Blut klebten an der edlen Klinge, obwohl hinter dem Schleier längst Frieden herrschte, was Corvin bewusst werden ließ, dass er ein abscheuliches Verbrechen begangen haben musste. Dennoch schwieg er, betrachtete den unbekannten Mann misstrauisch, dessen kräftiger Körper in Stahl und rotem Leder steckte. Der Thronerbe kannte die Rangfolge der Soldaten nur aus Zayns Erzählungen. Doch in seiner Familie galt es als respektvoll, dem Hauptmann zu trauen, ihn in jede militärische Entscheidung einzubeziehen.

»Hoheit, wir sind gezwungen, Sicherheitsmaßnahmen zu ergreifen.« Der Träger des goldenen Schwertes nickte augenfällig in Richtung zweier bewaffneter Männer, die reglos in der Menge standen. »Die Hexe stellt eine Gefahr für Euer Leben dar!« Corvin ballte die Hände zu Fäusten, als die Soldaten Runa ergriffen, die bereitwillig eiserne Ketten erduldete, welche die Männer um ihre Handgelenke schlangen.

»Hexen töteten Euren Vater, Majestät. Doch sie wandten keine Magie an, nahmen das Leben des stellvertretenden Königs mit der Waffe eines Soldaten. Wir fanden seine Leiche im Bezirk des Zirkels am Rande der Stadt. Ein Dutzend Hexen starben, als der Schleier fiel. Die übrigen sind geschwächt, die hochrangigen verharren im Kerker, wo sie Euer Urteil erwarten.«

Corvins Blick fiel auf Runa, die erneut den Kopf schüttelte, mit einem kaum merklichen Nicken in Richtung des Hauptmanns wies, welcher der Träger der blutverschmierten Klinge war. Sie schwieg fortwährend, bezog keine Stellung zu den heuchlerischen Vorwürfen, die ihr Leben auf dem Scheiterhaufen zu beenden drohten.

»Löst die Fesseln!«, entgegnete der Thronerbe schließlich harsch sprechend. »Behandelt Ihr so schändlich Eure zukünftige Königin?« Er ignorierte den bestürzten Blick des Hauptmanns, der an seiner Lüge nicht zu zweifeln schien, fuhr unbeirrt fort: »Die Hexen beendeten sein Leben nicht. Ihr wart es, Ihr habt meinen Vater getötet, weil Euer Hass auf Frauen mit magischen Kräften Euch rasen lässt. Der Zirkel schützte uns vor dem Untergang. Jede Frau, jeder Mann, jedes Kind soll es erfahren, jeder muss Kenntnis hiervon erlangen!« Der Blick des Thronerben fiel auf Runa, deren eiserne Ketten augenblicklich zu Staub zerfielen, weil sie es zu wünschen wagte.

»Diese Hexe hat Euch den Kopf verdreht!«, entgegnete der Hauptmann mit bebender Stimme.

Corvin schüttelte den Kopf, trat näher an ihn heran. »Ihr unterschätzt Eure Stellung, die Wichtigkeit, Beweise zu zerstören.« Er wies auf die blutige Klinge des Schwertes, auf den verräterischen Tropfen, der seine Lüge ins Wanken brachte. »Ihr habt meinen Vater getötet, Ihr habt Hochverrat begangen!« Der Blick des Thronerben fiel auf ein junges Mädchen, das taumelnd aus der Menge hervortrat, eine Novizin, deren Körper in das schwarze Gewand des Zirkels gehüllt war.

»Majestät, ich habe es gesehen«, gestand Cleo angstvoll zitternd, ehe sie den Kopf hob, um auf den blutigen Schnitt zu weisen, den der Hauptmann ihr zugefügt hatte. »Dieser Mann tötete Euren Vater, drohte, mein Leben zu beenden.« Sie erkannte im Augenwinkel zwei Dutzend Hexen, die ebenfalls aus der Menge gewöhnlicher Menschen hervortraten. »Erlaubt uns, Euch zum Schloss zu geleiten, Hoheit. Unser Leben gehört Euch, dem rechtmäßigen König des Reiches, der versprach, gegen die Armut des Zirkels vorzugehen.«

Corvin nickte anerkennend, ignorierte aufkommende Proteste der gewöhnlichen Bevölkerung, welche die Macht der Hexen sichtlich fürchtete. Sein Blick fixierte den Hauptmann, der schweigend den Griff des goldenen Schwertes umklammerte. »Ich beschuldige Euch des Hochverrats, des Mordes an meinem Vater, der in meinem Namen das Reich regierte.« Er beobachtete sieben Soldaten, die bedrohlich in seine Richtung schritten. »Vom heutigen Tag an seid Ihr ein Gefangener der Krone. Lasst Eure Waffe fallen!«

Corvin erwartete Widerstand, einen tödlichen Angriff. Doch ehe sich der Mann rühren konnte, sank er mit schmerzverzerrtem Gesicht auf die Knie, was Runa geschuldet war, die nach Rache gierend auf seine kniende Gestalt fokussiert war.

»Der Zirkel, welcher bis heute behandelt wird, als bestünde er aus Aussätzigen, hat euer Leben vor den tödlichen Klingen des Krieges bewahrt.« Die Augen des Thronerben glitten über seine knienden Untertanen, deren Blicke unterwürfig dem Boden zugewandt waren. »Vom heutigen Tag an werden auserwählte Hexen an meiner Seite stehen, um das Reich von Armut und Ungerechtigkeit zu befreien, um Zia – die erste Leiterin des Zirkels – zu ehren, die Aurum schuf.«

»Der rechtmäßige Erbe des Reiches ist zurück!« Elsa griff nach einer goldenen Brosche in Form eines Pentagramms, die tief in ihrer Manteltasche vergraben gewesen war, strich über getrocknetes Blut, das einst durch die Adern ihrer Töchter floss. »Als der alte König meine Mädchen brennen ließ, gewährte er mir einen letzten Zauber. Ich habe es nie gewagt, diesen zu sprechen, habe stets den richtigen Moment abgewartet. Den Herrscher zu töten, war ich nicht fähig, weil Zias Macht bis heute die Nachkommen des ersten Königs schützt.« Ein Seufzen entwich ihren Lippen, als sie erneut Rahel ansah, deren Augen auf dem kalten Gold der Brosche ruhten. »Seit vier Jahrzehnten sinne ich nach Rache. Heute ist endlich der Tag gekommen, das Leid meiner Töchter zu vergelten!«

Elsa griff unvermittelt nach dem ledernen Beutel, der die Überreste der Bruderschaft enthielt, begann die Asche in alle

Himmelsrichtungen zu verstreuen, ignorierte Rahels fassungslosen Blick. Die verstoßene Hexe schloss die Brosche in ihre Faust ein und murmelte magische Worte, die längst in Vergessenheit geraten waren. Elsa verspürte Wut, Hass, glaubte, die schmerzerfüllten Schreie ihrer Töchter hören zu können, die stets in dunklen Träumen widerhallten, wenn sie die Augen schloss.

»Ich habe geschworen, euch zu rächen!« Die verstoßene Hexe schaute auf, betrachtete Aschepartikel, die Nebel gleichend in der Luft hingen. »Nun ist es an der Zeit, mein Versprechen, das ich gab, einzulösen.«

Sinja seufzte bekümmert, als sie Leans Arm spürte, der sich um ihren Körper schlang, seine Augen, die ausschließlich auf ihre unscheinbare Gestalt gerichtet waren. Sie umfasste zärtlich die kräftigen Hände des Schatzjägers, hielt den Atem an, als er sich ihr näherte, um sie auf eine Wange zu küssen. Doch Sinja war nicht bereit, den nächsten Schritt zu gehen, obwohl sie sich längst nach seiner Nähe sehnte wie Motten nach Licht.

»Der Zirkel konnte deinen Vater nicht beschützen.« Runas Geständnis riss die Verliebten aus der Zweisamkeit, lenkte ihre Aufmerksamkeit auf Corvin, der in tiefster Trauer zu versinken drohte. Er sah schwermütig in weite Ferne, ohne das goldene Reich zu würdigen. »Als der Schleier fiel, kehrte die Macht in Sekundenschnelle zurück. Viele Hexen starben, waren nicht fähig, die Magie zu kontrollieren, wurden innerlich zerstört.« Sie seufzte niedergedrückt. »Wir konnten deinen Vater nicht retten. Es tut mir unendlich leid.« Ihre Worte klangen ehrlich, von Trauer erfüllt. »Du magst nicht wahrlich Zayns eigen Fleisch und Blut gewesen sein. Doch er hat dich geliebt, wie nur ein Vater seinen Sohn lieben kann.« Sie lächelte betrübt, wandte die Augen Rosen zu, steinernen

Säulen, die bis in den wolkenlosen Himmel ragten. »Er war nicht fähig die Hierarchie zu brechen, starb für seine Überzeugung. Diese Aufgabe obliegt dir.«

Der Thronerbe nickte geistesabwesend, verharrte auf der obersten Stufe der Treppe, die in den Rosengarten führte. Er konnte die Enge in den Räumen des Schlosses nicht ertragen, wünschte allein zu sein. Doch Corvins Verbündete waren ihm gefolgt, um ihn zu unterstützen.

»Den Zirkel trifft keine Schuld«, murmelte er niedergedrückt, ohne die Hexe anzusehen, als sie nicht fortfuhr, sondern eisern schwieg. »Mein Vater traute den falschen Menschen.« Seufzend wandte sich der Thronerbe dem Reich zu, das er ab dem heutigen Tag zu regieren bestimmt war. Sein trübsinniger Blick glitt über prächtige Häuser, die der wohlhabenden Bevölkerung vorbehalten waren, über Wandmalereien in Form von Kronen und Sonnen. Schließlich richteten sich Corvins Augen in die weite Ferne, zu den Ruinen und verschmutzten Gassen, die seit Schaffung des Reiches Heimat der Aussätzigen waren, denen auch Runa einst angehörte. Doch um der Armut zu entkommen, hatte sie ihn gezwungen einen Blutschwur zu leisten, der ihr den Platz an seiner Seite versprach.

»Wir brauchen Ruhe«, fuhr Corvin aufgrund der aufkommenden Stille fort und rappelte sich seufzend auf. »Nimm, was du benötigst, sieh nach deinen Töchtern. Jede Hexe ist im Schloss willkommen, die Speisekammer steht euch stets offen.« Runa nickte nur widerwillig, obwohl sie sich nach den Mädchen sehnte, die in ihr eine Mutter sahen. Doch sie spürte, dass Corvin in Gefahr schwebte, dass mit der Entlarvung des Hauptmanns auch das Heer gefallen war.

»Ich bin geschwächt, kann dich aus der Ferne nicht beschützen. Hoheit, ich sorge mich um dich. Die Abtrünnigen bedrohen auch dein ...« Runa brach abrupt ab, als der Thronerbe näher an sie herantrat.

»Deine Mädchen sind bedeutender. Ich werde das Schloss nicht verlassen, brauche dringend etwas Schlaf. Sorge dich nicht.« Corvin lächelte gezwungen, ehe er sich abwandte und mit langsamen Schritten in das Schloss eindrang. Er vernahm Leans und Sinjas Bewegungen, die seinen folgten, sah Esther im Augenwinkel, die ihm einen sorgenvollen Blick zuwarf. Der Thronerbe war mithilfe seiner Verbündeten siegreich gewesen, hatte das Reich vor dem Untergang bewahrt. Doch in diesem Augenblick wurde Corvin bewusst, dass die Regentschaft Aurums ihm jede Kraft abverlangen würde.

»Zweifle nicht!« Esthers sanfte Worte, die kaum hörbar an seine Ohren drangen, rissen den Thronerben aus tiefster Trauer, die ihn stets zu Zayn führte, der ihm wie ein Vater gewesen war. »Du warst gezwungen, dreizehn Jahre lang durch Sand und Feuer zu waten, Hunger und Krankheit zu überstehen. Du hast deine Existenz dem Volk gewidmet, hast bereits als Kind dein Leben riskiert.« Die silberhaarige Prinzessin blieb stehen, als er innehielt, fasste ihn an den Schultern und sah entschlossen in seine geröteten Augen. »Aurum wird dir zu Füßen liegen. Das verspreche ich dir!«

Kapitel 14

Rahel umklammerte angespannt den eisernen Griff ihres Kurzschwertes, sah mit zusammengekniffenen Augen in den aschgrauen Nebel hinein, dessen fallende hauchzarte Partikel an Schneegestöber in einer kalten Winternacht erinnerten. Ihr Blick schweifte über schemenhafte Gestalten, welche sekündlich mehr menschlichen Wesen glichen. Sie erkannte pechschwarze, lederne Rüstungen, die sich um muskulöse Körper schmiegten, Dolche und Messer, deren scharfe Klingen das Licht der einfallenden Sonne reflektierten. Einst klebte stets Blut am tödlichen Stahl, das von Opfern stammte, welche die Herrschenden vor der Auflösung der Bruderschaft befohlen hatten auszulöschen.

»Weiht mich in Euren Plan ein, verstoßene Hexe!« Rahels Stimme klang bedrohlich, ihre dunklen Augen funkelten hasserfüllt. Sie verachtete Aurum, das Königreich des Goldes, gierte nach vollkommener Zerstörung.

Doch Elsa kam ihrer rüden Aufforderung nicht nach, wandte dem Schleier aus Asche den Rücken zu, trat näher an Melina – das blinde Mädchen – heran und strich sanft durch ihr langes, schwarzes Haar, das in Form seidiger Wellen bis zu ihrer Taille fiel. Sie wirkte zerbrechlich wie eine Puppe, hielt sich stets schüchtern im Hintergrund, sprach nur, wenn es die Älteren verlangten. Dennoch war Rahel bewusst, dass das hilfsbedürftige Mädchen Teil des Plans der verstoßenen Hexe war, deren Töchter im Namen aller Abtrünnigen auf dem Scheiterhaufen sterben mussten. »Du schwörst, den König zu töten und die Bevölkerung zu bestrafen, die das Leben meiner unschuldigen Töchter opferte?«

Die Meuchelmörderin nickte angespannt und ließ sich Elsa gegenüber auf einen Stuhl sinken. Sie ignorierte die Anwesenheit der verstoßenen Soldaten, deren Gesichter von tiefen Brandnarben entstellt waren. Die Männer schwiegen beharrlich, ihre misstrauischen Augen waren angespannt auf die Aschepartikel gerichtet, auf die kühlen Gesichtszüge der Assassinen, welche als verlässlichste Mörder aller vier Königreiche gegolten hatten. Niedergeschriebene Geschichten sprachen von schwarzen, maskierten Schatten, die lautlos töteten und unentdeckt in tiefster Nacht verschwanden, ohne je identifiziert zu werden. Wer auf ihrer Liste stand, war dem unausweichlichen Tode geweiht. Doch in diesen Minuten glichen die Silhouetten der Bruderschaft lediglich steinernen Masken Verstorbener, deren Herzen längst aufgehört hatten zu schlagen.

»Melina wird unser Schlüssel sein.« Elsa küsste das junge Mädchen auf eine Wange, ehe sie Rahel gegenüber begann, auf und ab zu laufen. Ihre Augen waren gläsern, von Furcht und Sorge erfüllt. Doch der verstoßenen Hexe musste bewusst sein, dass es kein Zurück mehr gab, dass sie gezwungen war, die Rache zu vollenden, deren Ausführung sie jahrelang geplant hatte. »Sie wird uns Augen und Ohren im Schloss verschaffen.« Elsa trat erneut an das blinde Mädchen heran, griff nach einem silbernen Anhänger in Form eines Pentagramms, der auf ihrer Brust lag. »Schlange, du wirst deine Gefährten durch die unterirdischen Tunnel in die Gewölbe des Schlosses führen, welche unter unseren Füßen ihren Anfang nehmen.« Sie schwieg, als Rahel den Mund öffnete, um die Offenbarung des heimtückischen Plans zu unterbrechen.

»Wir sind nur wenige Verstoßene, während der König ein Heer kontrolliert«, zischte sie aufgebracht. »Es mag nicht groß sein. Doch selbst erfahrene Assassinen können ein Reich nicht auslöschen, wenn die Soldaten bereit sind, für die Krone zu sterben.«

Elsa erwiderte lächelnd den eisigen Blick der Meuchelmörderin, kostete den flüchtigen Moment ihrer Unwissenheit schweigend aus. »Der Anführer des Heeres fristet seine Zukunft im Kerker. Er tötete den stellvertretenden König, um die Hexen zu verunglimpfen. Das Heer ist gespalten, die Stadt unterliegt Angst und Aufruhr.« Elsa trat näher an einen kleinen Kamin heran und beobachtete gedankenverloren, wie sich winzige Flammen an vertrockneten Holzscheiten labten. »Der Zirkel ist aufgrund des fallenden Schleiers von Schwäche gezeichnet. In diesen Tagen sind sie schutzlos, auf die tödliche Macht der Bruderschaft nicht vorbereitet.« Sie sah mit zusammengekniffenen Augen in Rahels entschlossenes Gesicht. »Schlange, unsere Zeit ist gekommen! Nun liegt es an dir und deinen Gefährten, das Reich endgültig zu zerstören!«

Runas Blick glitt über steinerne Mauern, die von Rissen übersät waren, jederzeit zusammenzubrechen drohten, ehe ihre Augen Scherben von zerstörten Fenstern fixierten, die dem Fall des Schleiers nicht hatten trotzen können. Schließlich erweckten drei junge Novizinnen ihre Aufmerksamkeit, die am Rande eines Brunnens saßen und betrübt zu Boden starrten. Sie konnten ihr Zuhause, die verfallenen Häuser, welche die schmalen Gassen säumten, nicht betreten, waren gezwungen, auf der Straße zu nächtigen.

»Wenn die Aufbauarbeiten abgeschlossen sind, wirst du deine Heimat nicht wiedererkennen.« Die Hexe fuhr herum, als sie Corvins sanftmütige Stimme vernahm, schaute erschüttert zu ihm auf. Sie hatte keinen Besuch erwartet, war bei Sonnenaufgang losgezogen, um in Einsamkeit die Randbezirke aufzusuchen, welche für die betuchte Bevölkerung als gefährlich galten.

»Ein König gehört nicht an diesen Ort«, entgegnete Runa abweisend. »Fürchtest du nicht um dein Leben?«

Der Thronerbe schüttelte den Kopf. »Nach den Gesetzen Aurums bin ich kein König«, widersprach er, trat näher an die Hexe heran. »Mein Vertrauen in das Heer ist gänzlich gebrochen. Diese Männer verachten dich und deine Familie. Dir droht in dunklen Ecken Gefahr. Hol deine Töchter, begleitet mich zum Schloss. Dort seid ihr in Sicherheit.« Sorge schwang in seiner Stimme mit, die Runa lächelnd erwiderte. Doch sie antwortete nicht, seufzte tief, während ihre Augen fortwährend auf die instabilen Mauern gerichtet waren.

»Menschen gehören nicht auf die Straße«, fuhr der Thronerbe fort, als Runa schwieg, gedankenverloren die Gebäude anstarrte, welche wohl selbst durch Magie kaum zu retten waren. »Alle Ausgestoßenen finden Unterschlupf, Nahrung und Kleidung im Schloss. Niemand soll gezwungen sein, im Königreich des Goldes auf der Straße zu überdauern. Sprich mit ihnen. Dir schenken sie mehr Vertrauen als mir.«

Runas dankbarer Blick glitt über sein dunkles Haar, über die ärmliche Kleidung aus weißem und braunem Leinen, die kaum auf adliges Blut schließen ließ. Doch er verzichtete bewusst auf kostbare Seide, Schmuck und die Krone, welche er im Schloss zurückgelassen hatte. Der Thronerbe passte sich den Ärmsten an, die er zu beschützen gewillt war.

»Du bist ein guter Mann«, entgegnete Runa anerkennend, während sie näher an die Novizinnen herantrat, die reglos am Rande des Brunnens saßen. »Geht zum Schloss. Dort erhaltet ihr Kleidung, Nahrung und ein Bett«, sagte sie mit ungewohnt sanfter Stimme, als sie in drei bekümmerte Gesichter sah. Runa erkannte Angst, Trauer und tiefste Hoffnungslosigkeit. Doch als die Mädchen von der zukünftigen Unterkunft des Zirkels erfuhren, huschte ein strahlendes Lächeln über ihre jungen Gesichter. »Geht, erzählt allen von der Großzügigkeit unseres Königs. In Aurum wird in Zukunft kein Mensch hungern oder auf der Straße leben müssen.«

Runa beobachtete lächelnd, wie die Mädchen hastig verschwanden, ehe sie ihre Mutter ansah, welche die Hexe wahrnehmen konnte, seit sie den ersten Schritt auf die brüchige Straße gesetzt hatte. Elin war aus einem verfallenen Gebäude getreten, das lediglich durch die Magie des Zirkels aufrecht stand.

»Mutter, ich freue mich, dich zu sehen.« Ihr blutrotes Haar, das Runas glich, war zu einem langen Zopf geflochten, Erschöpfung stand im schönen Gesicht der Hexe.

»Du bist zurück.« Elin küsste ihre Tochter auf eine Wange, ehe sie Corvin mittels eines Knickses begrüßte. »Hilf uns, den Stein zu versiegeln. Die verfallenen Gebäude drohen zusammenzubrechen«, fuhr sie hektisch atmend fort. »Wir haben nicht geschlafen, nicht gegessen, sind völlig kraftlos. Die Jüngsten sind zu schwach, um uns zu unterstützen, die übrigen Novizinnen benötigen schnellstens eine Pause.« Elin stützte die Hände auf ihre Knie auf, atmete tief ein, ehe ihr Blick erneut auf den Thronerben fiel, der reglos in seiner Position verharrte und den starren Ausdruck der Hexe erwiderte. Er sorgte sich sichtlich um den Zirkel, um Elin, die sich kaum auf den Beinen halten konnte.

»Ihr erhaltet eine neue Heimat, seid nicht gezwungen, diese Ruinen zu retten«, sagte er schließlich. »Geht zum Schloss, findet Ruhe, betrauert Eure Verluste, die zweifellos schwer wiegen müssen. Ihr habt Aurum vor dem Untergang bewahrt. Gönnt Euch eine Rast.«

Elin nickte, lächelte dünn. Doch ehe sie auf das Angebot reagieren konnte, fixierte ihr Blick sein rechtes Handgelenk, die metallene Brosche in Form eines Pentagramms, welche Corvin seit frühester Kindheit trug.

»Eine Hexe glaubte an Euch, beschützte einst Euer wertvolles Leben vor dem Tode.« Sie taumelte zurück, warf Runa einen besorgten Blick zu, ehe sie erneut aufsah, um fortzufahren: »Ich forderte meine Tochter auf, Euch zu manipulieren, um dem Zirkel ein besseres Leben zu verschaffen. Verurteilt nicht sie, verurteilt mich. Runa ist eine treue Hexe, bereit zu sterben, wenn es vonnöten ist. Sie hätte eine Anklage wegen Hochverrats, den sie zweifellos beging, nicht verdient.«

Corvin betrachtete Runa mit skeptischem Blick, deren Augen den verwahrlosten Gassen zugewandt waren. »Wir stehen auf einer Seite, haben längst eine Abmachung getroffen. Sorgt Euch nicht. Sie …« Er schwieg unvermittelt, als Elin den Mund öffnete, um ihn flegelhaft zu unterbrechen.

»Sie hat Euch angeboten, den Blutschwur, der euch miteinander verbindet, zu brechen«, stellte sie mit aufgerissenen Augen fest.

»Mutter, unser König rettete mein Leben, als die Zeitschleife brach. Du weißt, welchen Fluch Amika auf uns legte, mit welcher Bürde ich zu existieren gezwungen gewesen wäre. Doch er hat mir die Freiheit geschenkt, obwohl ich ihn zwang, den Blutschwur zu leisten. Selbst wenn ich meine Magie opfere, wird es dem Zirkel gut ergehen. Das ist mehr wert als die Kraft einer einfachen Hexe.«

Elin atmete tief ein, blies die warme Atemluft durch ihre vollen Lippen hindurch aus. Corvin erkannte Entsetzen und tiefste Sorge in den schwarzen Augen der Hexe. Doch sie schwieg zunächst, zwang sich zu einem flüchtigen Lächeln, das mehr einem zähnefletschenden Raubtier glich. »Ihr seid ein wahrer König, dem Ehre und Treue gebührt«, entgegnete Elin schließlich. »Wir haben falsch gehandelt, haben Euch misstraut, weil Eure Vorfahren ihre Versprechen stets brachen.« Sie räusperte sich, als ihre Stimme zu zittern begann. »Im Namen des Zirkels schwöre ich, dass wir auf ewig an Eurer Seite stehen werden, was mich zwingt, dringend mit Euch über Gefahren zu sprechen, die in Eurer Abwesenheit deutlich an Stärke gewannen.«

Sinja spürte Leans raue Hände, die ihr sonnengebräuntes Gesicht streiften, sanft durch ihr langes Haar glitten, das im grellen Licht der Mittagssonne golden schimmerte. Die Schatzjägerin vernahm seinen warmen Atem, beobachtete mit klopfendem Herzen, wie sich sein Gesicht ihrem langsam näherte, erst verharrte, als sie einander nahezu berührten. Sie ignorierten die störende Anwesenheit fremder Menschen, hatten sich in den Rosengarten zurückgezogen, der als schönster Ort aller vier Königreiche galt.

»Ich werde dich nicht drängen«, sagte Lean mit sanfter Stimme, als er tiefste Nervosität in Sinjas Augen wahrnahm. Doch ehe er die Hände zurückziehen konnte, griff sie nach ihnen, strich hingebungsvoll über seine kräftigen Finger, über tiefe Narben, die vom leidvollen Leben auf der Straße stammten. Sinja sehnte sich nach seinen Berührungen, nach Aufmerksamkeit, welche er ihr stets zukommen ließ, wenn sie die wohltuende Zweisamkeit genossen.

»Du weißt, was ich für dich empfinde, seit ich dich erstmals traf. Doch ich konnte mir nicht vorstellen, dass du gleichermaßen fühlst.« Die Schatzjägerin lächelte zaghaft, wandte den Blick der steinernen Meerjungfrau zu, die den Brunnen inmitten des Rosengartens zierte. Er erinnerte Sinja erneut an die Zeitschleife, an den Mann, der für die Verstümmelung ihres Körpers und ihrer Seele verantwortlich gewesen war. Doch Runa hatte der Schatzjägerin einen Ausweg in Form weißer Perlen geschenkt, die zunehmend einem zarten Grau wichen.

»Ich hätte das Ungetüm töten müssen.« Leans Stimme war dunkel, von Hass und Verachtung erfüllt. »Du leidest seit Jahren unter seiner Tyrannei, unter der Ignoranz deiner Familie, die dich im Stich ließ. Doch diese Zeit liegt weit zurück. Ich beschütze dich, dein Leben, unsere gemeinsame Zukunft.« Lean strich ihr eine goldene Haarsträhne aus dem Gesicht, sah tief in die blauen Augen der Schatzjägerin, welche den Tiefen der Meere entsprungen zu sein schienen. »Du bist die Erfüllung meiner Träume, Sinja. Daher werde ich geduldig warten, bis du für den nächsten Schritt bereit bist.«

Sie genoss Leans Berührungen, seine rauen Finger, welche zärtlich über ihren Hals strichen. Die Schatzjägerin wünschte sich nichts sehnlicher als vergessen zu können, die Vergangenheit zurückzulassen, die wie ein schwerer Stein auf ihrem gebrochenen Herzen lag. »Das bin ich«, entgegnete Sinja schließlich, die zweifelnden Gedanken ignorierend, während sie zögerlich den Kopf neigte und sich ihm mit klopfendem Herzen näherte. Die Schatzjägerin zitterte, als sie die Augen schloss und ihre Lippen auf Leans drückte, was er sanft erwiderte.

»Als ich vor vielen Jahren zur Ehe gezwungen wurde, habe ich nicht geglaubt, dass ich jemals wahre Gefühle für einen Mann empfinden könnte. Mein Vater schlug mich, während meine Mutter tatenlos zusah und verdrängte, mein Gatte misshandelte über Jahre meinen Körper.« Sie seufzte schwer. »Doch du und Corvin habt mir bewiesen, dass auch gute Menschen existieren.« Sinja lachte gelöst, fuhr über die breite, sichelförmige Narbe, welche die rechte Wange des Schatzjägers seit ihrer Flucht entstellte. Bis zum heutigen Tag erinnerte sie sich an das Blut, das in Strömen geflossen war, an die hasserfüllten, trunksüchtigen Schreie ihres Peinigers, als Lean und Corvin eingedrungen waren, um sie zu befreien. »Ihr habt mir bewiesen, dass mein Leben nicht wertlos ist, habt verhindert, dass ich völlig zerbreche.« Sinja küsste ihn erneut, lehnte den Kopf an seine Schulter und beobachtete zwei Kinder die fröhlich lachend durch die schmalen, rosengesäumten Gassen des Gartens zogen. Sie wirkten glücklich, von Leid befreit, genossen eine Kindheit, die ihr niemals vergönnt gewesen war.

»Wir kennen uns seit vielen Jahren«, murmelte die Schatzjägerin schließlich verträumt. »Doch du hast mir nie von deiner Vergangenheit erzählt.« Sie schaute auf, Neugier lag in ihrem auffordernden Blick.

»Ich stamme aus Glacies, floh, als die Eiskönigin die Macht ergriff, obwohl ich ein Kind war. Meine Familie jedoch zog es vor, in der Sklaverei zu leiden, weil sie das Leben auf der Straße scheuten.« Er seufzte, legte einen Arm um ihre Taille und zog sie näher an sich heran. »Ich bereue bis zum heutigen Tag, dass ich sie zurückgelassen habe, dass ich sie nicht zwang, mit mir zu gehen. Doch sie haben ihren Weg gewählt, wie ich meinen gewählt habe.« Sinja nahm Leid in Leans Stimme wahr, Sorge und Wut auf sich selbst, weil er seine Familie hätte beschützen müssen.

»Die wahre Königin hat das Reich befreit, die stetig drohende Gefahr der Eiszeit ist gebannt. Wenn Corvin die Fäden in den Händen hält, werden wir sie aufsuchen.« Ihre Gedanken glitten zu Esther, die sich Stunden zuvor zur Ruhe gelegt hatte. Die silberhaarige Prinzessin war vor vielen Monaten aus Glacies geflohen, konnte den tiefen Fall bis zum heutigen Tag nicht überwinden, der sie bis auf die Straße getrieben hatte. »Deine Familie sorgt sich um dich, wird dir vergeben.«

Lean lächelte schweigend, küsste die Schatzjägerin auf eine Wange, die ihre Aufmerksamkeit einem jungen Mädchen zuwandte, das in diesem Augenblick den Platz betrat und taumelnd die Verliebten ansteuerte. Die Unbekannte schien verletzt zu sein, lief gebückt, langes, schwarzes Haar verbarg ihr Gesicht vollständig.

»Ich helfe dir!« Sinja stand hastig auf, ließ sich dem unbekannten Kind gegenüber auf den Boden sinken, das zögerlich nach ihren langen, goldenen Haarsträhnen griff. »Wo ist deine Mutter?«

Die Schatzjägerin erschauderte, als das Mädchen den Kopf hob, ihren besorgten Blick zu erwidern schien. Doch die Unbekannte konnte Sinja nicht erkennen, war von Blindheit geschlagen, was sich in schneeweißen Augen widerspiegelte.

»Ich habe keine Mutter«, entgegnete das Mädchen mit leiser, schüchterner Stimme, während sie nach Sinjas Händen griff, ihre toten Augen unentwegt auf das Gesicht der Schatzjägerin gerichtet.

»Sie ließ mich als Säugling in den verwahrlosten Gassen der Stadt zurück, wo ich seither von Aussätzigen versorgt werde. Doch ein Erdbeben hat mein Zuhause zerstört, hat sie getötet oder fortgetrieben.« Tränen liefen über ihre geröteten Wangen, sie schluchzte verzweifelt. »Ich habe solchen Hunger.«

Sinja antwortete zunächst nicht, schaute zu Lean auf, der näher an das unbekannte Kind herantrat. Er war stets misstrauisch, auf der Hut vor Überfällen und Betrug. Doch als der Schatzjäger in das verzweifelte Gesicht des Mädchens blickte, wich sein Argwohn Sorge und Verständnislosigkeit. Er verachtete Männer, die Frauen misshandelten, weil sie glaubten, ihnen überlegen zu sein, Mütter, welche ihre Kinder erbarmungslos im Stich ließen.

»Du musst nicht länger auf der Straße leben.« Sinjas leise Stimme war getränkt von Mitleid und Wut, von Hass und Trauer, eine Mischung, die sich in bebenden Worten niederschlug. »Der wahre König kehrte kürzlich zurück. Er versprach, dass kein Mensch fortan auf der Straße leben müsse.« Sinja wünschte sich seit vielen Jahren Kinder, eine Familie, welche sie zu beschützen bestimmt war. »Deine Armut gehört der Vergangenheit an.« Die Schatzjägerin lächelte gezwungen, obwohl ihr bewusst war, dass das Mädchen sie nicht sehen konnte.

»Mein Name ist Melina«, entgegnete sie kränklich hustend. »Gibst du mir zu essen, bitte?« Das Mädchen zitterte, wickelte den braunen, verschlissenen Ledermantel, der sie vor den kalten Nächten im weißen Gold schützte, fester um ihre zierliche Gestalt.

»Lean und ich werden dich zum Schloss bringen. Er ist ein guter Mann, du brauchst dich nicht zu fürchten.« Sinja strich ihr eine schwarze Haarsträhne aus dem Gesicht, ehe sie Melinas rechte Hand umfasste und das Mädchen den schmalen Pfad in Richtung Schloss entlangführte. Die Unbekannte keuchte schwer, stieg mühevoll die goldenen Stufen hinauf, welche ihre letzten Kräfte raubten.

»Du wirst keinen Hunger mehr leiden«, sagte Sinja mitfühlend, als sie taumelnd den Halt verlor und drohte zu stürzen, was Lean verhinderte, indem er nach Melina griff, sie hochhob und die letzten Stufen hinauftrug. Schließlich ließ er das Mädchen erneut sanft auf die Füße sinken.

»Bekomme ich ein Zuhause?«, fragte Melina hastig atmend, während sie nach seinen rauen Händen griff, sie fest umklammerte, als würde sie ohne Unterstützung den Halt verlieren.

Sinja legte einen Arm um Melinas schmale Schultern, küsste sie sanft auf eine Wange. »Aurums Untergang ist abgewendet, der Frühling ist in Form des Königs zurückgekehrt. Du wirst eine Heimat finden, eine liebende Mutter, die dich umsorgt.« Sie lächelte verträumt, was Lean bewusst werden ließ, dass sie von sich selbst sprach. »Ich verspreche es dir.«

Kapitel 15

» Wo sind wir?« Rahels Blick fixierte Aidan, einen jungen Mann, dessen aschgraue Augen auf ihrer zierlichen Gestalt ruhten. Die Meuchelmörderin hatte vor einem Jahrhundert zusehen müssen, wie er starb, wie sein Körper verbrannte. »Wo sind wir?« Aidans kriegerisches Talent war außergewöhnlich gewesen, seine Ausbildung in der Bruderschaft ihres Vaters nach kürzester Zeit beendet. Zuletzt wurde er mit Aufgaben betraut, die strengster Geheimhaltung unterlagen. »Wir sind gestorben, wurden von der Dunkelheit verschluckt.« Er schaute sich angespannt um, seine rechte Hand umfasste den stählernen Griff eines tödlichen Dolches. »Wie konnten wir zurückkehren?«

Rahel antwortete zunächst nicht, trat näher an den misstrauischen Assassinen heran und fuhr mit ihren langen Fingern zärtlich über eine schwarze, lederne Rüstung, die sich um seinen muskulösen Körper schmiegte. »Aidan, ich holte euch mithilfe einer Hexe zurück, um Rache zu begehen.« Sie lächelte kalt, wies auf Elsa, die ihren gefährlichen Besuch mit Argusaugen beobachtete. Rahel erkannte Angst in den Augen der verstoßenen Hexe, Sorge um Melina, die mutterseelenallein in der Stadt herumirrte, um die Aufmerksamkeit des Königs auf sich zu ziehen.

»Sie ist wohlauf«, sagte Elsa, obwohl ihr bewusst war, dass sich die Meuchelmörderin nicht um das Wohl des blinden Mädchens scherte. Sie war einzig auf Rache aus, auf grausame Qualen und Blutvergießen. »Ich spüre, dass sie wohlauf ist, konnte dank eines Spiegels beobachten, wie sich die Gefährten des Königs ihrer angenommen haben. Vom jetzigen Zeitpunkt an haben wir Augen und Ohren inmitten unserer Feinde, die wir zu stürzen gewillt sind.«

Die Aufmerksamkeit der verstoßenen Hexe schweifte zu Aidan, dessen Blick sie zu durchbohren drohte, ehe sie die übrigen Männer ansah, deren gefühllose Gesichter auf Rahel gerichtet waren. Sie schienen Anweisungen zu erwarten, welche sie blind ausführen würden, wie es für die niederen Glieder der Bruderschaft üblich war.

»Jahrelang suchte ich in den Trümmern des Reiches nach Errettung. Nun ist meine Familie zurück«, begann die Meuchelmörderin mit lauter Stimme, als sie sich der vollkommenen Aufmerksamkeit der Assassinen sicher war. Sie lachte, lief ihnen gegenüber hoch erhobenen Hauptes auf und ab. »Ihr glaubt, Aurum zerstört zu haben?« Rahel hielt inne, sah abwechselnd in die ungleichen Gesichter, welche hinter schwarzen Tüchern verborgen waren, betrachtete silberne Schuppen, die schlangenhafte Augen umrahmten.

»Ich habe es gesehen«, entgegnete Aidan harsch sprechend, was ihre Ausführungen abrupt unterbrach. »Ich sah Gebäude einstürzen, Stadtteile in schwarzer Asche versinken und Feuer, das

Hunderte Menschenleben auslöschte. Selbst ich fiel den Flammen damals zum Opfer.«

Rahel mochte ihn, sein heroisches Äußeres, sein entzündliches, einnehmendes Wesen. Sie hatten bis zu seinem Tode eine ungezügelte Liebschaft genossen, ohne je tiefgreifende Gefühle füreinander empfunden zu haben. »Aurum wurde durch unsere Hand zerstört, die Bevölkerung starb im Eifer des Gefechts. Welche Pläne hegst du in Wahrheit, Rahel?«, fuhr Aidan verständnislos fort. Der Assassine löste seine Maskierung, trat näher an sie heran, drückte ihren Körper gegen die steinerne Mauer der Ruine, die aufgrund des Bebens bis zur jetzigen Stunde drohte einzustürzen. Die Meuchelmörderin lehnte den Kopf zurück, streckte die Hände nach seiner Gestalt aus und fuhr erregt über die breite Brust des Mannes, der ihre körperlichen Begierden stets gestillt hatte. »Du scheinst das Feuer und die Zerstörung überlebt zu haben.« Er wickelte Rahels lange Locken um die Finger, legte seine rechte Hand in ihren Nacken und fuhr über die weiche, warme Haut der Meuchelmörderin. »Dennoch bist du kein Jahr gealtert. Nenne mir den Grund.«

Rahel erwiderte die bohrenden Fragen ihres einstigen Geliebten lediglich kalt lächelnd, drückte ihre Lippen auf seine, was er fordernd erwiderte. Sie spürte, wie glühende Hitze in ihr aufstieg, Lust und Gier flammten in ihren dunklen Augen auf.

»Ich will dich«, flüsterte er zwischen zwei Küssen. »Erzähl uns deine Geschichte zu einem späteren Zeitpunkt.«

Rahel schüttelte den Kopf, stieß ihn sanft zurück, obwohl sie sich nach ihm verzehrte. Doch sie hatte ihr Leben nicht riskiert, indem sie unerlaubt am Rande der Stadt verharrte, um der körperlichen Liebe zu frönen. »Der Zirkel legte einen Schleier über das Reich, als der Krieg seinen Höhepunkt fand«, hauchte sie lüstern. »Wir glaubten, Aurum zerstört zu haben. Doch in Wahrheit vernichteten wir lediglich ein Abbild, eine verdammte Illusion, welche uns der Zirkel wahrnehmen ließ. Die Kämpfenden, die fielen, starben. Das Leben der unschuldigen Bevölkerung wurde hingegen verschont.« Rahel hielt den Atem an, als Aidan seinen starken Körper erneut fester gegen ihren presste.

»Dein Leben blieb verschont«, hakte er grob sprechend nach. »Wie bist du dem Tode entronnen? Warum starben wir, doch nicht du?« Die dunkle Stimme des Assassinen hob sich, Misstrauen lag in den forschen Worten, die er gegenüber seiner Geliebten und Trägerin der goldenen Schlange aussprach.

Rahels Lächeln verflog sofort, hitzig griff sie nach seinen Schultern und stieß ihn zurück. »Vertraust du mir nicht?«, fragte sie unbeherrscht.

Aidan nickte, fasste erneut nach den langen gelockten Strähnen der Meuchelmörderin und zog, bis sie schmerzerfüllt aufschrie. Der schlangenförmige Dolch, welcher ihrem Zopf als Halt gedient hatte, flog zu Boden, schlug dumpf auf gebrochenen Dielen auf. »Ich vertraue keiner Menschenseele. Wir haben uns in der Vergangenheit wiederholt das Bett geteilt. Doch dies impliziert nicht mein Vertrauen.«

Rahels Gesichtszüge verhärteten sich, sie nickte abfällig. »Ein reicher Händler fand mich dem Tode nahe zwischen den Trümmern, brachte mich dank Hexenmagie hinter den Schleier und versorgte meine Wunden. Er war eine wohlwollende Seele, liebte mich, legte mir die Welt zu Füßen. Ich hingegen war nie fähig, mehr als Lust für einen Mann zu empfinden, wie dir bewusst sein müsste.« Die Meuchelmörderin brach süffisant lächelnd ab, streckte erneut eine Hand nach ihm aus, die er abweisend von sich streifte.

»Fahre fort!«, raunte er, Ungeduld durchdrang jedes seiner Worte.

»Es war mir nicht gestattet, Aurums wahre Gestalt hinter dem Schleier zu betreten, weil ich als gesuchte Schlange galt. Daher lebte ich wie ein verdammtes Hausmütterchen am Rande der Stadt, versteckte mich am Tag in verschlossenen Räumen.« Sie seufzte frustriert. »Hinter dem Schleier existierte keine Zeit. Dies ist der Grund, warum ich nicht alterte.« Rahel schüttelte verächtlich den Kopf, weil er ihr nicht traute, und hob den Dolch vom Boden auf, ehe sie fortfuhr: »Trotz der andauernden Untätigkeit verflog meine Gier nach Rache nicht. Als die Tochter der Leiterin des Zirkels auf mich zukam, schien sich mein Wunsch nach Vergeltung und Macht zu erfüllen.« Sie fuhr über die scharfe stählerne Klinge der tödlichen Waffe, ohne einen Kratzer zu verursachen. »Runa würde dir gefallen. Sie ist mächtig, wunderschön und eigensinnig«, fügte die Meuchelmörderin abschätzend hinzu. »Doch diese verräterische Hexe wandte mir den Rücken zu, schloss sich dem Thronerben an, um Königin zu werden. Ihr Ziel liegt nicht länger in der völligen Neuordnung. Meines hingegen ist Vernichtung gewichen.« Sie warf Elsa einen flüchtigen Blick zu, die sich schweigend im Hintergrund hielt, um der Aufmerksamkeit der Bruderschaft zu entgehen, welche geschaffen worden war, um die dunkelsten Forderungen der Herrschenden zu erfüllen. »Trotz ihres Vertrauensbruchs seid ihr nun an diesem Ort, um Aurum endgültig zu zerstören. Doch ich frage mich, ob du weiterhin an meiner Seite stehst?!«

Rahel beobachtete angespannt, wie Aidan ihr den Rücken zuwandte und seine Gefährten ansah, deren volle Aufmerksamkeit den Sprechenden galt. Sie schwiegen, erwiderten emotionslos seinen steinernen Blick. Dennoch schien der Assassine ihre

Entscheidung zu kennen, die er der Meuchelmörderin mitteilte, ohne sie anzusehen. »Wir wurden verachtet, gejagt und getötet.« Er atmete tief ein, betrachtete die entstellten Soldaten, deren Augen zwischen den Assassinen rotierten. »Die Bruderschaft ist erneut vereint, um Rache zu begehen.«

Melina zitterte unaufhörlich, umklammerte nervös den silbernen Anhänger, der Elsa als Augen und Ohren diente. Sie war erschöpft, ihr blinder Blick war gläsern der nussbraunen Platte der Tafel zugewandt, an deren Ende sie Platz gefunden hatte. Das Mädchen strich zitternd über das kalte Holz, spürte Einkerbungen in Form von Kronen, filigrane Muster, welche den Rand des Tisches säumten. Doch Melina sah ausschließlich tiefste Dunkelheit, weshalb ihre verbliebenen Sinne deutlich geschärft waren.

»Iss!« Das Mädchen hatte Sinjas leise Schritte bereits gehört, als sie in den Raum eingetreten war, spürte die wärmenden Flammen eines Feuers, die auf ihrer sonnengebräunten Haut kribbelten. »Du musst Kräfte tanken.«

Melina nickte gehorsam, griff nach einem silbernen Löffel und begann genüsslich den Eintopf zu essen, der ihren Hunger sogleich stillte, als sie den ersten Bissen zu sich nahm. Doch das Mädchen setzte ihre Mahlzeit unbeirrt fort, bis sich der Inhalt der Schale dem Ende zuneigte. »Danke«, murmelte sie schließlich schüchtern, hob den Kopf, als sich die Schatzjägerin ihr gegenüber auf einen Stuhl sinken ließ. Das Mädchen konnte Sinja unmöglich erkennen. Dennoch spürte sie ihren intensiven Blick auf sich, tiefste Sorge, die das schlechte Gewissen, welches sie plagte, ins Unermessliche steigen ließ. Melina war bewusst, dass Elsa jede Bewegung, jedes

Wort aufsaugte, dass der Fokus der verstoßenen Hexe auf Sinja gerichtet war, die sie plante auszulöschen.

»Ich habe dir ein Bett gerichtet und ein Bad eingelassen«, fuhr die Schatzjägerin liebevoll fort. »Vom heutigen Tag an wirst du eine Kammer des Schlosses bewohnen, bis sich eine liebevolle Familie deiner annimmt.«

Melina ließ den Löffel in die leere Schale sinken, Tränen standen in ihren Augen, als sie Sinjas warme Worte vernahm. Sie klangen mütterlich, wie zuletzt Elsa geklungen hatte. Doch die Schatzjägerin sorgte sich wahrhaftig um ihr Leben, während sie im Spiel der verstoßenen Hexe als Schachfigur missbraucht wurde, die sie zu opfern bereit zu sein schien. »Nenne mir einen Menschen, der ein fremdes, blindes Mädchen als Tochter anerkennen würde«, entgegnete Melina schließlich mit trauriger Stimme. »Meine Mutter hat mich ausgesetzt, als ich ein hilfloser Säugling war. Ich bin eine Verstoßene, werde bis zum Tode ein Leben als Aussätzige führen müssen. Es spielt keine Rolle, ob ich in einem Bett oder auf der Straße schlafe. Niemand wird sich meiner annehmen.«

Sinja schluckte schwer, spürte einen dicken Kloß im Hals, der sie kaum atmen ließ. Sie mochte Melina, das junge Mädchen, welches die Zukunft klar vor ihren blinden Augen sah, war gewillt, dem verstoßenen Kind eine Heimat zu schenken, obwohl sie wusste, dass diese Entscheidung naiver kaum sein konnte. Schließlich sah sie hilfesuchend zu Lean auf, der im nächsten Moment die kleine Kammer betrat, zu Esther, die seiner hochgewachsenen Gestalt folgte. Die Prinzessin war ausgeschlafen, ein braunes aus Leinen gefertigtes Kleid umspielte ihren ausgezehrten Körper.

»Als ich ein junges Mädchen war, wurde ich schwer misshandelt, konnte lange Zeit keine Kinder gebären.« Sinja strich gedankenverloren über die gänzlich ergrauten Perlen, die sich vereinzelt begannen, schwarz zu färben. Sie heilten ihre Verletzungen von innen, was sie stets in Form eines schwachen, schmerzlosen Ziehens zu spüren glaubte. »Ich habe in Lean die Liebe gefunden, wünsche mir sehnlichst eine Familie.« Ihr Blick fiel auf den Schatzjäger, der sanftmütig lächelnd nickte, ehe sie mit leiser Stimme fortfuhr, um zu sagen, was ihrem Herzen entstammte. »Doch ich kann kein Kind in eine Welt gebären, in der liebenswerte Mädchen – wie du eines bist – ohne Familie aufwachsen müssen. Melina, du wirst bei mir eine Heimat finden, wenn du es wünschst. Ich sorge für dich, verspreche, dass es dir an nichts fehlen wird. Lass mich dir eine Mutter sein.«

Das Mädchen schwieg, verharrte minutenlang reglos in ihrer Position, schaute mit klopfendem Herzen in die Richtung, aus der Sinjas wohltuende Stimme ertönte. Doch ehe diese erneut das Wort ergreifen konnte, stand Melina auf, trat schwankend näher an die Schatzjägerin heran und ließ sich nach Nähe sehnend in ihre Arme sinken. »Danke«, murmelte das Mädchen schluchzend. »Danke«, wiederholte sie verzweifelt weinend.

Sinja zog sie auf ihren Schoß, schloss die Augen und küsste Melina sanft auf die Stirn. »Du bist ein wunderbares Mädchen, das die Liebe einer treusorgenden Mutter verdient hat.«

Melina hielt den Atem an, schüttelte kaum merklich den Kopf, während sie aufstand und sich taumelnd von der Schatzjägerin entfernte. Schließlich griff sie erneut nach dem Anhänger, wusste, dass sie nicht sprechen oder reagieren konnte, ohne Elsas Rache zu riskieren. Doch ihr war es ein Bedürfnis, Sinja die Wahrheit zu offenbaren, die selbstlos anbot, ihr eine Heimat zu schenken.

»Bitte, lasst mich mit dem König und der Hexe sprechen, die Aurum befreiten. Ich bin ihnen Dank schuldig.«

Rahel vernahm schwere Stiefel, die auf dem nackten Stein aufschlugen, betrachtete flache Pfützen, welche ihr verhülltes Gesicht spiegelten. Die Assassinen wateten seit Stunden durch unterirdische Tunnel, kniffen die Augen zusammen, um unscharfe Umrisse erkennen zu können, um Hindernisse zu identifizieren. Sie leuchteten im einfallenden Licht stets flüchtig auf, wenn die Meuchelmörder schmale Schächte passierten, die ihnen einen Blick auf die Stadt gewährten, auf die Stiefel Fremder, welche über den goldenen Stein schritten. Die Bevölkerung war unbesorgt, glaubte, dass Aurum dank des Heeres in Sicherheit sei, dessen Treue seit der Rückkehr des wahren Königs jedoch fortwährend bröckelte.

»Haltet inne!« Rahels entschlossene Augen fixierten bläuliches Glas, das der Scherbe ähnelte, die Corvin einst flüchtige Einblicke in die Zeitschleife gewährt hatte, beobachteten Melina, die in einem schmalen Bett lag und selig schlief. Bislang hatte die Meuchelmörderin keine nützlichen Informationen erhalten, was Ungeduld und Wut deutlich schürte. Sie hatte einen Plan geschmiedet, für den sie die Unterstützung des blinden Mädchens brauchte, um erfolgreich zu sein.

»Die Krone entstand aus einem Strang Heu«, sagte die Meuchelmörderin mit lauter Stimme, ohne lauschende Ohren zu befürchten. »Eine Hexe namens Zia erschuf das Reich für einen Mann, band die Existenz Aurums an die Unversehrtheit der Krone. Doch wird das Artefakt der Herrschaft zerstört, zerfällt das Reich zu Sand, aus dem es vor zwei Jahrhunderten entstanden ist.« Rahel lachte frostig, als sie in die vermummten Gesichter ihrer Gefährten sah, deren schwarze Tücher silberne Schuppen trugen, während die ihrer eigenen Maskierung golden schimmerten. »Tötet den König und seine Untertanen, bringt mir die rothaarige Hexe und die Krone. Ich werde ihr kostbares Reich, das sie zu regieren gewillt ist, zerstören!« Die Meuchelmörderin griff nach dem schlangenförmigen Dolch, legte ihn Aidan an die Kehle und fuhr sanft über seine Haut, ohne einen Kratzer zu hinterlassen. »Runa wird durch meine Hand schmerzvoll sterben, wird mit Aurum zu Asche zerfallen. Die übrige Bevölkerung gehört euch. Sie besteht lediglich aus reichen Händlern, Bauern und Aussätzigen, die niemals lernten, eine Waffe zu führen. Selbst das Heer ist zerschlagen, wird uns gebrochen gegenüberstehen, wenn es Aurum nicht längst verlassen hat.« Rahel beobachtete, wie die Assassinen gehorsam nickten, die ihre Befehle stets treu ausgeführt hatten, seit sie sich die neidvolle Spitze der Bruderschaft durch Blutvergießen erkämpft hatte.

»Wenn mein Wille erfüllt ist, werden wir das Reich verlassen und eine Heimat aufsuchen, die uns Wohlstand verspricht.« Aidan nahm der Meuchelmörderin unvermittelt den Dolch aus den Händen, presste ihren Körper an die Mauer der Kanalisation, küsste sie lustvoll und griff unbeherrscht nach Rahels Brust. »Ich bin es leid, mein Leben zu riskieren. Doch der Tod des Königs und der Fall dieses heuchlerischen Reiches sind mir eine Herzensangelegenheit«, keuchte der Assassine zwischen zwei Küssen.

Rahel, die als junges Mädchen ihren Körper selbst durchbohrt hatte, um niemals Kinder zu gebären, erwiderte seine anzüglichen Annäherungen nur einen Moment lang, ehe sie ihn sanft an den Schultern fasste und zurückstieß. »Erfülle meine Gier nach Rache. Dann werde ich dir gehören, für alle Zeit.« Sie waren stets offen mit ihrer Liebschaft umgegangen, hatten sich selten an beobachtenden Augen gestört.

»Dieses Angebot kann und werde ich nicht abschlagen«, entgegnete der Assassine schmunzelnd, während er seine Geliebte passieren ließ, die raschen Schrittes dem schmalen Tunnel folgte, der sie binnen kürzester Zeit zum Schloss führen würde. Rahels angewiderter Blick glitt über einen übelriechenden Fluss aus Fäkalien, der an ihnen vorüberfloss, ehe sie die lüsterne Schwärze fixierte, die sich der Bruderschaft gegenüber auftat. Doch die Meuchelmörderin verspürte keine Furcht, war vollständig auf ihr Ziel konzentriert, das der Zerstörung Aurums galt, Runas Tod und der Vernichtung des Königs, obwohl Corvin an der Auslöschung der Bruderschaft niemals beteiligt gewesen war.

»Wir haben unser Ziel erreicht!« Rahel hielt inne, als sie unklare Umrisse einer eisernen Leiter erkannte, die in die Höhe führte, fixierte eine Falltür, die sich direkt über den Köpfen der Assassinen befand. Elsa hatte sich nicht getäuscht. Die Dienerschaft der Königsfamilie hatte es trotz des Krieges versäumt, die Verbindung zum Schloss durch die Kanalisation zu versperren.

»Der Zugang führt direkt in die Katakomben. Während die oberirdischen Zugänge lückenlos überwacht werden, werden die unterirdischen sträflich vernachlässigt.« Sie griff nach dem kalten Metall, stieg die Sprossen hinauf und stieß die schwere Tür auf, was ihr einen Blick auf Statuen gewährte, welche von den begabtesten Bildhauern des Reiches geschaffen worden waren. Die misstrauischen Augen der Meuchelmörderin glitten über vornehme Gesichtszüge starker Männer und feiner Damen, die längst den Tod gefunden hatten. Sie reichten bis zu hohen, steinernen Decken hinauf, blickten mahnend auf Besucher herab, die jährlich an diesen Ort kamen, um zu beten.

»Die Luft ist rein! Tötet, vergewaltigt, tut, was ihr begehrt! Doch unsere Priorität gilt Corvin, Runa und der Krone, die Aurum aufrecht hält. Bringt mir die Hexe und die Krone! Restliches überlasse ich euch. Lasst diese verachtenswerten Menschen leiden, welche glauben, in Sicherheit zu sein«, flüsterte Rahel nach Rache sinnend, während sie die letzte Sprosse erklomm und im nächsten Moment festen Boden betrat. Die Meuchelmörderin hielt den Atem an, horchte in die unendlich erscheinende Stille hinein, befürchtete jederzeit, Schritte zu hören. Doch die Assassinen waren allein, wie es Elsa vorhergesagt hatte.

»Die Krone ist unser Ziel, nicht dein geplantes Massaker auf Kosten der Bevölkerung, die du aus unerfindlichen Gründen verachtest.« Rahel wich zurück, als sie Aidans harsche Stimme vernahm, seinen muskulösen Körper spürte, der sich über ihre zierliche Gestalt beugte. »Fokussiere dich auf deine Aufgabe, wenn du Erfolg erfahren möchtest. Fällt die Krone, fällt das Reich!«

Die Meuchelmörderin ignorierte seine rüden Worte, zog die Scherbe aus ihrer Manteltasche und beobachtete Melina, welche fortwährend in einem schmalen Bett lag und schlief, was sie zutiefst verärgerte. Das Mädchen hatte den Auftrag erhalten, aufmerksam zu sein, die Aufenthaltsorte der Menschen im Schloss in Erfahrung zu bringen.

»Sie ist ein Kind«, entgegnete Aidan, als könne er ihre Gedanken lesen. »Die verstoßene Hexe schenkt ihr zu große Bedeutung.«

Rahel schüttelte den Kopf, erwiderte verständnislos seinen eindringlichen Blick. »Ich musste als junges Mädchen Bürden ertragen, die Beobachtung bei Weitem überstiegen«, zischte sie abfällig. »Ich werde diesem unnützen Gör die Kehle aufschlitzen, wenn ich sie in die Hände bekomme. Sie gefährdet unser Leben, unseren Erfolg. Verrat und Ignoranz kann ich nicht akzeptieren.« Ihre Augen verengten sich zu schmalen Schlitzen, Hass blitzte im tiefen Braun auf, das im fahlen Licht vereinzelter Fackeln gänzlicher Schwärze wich.

Aidan antwortete zunächst nicht, was die Meuchelmörderin verwunderte, wandte ihr den Rücken zu, um seine Gefährten anzusehen, in deren Gesellschaft er den Tod gefunden hatte. »Ich habe viele Menschen getötet«, sagte er mit lauter Stimme, Rahels Anwesenheit ignorierend. »Doch ein Kind – ein blindes Mädchen – werde ich nicht anrühren. Wer es wagt, wird meine tödliche Klinge zu spüren bekommen. Wer es wagt, ist nicht länger mein Verbündeter.« Er sah erneut in Rahels Gesicht, das eisiger Kälte gewichen war. »Du weißt, dass ich diesem Prinzip seit meiner Ausbildung folge.«

Die Meuchelmörderin schüttelte verächtlich den Kopf. »Du weigerst dich, Kinder und Frauen zu töten, sollte keine Gefahr von ihnen ausgehen. Du weigerst dich, Befehle anzunehmen, die nicht deinen Wertvorstellungen entsprechen.« Ihre Stimme klang abfällig, Wut mischte sich in jedes einzelne Wort, das ihren Lippen entwich. »Deine Schwäche wird dich erneut den Kopf kosten.«

Er trat näher an Rahel heran, fasste sie am Kinn und stieß ihren Körper grob gegen den steinernen Fuß eines Mannes. »Du sprichst von Schwäche?«, zischte er durch seine zusammengepressten Zähne, festigte seinen Griff. »Ich wurde ausgebildet, um den Frieden zu wahren, um meinem König zu dienen, nicht, um wahllos Menschen zu töten. Doch die Herrschenden haben uns den Rücken zugekehrt, haben unser Leben genommen, obwohl wir jahrelang an ihrer Seite standen.« Er löste sich von Rahels angespannter Gestalt. »Daher gedenke ich, das Reich zu zerstören. Doch deine Gier nach Blut werde ich nicht befriedigen.«

Aidan wandte der Meuchelmörderin erneut den Rücken zu und drang mit jedem Schritt tiefer in die Katakomben ein, die als Grabstätte herrschender Familien dienten. Sein achtsamer Blick glitt über Fackeln, welche an Mauern verankert waren, über Schätze, bestehend aus Kostbarkeiten in Form von Münzen und Schmuck. Dennoch war ein Raub nicht lohnenswert, da Gold, Silber und Juwelen mit der Zerstörung der Krone zu Sand zerfallen würden. Schließlich setzte der Assassine seinen Weg fort, näherte sich eilig einem eisernen Tor, betrachtete Gravuren in Form von herrschenden Königen und Königinnen.

»Wir sind nicht an diesen Ort gekommen, um wahllos zu töten.« Rahel missfiel es, dass er ungefragt die Führung übernahm, obwohl sie Trägerin der goldenen Schuppen war. Doch die Meuchelmörderin schwieg, betrachtete kritisch seine muskulöse, anziehende Gestalt, die ihre deutlich überragte. »Durchkämmt die Gänge, findet die Krone. Kehrt an diesen Ort zurück, wenn die ersten Sonnenstrahlen das Königreich zu neuem Leben erwecken.«

Aidans Stimme erstarb, als die Meuchelmörderin den Mund öffnete, um an seine Worte anzuschließen: »Es mag nicht im Sinne meines Geliebten sein. Doch bringt mir die Hexe, deren Haarfarbe an Blut erinnert. Sie ist stets in Begleitung des Königs und weicht nicht von seiner Seite. Sie hat mich verraten, hat meinen Tod leichtfertig riskiert, hat versucht, eure Wiederauferstehung zu verhindern!« Rahel schüttelte angewidert den Kopf, ein kalter Schauer überfiel ihren bebenden Körper. Der Gedanke, sich einem Mann zu unterwerfen, um an die Macht zu gelangen, widerstrebte ihr. »Ich verlange sie lebend, um ihr selbst die Kehle aufzuschlitzen.«

Kapitel 16

» Sie sind eingedrungen!« Elsas starrer Blick war auf einen gesprungenen Spiegel gerichtet, der ihr offenbarte, was gegenwärtig im Inneren des Schlosses geschah. Die eisigen Augen der verstoßenen Hexe glitten über Mauern und Fackeln, die hoch aufloderten, über ihre Verbündeten, welche schnellen, entschlossenen Schrittes tiefer in das Schloss eindrangen. Elsa konnte in den stählernen Gesichtern erkennen, dass sie bereit waren zu töten, dass die Schlangen der Bruderschaft neben Kriegsverstand weder Herz noch Gefühl besaßen. Nur Aidan schien sich einen Hauch Menschlichkeit bewahrt zu haben, der Rahels Plan, wahllos Morde zu begehen, verurteilte.

»Ihr habt die Hölle auf den König losgelassen!« Elsa schaute auf, als sie Schritte vernahm, beobachtete die bedächtigen Bewegungen des kleinen Jungen. Seine schüchternen Augen waren auf den Spiegel gerichtet, auf Rahel, welche ihre Gefährten durch die entlegensten Gänge des Schlosses führte. Sie kannte die abstoßenden Mauern, war zu Zeiten des alten Königs ein willkommener Gast gewesen, der stets Verlässlichkeit und

Diskretion priorisierte. Doch mit der Auflösung der Bruderschaft hatten sich zur Mordlust auch unüberwindbarer Hass und Ablehnung gegenüber des Reiches gesellt, eine explosive Mischung, die sich ständig zu entladen drohte. »Ich habe die Asche vor den Hexen beschützt, habe sie der gnadenlosen Schlange ausgehändigt, die schwor, das Reich zu stürzen.« Seine helle Stimme klang betrübt, voller Schuldgefühle. »Sie werden ein Blutbad anrichten!« Der Junge ließ sich der verstoßenen Hexe gegenüber auf einen Stuhl sinken, die aufgrund des Todes ihrer Töchter bis zum heutigen Tag nach Rache sann. »Ein Blutbad, das auch ich verschuldet habe.«

Elsa nickte, erwiderte gedankenverloren seinen bekümmerten Blick. »Die Schergen des Königs müssen leiden, wie ich gelitten habe. Die Schergen des Königs werden leiden, wie wir leiden mussten«, entgegnete sie monoton.

Der Junge nickte, rutschte von der Sitzfläche des Stuhls und warf ihr einen letzten verstörten Blick zu, ehe er in Richtung Tür schritt, um die Ruine zu verlassen, die längst Heimat der verstoßenen Hexe war.

»Du wirst schweigen!« Er hielt inne, schaute angsterfüllt zu Elsa auf, nickte mit angehaltenem Atem. »Wagst du es, uns zu verraten, werde ich dir beide Hände nehmen, Straßenkind!« Sie stand auf, trat näher an seine ausgehungerte Gestalt heran, Wut, Hass und ein Hauch Irrsinn blitzten in ihren blauen Augen auf, die Eiswasser glichen. Sie war besessen, rasend vor Wut, gewillt, Corvin zu töten, obwohl er nie an der Verurteilung ihrer Töchter beteiligt gewesen war. Dennoch verachtete sie auch ihn, den letzten Nachfahren des ersten Herrschers, welcher über Gold regierte, während die Ärmsten verzweifelt versucht waren, unter widrigsten Umständen zu überleben. »Der König wird brennen, das Reich – wie es meine

Vorfahrin Zia schuf – erneut zu Sand zerfallen. Ich habe einen Schwur geleistet, Kind, der mich einzig bis zum heutigen Tag am Leben hält.« Er erschauderte, als die verstoßene Hexe seine rechte Wange berührte, taumelte mit klopfendem Herzen einen Schritt zurück, um ihren kalten Händen zu entkommen.

»Ihr seid von allen guten Geistern verlassen«, stellte der Junge mit leiser, brüchiger Stimme fest, ehe er nach der rostigen Türklinke griff, um auf die Straße zurückzukehren, von der er abstammte. »Doch ich werde schweigen, obwohl die ersten Obdachlosen schon jetzt Unterschlupf im Schloss fanden. Der Zirkel erzählt dies auf den Straßen, spricht von der Gutmütigkeit des Königs. Der Frühling, wie sie ihn nennen, ist zurückgekehrt. Doch meine Augen waren blind.« Er seufzte. »Ich habe mich aus Furcht des Hochverrats schuldig gemacht, indem ich die Grausamkeiten der Bruderschaft unterstützte. Dieses Verbrechen wird mich mein Leben lang begleiten.«

Corvins misstrauische Augen fixierten drei Soldaten, deren muskulöse Körper in rotem Leder gekleidet waren, ehe er auf das goldene Schwert blickte, das ruhelos in seiner rechten Hand lag. Es erinnerte ihn unablässig an den Hauptmann, der wegen des heimtückischen Mordes an Zayn im Kerker saß. Schließlich schweifte der Blick des Thronerben zu Runa und Elin, die neben seiner regungslosen Gestalt verharrten, um ihn vor tödlichen Angriffen zu bewahren. Sie schwiegen seit Stunden, saßen auf der obersten Stufe der Treppe, betrachteten Gemälde an steinernen Mauern und lehnten ihre Köpfe an den Thron. Doch als sich die Männer ihnen rasch näherten, erhoben sie sich, um den Soldaten aufrecht gegenüberzustehen.

»Meine Familie traute stets dem Träger des goldenen Schwertes, der meinen Vater – einen alten Mann – tötete, um die Hexen zu verunglimpfen. Mein Vertrauen in das Heer ist völlig gebrochen.« Er schwieg, als Frauen, gekleidet in den schwarzen Gewändern des Zirkels, eintraten und einen Kreis um die Männer bildeten, deren Augen starr auf den Thronerben gerichtet waren. »Ich kann nur ihm die Ausführung der Tat beweisen.« Er begann, den Soldaten gegenüber ruhelos auf und ab zu laufen, ohne seinen strengen Blick von ihnen abzuwenden. Corvins Haupt zierte die Krone, keiner zweifelte sein Erbe an. Dennoch galt er nach den Gesetzen Aurums erst nach der Krönung als wahrer König. »Ihr habt zugesehen«, stellte er niedergedrückt fest. »Daher gedenke ich, auch Euch und Euren Männern Hochverrat vorzuwerfen.« Seine Augen fixierten jedes einzelne Gesicht, hafteten schließlich auf einem jungen Mann, der aus der Reihe hervortrat.

»Hoheit, wir sind eine Einheit, eine Familie, ein schlagendes Herz!«, sagte der Soldat mit lauter stolzer Stimme. »Ihr wendet Euch gegen die Gesetze Eurer Vorfahren, riskiert den Bruch des Reiches, um einen Zirkel, bestehend aus gefährlichen Bestien, zu entfesseln. Nicht Ihr werdet regieren, mein König.« Er wies auf die stillstehenden Frauen, welche die Soldaten umringten, bereit, deren Leben zu beenden, sollte Corvin diesen endgültigen Befehl aussprechen. »Hexen sind Missgeburten der Natur. Sie werden die wahren Königinnen des Reiches sein. Ihr seid lediglich eine Marionette!« Der Soldat erwiderte verachtend Elins hasserfüllten Blick, welche die Hände zu Fäusten ballte und unentwegt in seine dunklen Augen sah. »Wir sind nicht gewillt, Krieg gegen Euch zu führen, unnötiges Blut zu vergießen. Doch wir sind stolze Männer, verweigern die Akzeptanz der Herrschaft des Zirkels!« Er zog sein Schwert aus der Scheide, reichte es einem zweiten Soldaten, der regungslos neben ihm stand, und trat näher an den Thronerben heran. »Gestattet uns, der Stadt den Rücken zuzukehren, unser Leben in fernen Ländern fortzuführen. Wir bitten lediglich um Proviant für sieben Tage und Pferde, um die Habseligkeiten unserer Familien zu transportieren.«

Corvin antwortete zunächst nicht, näherte sich angespannt dem Soldaten, der ihm offen sein Misstrauen gestand. Seine Augen streiften die Schwerter der drei Männer, deren Knäufe golden schimmerten, was sie als Ausbilder identifizierte. »Auch ich bin nicht gewillt, Blut zu vergießen, Menschen zu töten. Dennoch ...« Er schwieg unvermittelt, versuchte, seinem Gegenüber eine Reaktion zu entlocken. Doch der Ausbilder, dessen Namen ihm nicht geläufig war, schwieg. »Geht, verlasst das Reich mit den Untreuen Eures Gefolges und Euren Familien. Erfahre ich, dass Ihr Frauen, Männer oder Kinder zwingt, Euch zu begleiten, werdet Ihr mit dem Hauptmann im Kerker verenden. Ich bin es leid, Verräter zu bestrafen, meine Zeit zu verschwenden. Mein Weg führte mich durch die Hölle, den ich gewillt war zu gehen, um Aurum vor dem Untergang zu bewahren.« Corvin näherte sich dem Ausbilder einen weiteren Schritt. »Ihr dankt es mir auf solch schändliche Weise!« Der Thronerbe schüttelte verächtlich den Kopf, wandte den unbekannten Männern den Rücken zu. »Verlasst bis Sonnenuntergang die Stadt, verlasst binnen sieben Tagen das Reich. Sehe ich Euch erneut, werdet Ihr den Tod auf dem Scheiterhaufen finden wie einst die unschuldigen Hexen des Zirkels.«

Rahels Blick glitt in schmale Gänge, erfasste Fackeln, welche dunkle Schatten an die kalten Mauern warfen. Sie vernahm

Schritte, die rhythmisch auf dem Boden aufschlugen, spürte Aidans warmen Atem, der ihr die Nackenhaare zu Berge stehen ließ.

»Dank des Aufruhrs wird uns kein würdiger Gegner gegenüberstehen« flüsterte sie zufrieden, ohne sich der aktuellen Lage gänzlich bewusst zu sein, als der Assassine in ihr Blickfeld geriet. »Die Hexen sind geschwächt, mobilisieren ihre letzten Kräfte, um Verräter zu entlarven und die Stadt wiederaufzubauen. Der Zeitpunkt unseres Anschlages könnte nicht besser gewählt sein.« Die Meuchelmörderin hielt inne, als sie Schreie vernahm, eine dunkle Männerstimme hörte, die nur gedämpft an ihre lauschenden Ohren gelangte. Die Laute hallten durch die steinernen Gänge, waren getränkt von Hass und tiefster Verachtung, drangen durch das eiserne Tor des Kerkers hindurch, das die Grausamkeiten von Dunkelheit und Folter verbarg.

»Ein Feind der Krone ist mein Freund«, sagte die Meuchelmörderin, als sie Aidans misstrauischen Blick auf sich spürte, während sie der gequälten Stimme folgte, näher an das Tor herantrat, welches stets zwischen der unschuldigen Bevölkerung und den grausamsten Menschen des Reiches gestanden hatte. Sie lächelte kalt, stieß die eiserne Barriere auf und drang mit langsamen Schritten tiefer in den Kerker ein. Rahels Blick schweifte über schmale Zellen, über zerbrochene Spiegel, die dem Zwecke gedient hatten, die wahren, bösartigen Gestalten der Gefangenen zu offenbaren. Schließlich fixierten ihre Augen die schattenhafte Silhouette eines hochgewachsenen Mannes, starke Hände, welche eiserne Gitter umklammerten. Der Blick des Unbekannten war starr auf sein Spiegelbild gerichtet, als würde er im kalten Glas Zuflucht finden, einen Ausweg aus der Gefangenschaft in völliger Einsamkeit. Doch als der Unbekannte die lauten Schritte der Assassinen vernahm, löste er sich schwerfällig von seinem

Ebenbild und betrachtete skeptisch die Eindringlinge, deren Gesichter hinter maskenhaften Tüchern verborgen waren, die Schlangen glichen. Selbst ihm war die Bruderschaft nur aus Geschichten bekannt, die stets im Schatten agierte, bis sie auf Geheiß des letzten regierenden Herrschers aufgelöst worden war.

»Ihr wart der Hauptmann des Heeres, habt Königsmord begangen. Bereut Ihr Eure Tat?«, fragte Aidan, ehe Rahel den Mund öffnen konnte, um ihn anzusprechen.

»Ich bereue es nicht!«, entgegnete der Gefangene kopfschüttelnd, um seinen Worten mehr Bedeutung beizumessen. »Wenn ich könnte, würde ich erneut versuchen, den Zirkel zu verunglimpfen.« Anspannung blitzte in den eisigen Augen des einstigen Hauptmannes auf, als sein Blick auf Waffen fiel, auf Dolche und Schwerter, deren Klingen im fahlen Licht der Fackeln hell aufleuchteten. »Bis zum gestrigen Tag wurde ich mit Aufgaben betraut, welche den Aufbau und die Führung des Heeres betrafen. Doch Hexen verdrehten dem jungen König den Kopf, übernehmen mehr und mehr die Herrschaft über das Reich. Ich konnte dies nicht akzeptieren, tötete den Ziehvater des Königs, um dem Zirkel Mord vorzuwerfen.« Seine Stimme war frei von Wut, ganz und gar ohne Gefühl. »Ich scheiterte, wurde wegen eines Fehlers meinerseits der Tat überführt. Seither friste ich bis zur Urteilsverkündung mein Dasein in dieser Zelle, die dem Zwecke dient, mich zu brechen.« Er hob die Hände, lachte schallend laut auf. »Alte Hexen glauben wahrlich, dass Spiegel dazu fähig sind, mich zu zerstören, mich meiner Kraft zu berauben, die seit Kindheit durch meine stählernen Adern fließt.«

Rahel antwortete zunächst nicht, sah tief in seine dunklen Augen, die vor Entschlossenheit und Hass strotzten, eine Mischung, die selbst ihr einen kalten Schauer über den Rücken jagte. Dieser Mann würde sich der Macht des Königs nicht beugen, dessen war sich die Meuchelmörderin bewusst.

»Ihr sinnt nach Rache?«, fragte sie schließlich, den eindringlichen Blick des Unbekannten erwidernd, der bis zum Vortag Träger des goldenen Schwertes gewesen war. »Ihr habt unsere Symbole erkannt, wisst, dass die Toten des Heeres und der Bruderschaft wahrhaftig von der Welt getilgt wurden, als der Schleier entstand.« Die Meuchelmörderin schüttelte verächtlich den Kopf. »Unser Leben galt den Herrschenden, unser Glaube und unsere Treue galten dem König. Dennoch wurden wir geopfert, wie Vieh zur Schlachtbank geführt.« Rahel griff nach den schwarzen Tüchern, fuhr über die goldenen schlangenhaften Schuppen, ehe sie die Maskierung abnahm, um ihm ihr wahres Gesicht zu offenbaren. »Wir sind gewillt, das Reich zu zerstören!«

Der Hauptmann fixierte skeptisch Rahels mädchenhafte Gestalt, ehe sein Blick die übrigen Assassinen streifte, die zweifellos unter der Führung dieser zierlichen, zerbrechlich wirkenden Meuchelmörderin standen.

»Ich bin es ebenfalls«, entgegnete der Soldat mit rauer Stimme, umklammerte die Gitterstäbe fester und drückte seine Stirn gegen das kalte Metall, um ihr näherzukommen. »Befreit mich, gebt mir die Chance, in die Reichweite des Königs zu gelangen, dann werde ich ihm die Kehle aufschlitzen!«

Corvins trüber Blick fiel aus dem Fenster, fixierte Dutzende Menschen, die sich auf den Straßen sammelten, hastig ihre Habseligkeiten rafften, um die Stadt binnen weniger Stunden zu verlassen, wie er es befohlen hatte. Dem Thronerben war schmerzlich bewusst, dass Aurum bis zum Sonnenuntergang das

Heer verlieren würde, dass mit der Loyalität der Soldaten auch die Verteidigung fiel.

»Es tut mir leid.« Corvin ignorierte Esthers einfühlsame Stimme, warf der Prinzessin lediglich einen flüchtigen Blick zu, als diese an seine Seite trat und ihrerseits aus dem kreisrunden Fenster starrte. »Es ist eine Schande, dass du neben dem Tod deines Vaters diesen Verrat ertragen musst.«

Der Thronerbe nickte betrübt, während er erneut die Männer und Frauen ansah, die eilig Pferde sattelten, um in die Wüste zu entfliehen, welche trotz seiner Rückkehr fortwährend ein brachliegendes Stück Land war, obwohl die Hexen von ihm als Frühling sprachen. Die Abtrünnigen wandten Aurum gänzlich den Rücken zu, ließen aufgrund der Gleichstellung des Zirkels ein Leben in Wohlstand zurück. Zu tief saßen das Misstrauen und die Angst. »Du hast bereits zwei Umbrüche erlebt«, entgegnete er schließlich, ohne auf ihre Beileidsbekundung einzugehen. »Gehe ich den richtigen Weg?«

Esther antwortete zunächst nicht, sah ihn überrascht an. Sie hatte Corvin stets als selbstbewussten Mann erlebt, der sich seiner Entscheidungen sicher war. Doch die abtrünnige Bevölkerung und die harschen Worte des einstigen Ausbilders schienen die zukünftige Gestaltung des Reiches ins Wanken zu bringen. »Als meine Mutter Glacies mithilfe ihres Gefolges eroberte, entstand nicht nur die Eiszeit, welche über Jahre hinweg Leben auslöschte, was sie egoistisch ignorierte. Wir ließen das Volk der wahren Königin versklaven, opferten Hunderte Menschenleben, um unseren Wohlstand zu sichern. Doch während meine Geschwister erkannten, dass sie den falschen Weg beschritt, stand ich bis zum bitteren Ende an ihrer Seite.« Sie seufzte schwer, wischte sich eine aufkommende Träne aus dem Gesicht. Die Erinnerungen der

Prinzessin glitten in den Norden, zu Eis und Schnee, zu Caja – ihrer Mutter – die vor unerträglich vielen Monaten den Tod gefunden hatte. »Kiana, die wahre Königin, brachte die Jahreszeiten nach Glacies zurück, schenkte der Bevölkerung Frieden. Auch sie riskierte die Spaltung ihrer Untertanen, riskierte Aufstände und Tod. Doch Kiana ging den Weg konsequent, weil sie an ihn glaubte, mit Erfolg. Noch mag das Reich in Armut versinken. Doch ich kann Knospen erkennen, die sich zögerlich zu öffnen beginnen. Glacies blüht dank dieser jungen Königin auf, die es wagte, ihre Vision von Frieden und Gleichberechtigung in die Tat umzusetzen.« Esther seufzte kummervoll, während ihre Augen auf die nördlichen Gebirgsketten gerichtet waren, deren schneebedeckte Gipfel im Licht der einfallenden Sonne silbern schimmerten. »Ich vermisse meine Heimat, meine Familie, die mir seit Skadis Tod feindselig gegenübersteht. Doch die Fehler, die ich beging, wiegen zu schwer. Sie sind unverzeihlich!«

Die Prinzessin strich zitternd den rauen Stoff des braunen Kleides glatt, das sie trug, wickelte nervös lange, aschgraue Strähnen ihres Haares um die Fingerspitzen. »Wenn das Reich vollständig in deinen Händen liegt, werde ich zurückkehren und meine Bestrafung erwarten. Ich muss Isa und Raik in die Augen sehen, kann mich nicht ewig verstecken, mit der Schuld leben. Vielleicht finde ich Vergebung, vielleicht finde ich den Tod. Doch das spielt keine Rolle.« Ihr nachdenklicher Blick schweifte erneut zu den abtrünnigen Soldaten, welche Corvin schweigend fixierte, ehe sie fortfuhr, um seine Frage zu beantworten, die er zu Beginn des Gesprächs gestellt hatte: »Der Zirkel hat Aurum geschaffen, hat der Bevölkerung Sicherheit und Wohlstand geschenkt. Die Hexen verdienen Anerkennung, ein Leben ohne andauernde Armut und Ausgrenzung. Die richtigen Wege sind meist steinig, gefährlich, vielleicht tödlich. Doch die Treue des Zirkels wiegt mehr als ein abtrünniges Heer, das dir bei jeder Gelegenheit den Rücken zukehren würde.«

Corvin nickte, wandte dem rebellischen Teil der Bevölkerung den Rücken zu und betrachtete den Thron, der die Erfüllung seines jungen Schicksals war, seit die Zwillingskönige sich einander gnadenlos abgeschlachtet hatten. Er zweifelte vermehrt an seinen Fähigkeiten als König, an seinen Fähigkeiten, ein Reich zu regieren. Doch Esthers Worte schenkten ihm Mut, an der Richtung festzuhalten, die er eingeschlagen hatte. »Du bist mir in den letzten Wochen zu einer Verbündeten geworden, die ich nicht missen möchte. Ohne dich wäre ich heute nicht an diesem Ort, würde weiterhin durch das Glas der Scherbe schauen, ohne die fehlende Menschlichkeit zu erkennen. Bleib, beziehe Gemächer im Schloss oder ein Haus im schönsten Teil der Stadt, wie du es wünschst. Riskiere nicht dein Leben, indem du nach Glacies zurückkehrst. Dein Fehler, der Skadi tötete, war zweifellos schwerwiegend. Dennoch hast du den Tod nicht verdient.«

Esther lächelte dankbar, als sie Sorge in seiner Stimme wahrnahm, schüttelte jedoch ablehnend den Kopf. »Ich kann nicht länger vor den Folgen meiner Tat fliehen, ich muss meinen Geschwistern in die Augen blicken und gestehen. Wenn sie mich am Leben lassen, werde ich zurückkehren, solltest du dies gestatten.«

Corvins Gesichtszüge verfinsterten sich zunehmend, als sie seine Bitte zu bleiben ausschlug. Doch neben Enttäuschung leuchtete auch Anerkennung in den Augen des Thronerben auf. »Du bist stets willkommen, Prinzessin. Erlaube mir, Begleitung an deine Seite zu stellen, riskiere dein Leben nicht leichtfertig. Der Weg in den Norden ist lang, Verbrecher patrouillieren an den

Grenzen der Ländereien. Du wärst eine willkommene Geisel. Gestatte mir, dich zu beschützen.«

Esther nickte, öffnete den Mund, um sein Angebot dankend anzunehmen. Doch ehe die Prinzessin ein Wort herausbrachte, vernahm sie Schritte, beobachtete Runa, die hastig den Thronsaal betrat. Sie keuchte, Nervosität stand in ihren schwarzen, schreckgeweiteten Augen. »Das blinde Mädchen«, hauchte sie, Esther ignorierend. Sie war vollständig auf Corvin konzentriert, der den aufgebrachten Blick der Hexe voller Anspannung erwiderte. »Mein Misstrauen, weshalb ich dich bat, nicht in ihre Nähe zu geraten, hat sich bestätigt. Sie ist ein Spitzel.«

Melina schlug mit klopfendem Herzen die Augen auf, als sie Schritte vernahm, warme Hände spürte, die nach ihrer Kehle fassten, das Amulett ergriffen, welches kalt auf der dunklen Haut des Kindes lag. Das Mädchen hielt, am ganzen Körper zitternd, den Atem an, konzentrierte sich gänzlich auf flüsternde, bis zu völliger Unkenntlichkeit verzerrte Worte, die weder aus dem Mund einer Frau noch eines Mannes zu stammen schienen.

»Sie ist ein ...« Melina kroch weinend zurück, hielt erst in der Bewegung inne, als sie gegen das Kopfende des Bettes stieß. Sie spürte die unbekannten Hände erneut, welche ihr grob die Kette vom Hals rissen. »Schafft sie in den Kerker. Wir können nicht riskieren, dass sensible Informationen nach außen gelangen.«

Das Mädchen schüttelte hastig den Kopf, schluchzte laut auf, umklammerte weinend warme Decken, die ihren zierlichen Körper bedeckten. Melina kannte den Kerker Aurums nur aus Elsas Geschichten, die stets von Tod, Leid und Schreien erzählten, welche die abtrünnige Hexe bis zum heutigen Tag im Traum begleiteten.

»Wir gaben ihr Nahrung, ein Bett, ein Dach über dem Kopf.« Die helle Stimme, die Runa gehörte, verzerrte sich mehr und mehr zu einem wutentbrannten Zischen. »Deine Naivität hätte uns den Kopf kosten können. Dieses Mädchen mag blind sein, mag dein Mitleid wecken. Doch dies bedeutet nicht, dass keine Gefahr von ihr ausgeht.«

Melina war bewusst, dass die Hexe zu Sinja sprach, zu der Frau, die ihr angeboten hatte, eine Mutter für sie zu sein.

»Sie ist ein Kind, verwahrloste auf den Straßen, weil die wohlhabende Bevölkerung jede Hilfe verweigerte.« Das Mädchen schloss vertrauensvoll die Augen, als sich die Schatzjägerin neben sie auf das Bett sinken ließ und sanft durch ihr langes, schwarzes Haar strich. »Vermutlich weiß sie nicht, was sie getan hat.«

Melina seufzte, schüttelte wahrheitsgemäß den Kopf, als das schlechte Gewissen sie zu übermannen drohte. Das Mädchen spürte den durchbohrenden Blick der unbekannten Hexe, versuchte verzweifelt, ihr Zittern zu verbergen. »Ich gestehe, was ich weiß«, sagte Melina mit leiser, angsterfüllter Stimme. »Doch bitte, bestraft sie nicht. Sie hat alles verloren, weil sie für die Taten aller abtrünnigen Hexen büßen musste. Dennoch fand ich bei ihr ein Dach über dem Kopf, eine Heimat, eine ...« Das Mädchen brach abrupt ab, als Runas gnadenlose Stimme erneut erklang.

»Das spielt keine Rolle«, entgegnete sie energisch. »Sie begeht in schwersten Zeiten Hochverrat. Doch um die abtrünnige Hexe kümmere ich mich zu einem späteren Zeitpunkt.« Sie atmete tief ein, wandte sich Sinja zu, die sorgenvoll zu ihr aufsah. »Bringst du das Gör nicht in den Kerker, werde ich es tun.«

Melina schluchzte laut auf, als sie spürte, dass sich Sinja von ihr entfernte. »Du hast ebenfalls Fehler begangen.« Die schüchternen Worte entwichen den Lippen der Schatzjägerin in Form eines verzweifelten Flehens. »Ich bin dir unendlich dankbar, für die Chance Mutter zu werden. Doch ich kann Melina nicht im Stich lassen. Bitte, vergib ihr. Dieses Mädchen hat genug gelitten.«

Runa seufzte, nickte widerwillig, um keinen Konflikt zu riskieren, als sie vereinzelte Tränen wahrnahm, die über Sinjas blasse Wangen kullerten, umfasste das verräterische Medaillon fester, welches Unbekannten Einblick in das Innere der Mauern gewährte. Schließlich schloss sie die Augen, konzentrierte sich gänzlich auf den Schöpfer, um die Quelle des Verrats zu identifizieren. Die Hexe spürte, wie das dünne Metall urplötzlich glutheiß wurde, ließ es auf die hölzernen Dielen fallen und beobachtete mit aufgerissenen Augen, wie es zu Staub zerfiel. »Sie sind hier«, murmelte Runa, als sie ein kalter Schauer wie ein Blitz durchfuhr. Die Hexe erkannte tiefste Schwärze, ehe flüchtige Bilder von bewaffneten Männern vor ihrem geistigen Auge aufleuchteten, von Rahel, die an der Spitze ihrer Verbündeten lief. Runa erkannte Wut, tiefsten Hass in den dunklen Augen der Meuchelmörderin, welche gewillt war, sie zu töten. »Sie sind hier!«

Kapitel 17

Rahel drückte ihren zierlichen Körper gegen die steinerne Mauer, fixierte fortwährend das einst eisige Blau der Scherbe und betrachtete Runas angespanntes Gesicht, das urplötzlich vollkommener Schwärze wich, ehe das Glas in den Händen der Meuchelmörderin zu Staub zerfiel. Ihre ruhelosen Gedanken glitten zu Elsa, die der Bruderschaft Augen und Ohren gewesen war, ehe sie an Melina dachte, deren Aktivitäten als kindlicher Spitzel aufgeflogen sein mussten.

»Teilt euch auf!«, zischte sie bedrohlich. Rahel wies auf je drei Assassinen und den ehemaligen Hauptmann des königlichen Heeres, ehe sie mit harscher Stimme fortfuhr, was der Meuchelmörderin die ungeteilte Aufmerksamkeit der blutrünstigen Männer garantierte. »Schließt die Tore! Keiner Menschenseele ist es erlaubt einzudringen. Wer es dennoch wagt, das Schloss zu betreten, wird getötet! Wer es dennoch wagt, unsere Wege zu kreuzen, wird getötet!« Rahel trat näher an den unbekannten Soldaten heran, dessen Namen ihr noch immer nicht geläufig war. »Ihr kennt jeden Schlupfwinkel des Schlosses?«, fragte sie angespannt, wartete geduldig, bis er nickte. »Ihr werdet mit Aidan und mir eine Einheit bilden. Ich werde Euch nicht aus den Augen verlieren, werde jeden Eurer Schritte beobachten.« Die Stimme der Meuchelmörderin hob sich, als sie fortfuhr, um selbst den letzten Mann zu erreichen, ein drohender Unterton durchdrang ihre Stimme. »Findet diesen unfähigen König, tötet ihn schmerzvoll und bringt mir die Krone. Ich bin im Besitz der Waffe, die Magie zerstört«, fuhr sie erwartungsvoll keuchend fort. Ein Hauch Nervosität mischte sich in die hastigen Worte der Meuchelmörderin, welche sie höhnisch lachend zu überspielen versuchte. Doch Aidan vernahm jedes ihrer aufkommenden Gefühle, ein süffisantes Lächeln umspielte seine Lippen. Er brauchte die Gefahr wie die Luft zum Atmen, genoss den Gedanken, entdeckt und getötet zu werden, ständig auf der Hut zu sein.

»Ich werde die Führung übernehmen, wenn du Angst verspürst, meine Liebste, ich beschütze dein Leben, wie ich meines beschützen werde«, hauchte der Assassine erregt in ihr Ohr, was die Meuchelmörderin kopfschüttelnd erwiderte.

Sie verspürte keine Furcht, hatte den Gedanken, jung zu sterben, längst akzeptiert. »Ich bin nicht auf deinen Schutz angewiesen!«, entgegnete Rahel ärgerlich, die aufmerksamen Augen ihrer Gefährten ignorierend. »Durchkämmt das Schloss von den dunkelsten Gewölben bis hin zu den entlegensten Türmen.« Ihre Stimme hob sich erneut, durchdrang gänzlich die lähmende Stille. »Beweist, was ihr unter meinem Vater gelernt habt. Beweist, dass der Kampf mit giftigen Schlangen tödlich ist.«

Runa spürte, dass sich die Eindringlinge ausbreiteten, dass sie begannen, das Schloss von den Katakomben bis zu den Türmen zu durchforsten, um Corvin zu finden, der ihr gegenüber am Fenster stand und gedankenverloren in die Freiheit starrte. Doch sie vernahm nur ein vages Gefühl, war nicht fähig, die genauen Standorte der Assassinen zu lokalisieren. Jene Unfähigkeit beruhte auf den Mauern des Schlosses, auf schützende Zauber, die mit Gründung Aurums einhergegangen waren.

Corvins trüber Blick glitt über die Menschenmassen, welche die Stadt verließen, um dem Reich den Rücken zu kehren, das bis zum heutigen Tag Heimat der Abtrünnigen gewesen war.

»Legt der Jäger ein kleines Feuer, verlassen die Füchse den Bau«, murmelte Runa abfällig, als könne sie die trüben Gedanken des Thronerben lesen. »Diese Menschen sind deiner nicht würdig.« Ihre sanften Hände glitten über seinen kräftigen Rücken, über rauen, weißen Stoff, der bis zu einer braunen, einfachen Hose reichte. »Der Zirkel wird treu an deiner Seite stehen, ich werde treu an deiner Seite stehen.« Die Hexe löste sich von ihm, wich zurück, als Corvin seinen Blick von den Abtrünnigen abwandte und angespannt in ihre schwarzen Augen sah, die leuchteten, als würde ein Feuer in ihnen lodern. Er schwieg zunächst, streckte eine Hand nach Runa aus und strich sanft über die rechte Wange der Hexe, die ihm einst feindlich gegenübergestanden war. »Wie lautet dein Plan?«

Ein flüchtiges Lächeln huschte über ihre vollen, roten Lippen. »Ich werde die Assassinen mit den alten Waffen schlagen, werde den Schleier erneut zum Leben erwecken, der Aurum vor einem Jahrhundert schützte. Doch der Zirkel befindet sich am Rande der Stadt, um Konflikte zu entschärfen, welche den ausreisenden Abtrünnigen zweifellos folgen werden. Die Mauern des Schlosses wurden während der Entstehung Aurums versiegelt, meine Magie kann nicht nach außen dringen, wird keine helfenden Hände erreichen. Daher spreche ich den Zauber allein, der mir jede Kraft abverlangen wird. Doch ich muss es versuchen, da ich deinen Tod verhindern werde, selbst wenn es mein Leben kostet.«

Corvin trat näher an die anziehende Hexe heran, die als begabteste des Reiches galt. Sie war stets voller Selbstbewusstsein, schien von jeglicher Angst befreit zu sein. Doch in jenem Augenblick konnte er erneut hinter Runas Fassade blicken, erkannte tiefste Nervosität und Furcht, in diesen Tagen zu versagen. »Ich werde dich unterstützen, dein Leben beschützen, wenn du es zulässt.« Er warf seinen Gefährten einen flüchtigen Blick zu, die an einer langen Tafel saßen und angespannt in Richtung Tür starrten, jederzeit eindringende Assassinen erwartend. »Wir werden dich unterstützen, dein Leben beschützen«, verbesserte er sich selbst. »Mein Vater starb, um meinen Visionen den Anstoß zu geben, um mir ein geordnetes Reich zu hinterlassen.« Er seufzte schwer, als seine Gedanken Zayns Leichnam streiften, dessen Beerdigung in den nächsten Tagen stattfinden würde. »Nun bedrohen Assassinen, was er zu beschützen versucht war, wofür er starb. Ich habe kein Heer, das die Bevölkerung beschützt, der Zirkel ist gezwungen, auf den Straßen für Ordnung zu sorgen, weil Aufstände drohen. Mein Weg führte mich vor wenigen Tagen an diesen Ort, die Hoffnung der Aussätzigen ruht auf mir. Doch ich habe längst versagt.«

Runas Blick glitt zu Leans und Esthers bewegungslosen Gestalten, zu Melina, die weinend in Sinjas schützenden Armen lag. Sie hatten erst Minuten zuvor von den eindringenden Assassinen erfahren, die Tore verschlossen und Wachen aufstellten, um jede Flucht zu verhindern. Sie konnten das Schloss nicht verlassen, dessen war sich die Hexe bewusst.

»Du hast nicht versagt«, entgegnete Runa, ehe sie die Stimme hob, um jeden Anwesenden zu erreichen: »In meiner Nähe seid ihr nicht sicher. Rahel sinnt aufgrund meines Vertrauensbruchs nach Rache, wird die Waffen erst sinken lassen, wenn Corvin und ich ihr zum Opfer gefallen sind. Teilt euch auf, sucht Unterschlupf in den entlegensten Räumen des Schlosses, ignoriert aufkommende Schreie und Verletzte, glaubt nicht, dass ihr ihnen überlegen seid. Die Bruderschaft ist kampferfahren, gnadenlos, wird nicht zögern, euch eiskalt zu töten. Doch bedenkt, dass ihr das Schloss nicht mehr unerkannt verlassen könnt, ein Versuch wäre zu riskant. Der Schleier wird uns kostbare Zeit verschaffen. Ich werde einen Weg finden, den Zirkel zu kontaktieren, vertraut mir.« Sie schwieg, als Melina laut aufschluchzte, betrachtete mitfühlend Sinja, die das Mädchen zärtlich auf eine Wange küsste.

»Ich bin bei dir, werde nicht zulassen, dass sie dich anrühren«, murmelte die Schatzjägerin sanft.

»Lass mich sie beschützen.« Esther lächelte freudlos, als Sinja zu ihr aufsah, fuhr hastig fort, weil sie den Kopf schüttelte. »Geh mit Lean, flieht, wenn sie euch entdecken. Melina ist erschöpft, zu schwach, um weite Strecken zu laufen.« Sie seufzte schwer. »Euch steht eine Zukunft bevor, während meine zweifelhaft ist. Vertraue mir. Ich werde deinen Schützling bis zum letzten Atemzug verteidigen.«

Rahels Blick schweifte durch schattengesäumte Gänge, über lodernde Fackeln, die urplötzlich erloschen, als ein kalter Windhauch ihren Körper ergriff, was die Meuchelmörderin in völliger Finsternis zurückließ. Sie lachte feindselig, schloss die Augen, um Schritte wahrzunehmen, Schreie zu hören, die zweifellos aus den Kehlen Sterbender stammten. Doch Rahel empfand kein Mitleid, obwohl die zum Tode Verurteilten unschuldig waren, meist aus Frauen und Kindern bestanden, die dem Hofe dienten.

»Hexe, du wirst nicht länger mit mir spielen!« Die Meuchelmörderin zog den messerscharfen Dolch, dessen Griff an die Form einer Schlange erinnerte, und schlich tiefer in einen der zahlreichen schmalen Gänge hinein, die das Innere des Schlosses zu einem unübersichtlichen Labyrinth verzweigten. Rahel warf den vagen Silhouetten der erloschenen Fackeln einen flüchtigen Blick zu, war in tiefster Finsternis kaum fähig, mehr als Schwärze zu erkennen. Doch sie hatte in frühester Kindheit gelernt, alle Sinne zu nutzen, selbst in vollkommener Dunkelheit Bewegungen und schwächste Impulse wahrzunehmen. »Hexe, am heutigen Tag wirst du sterben.«

Die Meuchelmörderin vernahm nahezu lautlose Schritte, spürte die Vibrationen zuschlagender Türen, während im Hintergrund fortwährend Schreie widerhallten, die stets lauter und leiser wurden, wenn die Bruderschaft ein Leben auslöschte. Dennoch schien sie im Inneren des Ganges allein zu sein, hatte ihren Gefährten befohlen, Türen und Fenster zu verriegeln, um die Zauber zu missbrauchen, welche einst zum Schutze des Schlosses und der Königsfamilie ausgesprochen worden waren.

»Nein!« Rahel hielt abrupt inne, als sie die Silhouette eines Assassinen erkannte, der unbarmherzig die schmale Gestalt einer jungen Frau gegen die Mauer drückte, deren verzweifeltes Schluchzen die ferne Dunkelheit durchdrang. Die Meuchelmörderin lächelte kalt, ignorierte ihren flehenden Blick und trat näher an die Unbekannte heran.

»Mädchen, sei still!«, raunte Rahel abfällig, beäugte den Assassinen, dessen Alter ihres um viele Jahre übersteigen musste, kritisch von Kopf bis Fuß, der die strengen Regeln nicht zu beachten schien. »Töte das Weibsstück oder lass sie ziehen. Doch ihr Schrei verrät uns. Hast du nichts gelernt?!« Sie schüttelte abfällig den Kopf, warf der Unbekannten einen hasserfüllten Blick zu, deren Leben längst dem Tode geweiht war.

»Ich werde nicht schreien«, hauchte diese verzweifelt, wischte sich aufkommende Tränen aus dem Gesicht. »Bitte, lasst mich gehen. Ich bin Mutter dreier Kinder, mein Mann starb vor vielen Jahren.« Die Unbekannte verstummte, als die zarten Lippen der Meuchelmörderin ihre rechte Ohrmuschel berührten, was der Flüchtigen einen kalten Schauer über den Rücken jagte. »Herzchen, deine Brut interessiert mich nicht im Geringsten!« Sie wich zurück, lachte vergnügt.

»Verschont mich! Bitte, verschont mich!« Rahel ignorierte die leisen Worte der Fremden, die nur flüsternd an ihre Ohren drangen. Der Blick der Meuchelmörderin war auf den Assassinen gerichtet, dessen dunkle Augen wie tiefe Höhlen in seinem kantigen Gesicht lagen. Er war ein treuer Anhänger des vergangenen Anführers gewesen, den sie getötet hatte, um Teil der Bruderschaft zu sein.

»Mädchen, du magst Trägerin der goldenen Schlange sein«, raunte der Assassine barsch, seine offensichtliche Ablehnung ihr gegenüber nicht verbergend. »Doch eine Frau – ein ungezogenes Kind – erteilt mir keine Befehle. Ich unterstütze meine Brüder in dieser Mausefalle, die am Ende des Tages nur Blut und Tod bringen wird. Sei still, gehe deinen Weg, befriedige deine Rache und belästige mich nicht länger.«

Rahel war bewusst, dass es als unangefochtene Anführerin ihre Pflicht war, seine beleidigenden Worte zu vergelten, ihn dem Tode zuzuführen. Doch der Assassine war ein kräftiger Krieger, hatte sie bisher nicht herausgefordert, um ihren Posten einzunehmen, weil sie einander stets aus dem Weg gegangen waren.

»Mädchen, verschwinde!«, fuhr der Assassine fort, als Rahel nicht sofort reagierte. »Verlasse das Schloss, suche deine Familie auf.« Seine Worte waren ausschließlich an die Unbekannte gerichtet, die sich furchtvoll keuchend an der Meuchelmörderin vorbeischob, die unvermittelt nach einem ihrer Dolche griff.

»Entscheidungen wie deine bringen uns den Tod«, entgegnete Rahel gnadenlos, während sie den Dolch mit aller Kraft in die Dunkelheit entließ. Die Meuchelmörderin vernahm einen schallend lauten Aufschrei, der verebbte, als die Silhouette der unbekannten Mutter zusammenbrach. »Assassinen hinterlassen keine Zeugen«, raunte sie abfällig, entfernte sich raschen Schrittes und betrachtete die Unbekannte, deren regloser Körper am Boden lag. Rahel konnte auf den ersten Blick erkennen, dass sie tot war, beobachtete dunkelrotes Blut, das in Strömen aus einer tiefen Wunde floss. Schließlich glitten ihre Augen über den schlangenförmigen Dolch, der ihren Nacken durchbohrte. Doch die Meuchelmörderin empfand kein Mitleid, zog die Waffe aus der tiefen Wunde heraus und streifte das Blut am seidenen, weißen Kleid der Unbekannten ab, um die Klinge zu säubern.

»Geh, finde den König und bringe mir dir Krone! Ich werde mich in den Thronsaal begeben, um die Hexe aufzusuchen, die mich betrogen hat.« Rahel ging den ersten Schritt in die entgegengesetzte Richtung, blieb stehen, als sie die dunkle, hasserfüllte Stimme ihres Widersachers erneut vernahm.

»Du wirst aufgrund deiner Besessenheit, Rache zu begehen,

sterben!«, raunte er gefühllos. »Gib auf dich acht, Schlange! Gib auf dich acht!«

Runa vernahm laute, schmerzerfüllte Schreie, umfasste Corvins Handgelenk fester und zog ihn hastig durch die entlegensten Gänge des Schlosses, wo die hallenden Schritte der Flüchtigen rasch abnahmen. Sie spürte, dass in den Mauern längst Blut vergossen worden war, dass die Assassinen ihre Waffen in die Körper Unschuldiger rammten, um Leben auszulöschen.

»Sie meucheln jeden Menschen, der sich gegenwärtig im Schloss befindet!« Corvin hielt inne, zog Runa näher an sich heran, welche unsanft in die Arme des Thronerben stolperte. »Ich werde mich nicht verstecken!« Er löste sich aus ihrem Griff, nahm die Krone in seine Hände und überreichte der Hexe das kostbarste Artefakt, das im Königreich existierte. »Beschütze sie. Ich werde mich auf die Suche nach der Schlange begeben, die ein Bündnis mit dir einging, um mich zu stürzen.«

Runa riss die Augen auf, schüttelte energisch den Kopf. »Corvin, du verfügst weder über magische Kräfte, noch bist du kampferfahren. Die Assassinen wurden jahrelang zum Morden ausgebildet, besitzen kein Mitgefühl, kennen keine Gnade, sind von jeglicher Ehre befreit.« Ihre warmen Hände glitten über das kalte Gold, welches die Krone formte, ehe sie ihm das Zeichen der Herrschaft abnahm und auf sein Haupt sinken ließ. »Du wirst nicht gehen. Das Reich braucht dich!« Ihre Stimme hob sich, grob griff sie nach seinen Schultern. »Bitte, vertraue mir«, setzte sie erneut an, weil er nicht reagierte. »Dein Tod würde die Opfer nicht retten. Es steht mehr auf dem Spiel.« Sie hielt den Atem an, als er ihre Hände erneut von sich streifte. »Bitte!«

Er seufzte. »Ich begleite dich!« Sein Blick verharrte auf ihrem schönen Gesicht, bis ein lauter Aufschrei durch die Gänge hallte, der ihn unmittelbar in die grausame Realität zurückstieß.

»Wir haben keine Zeit!« Runa wandte dem Thronerben den Rücken zu und drang rasch tiefer in die Dunkelheit ein, die sich wie ein Schatten über ihre zierliche Gestalt legte. »Ich benötige Ruhe, Kerzen und den richtigen Zauber«, keuchte die Hexe völlig außer Atem, als sie ein Tor am Ende des Ganges aufstieß und in den dunklen Raum eintrat, dessen Schönheit hell aufloderte, als sie die Hände hob. Corvin erkannte ein goldenes Feuer in ihren Augen, Verlangen nach Rache und Wut, die sich in seiner Gegenwart zu entladen drohten. Doch als er das Gesicht der Hexe gänzlich erfasste, erkannte er auch tiefste Angst und Zweifel.

»Runa, bist du fähig, den Schleier zu erschaffen?«, hakte er skeptisch nach. In seinen Worten lagen Besorgnis und ein Hauch zögerliche Zuneigung.

Die Hexe nickte, entfernte sich einige Schritte, um einer Antwort zu entgehen, und lief einen schmalen Gang entlang, der sie zwischen breiten, hölzernen Tafeln hindurchführte. Ihr Blick schweifte flüchtig über üppige, weiße Kerzen, über Bücher, die infolge des hohen Alters begannen, zu Staub zu zerfallen, aus dem sie einst entstanden waren.

»Runa, bist du fähig, den Schleier zu erschaffen?«, wiederholte Corvin besorgt, während seine nervösen Hände über die vergilbten Seiten eines Buches glitten, die ihm Schriften offenbarten, welche aus den Federn längst verstorbener Gelehrter stammten.

»Das bin ich«, entgegnete sie zögerlich. »Doch jeder Zauber birgt Gefahren. Die Magie ist kompliziert.« Sie lächelte gezwungen. »Vor einhundert Jahren waren an der Schaffung des Schleiers dreizehn mächtige Hexen beteiligt. Außerdem besaßen wir magische Relikte, die unsere Kräfte verstärkten und bündelten.« Ihre roten Fingernägel fuhren über das dunkle Holz einer Tafel, was das einzige Geräusch war, das in den nächsten Sekunden die Stille durchbrach. »Mein Schleier wird sich ausschließlich über das Schloss erstrecken. Dennoch kann ich nicht versprechen, dass meine Macht ausreicht.« Sie zögerte einen Moment lang, schwieg, obwohl sie Corvins auffordernden Blick spürte.

»Was geschieht, wenn sie nicht ausreicht?«, entgegnete der Thronerbe schließlich besorgt.

»Übersteigt der Zauber meine Kräfte ...« Runa seufzte, ihre entschlossenen Augen verengten sich zu schmalen Schlitzen. »Übersteigt der Zauber meine Kräfte, werde ich sterben oder meine Magie nicht mehr nutzen können, um den Schwur, der uns verbindet, zu brechen. Hexen haben meist eine Wahl. Doch sorge dich nicht. Ich werde mich für den Tod entscheiden.« Ihre Stimme hatte einen niedergeschlagenen Klang angenommen, Angst vibrierte in jedem Wort, das ihren Lippen entwich. »Du weißt, dass ich keine Wahl habe«, fuhr sie angespannt fort, als er den Kopf schüttelte. »Wir stehen mit dem Rücken zur Wand. Die verzauberten Mauern schützen die Assassinen. Sie sind derzeit mächtiger als wir. Das darf nicht sein!« Sie griff nach einer weißen Kerze, fuhr sichtlich nervös über das kalte Wachs.

»Der Blutschwur interessiert mich nicht«, entgegnete Corvin energisch. »Versprich mir, dass du dich für das Leben entscheiden wirst, auch ohne Magie. Deine Mädchen brauchen dich. Sie haben bereits eine Mutter verloren. Begehe diesen Fehler nicht, bitte.«

Runa wandte die Augen dem Boden zu. »Eine Hexe ...« Sie schwieg, als Corvin harsch widersprach, ohne die zweifelnden Worte anzuhören.

»Versprich es mir!« Der Thronerbe griff nach ihren Händen, als sie nicht antwortete, fuhr behutsam über Runas zarte Haut.

»Ich verspreche es dir.« Die Stimme der Hexe klang heiser, wie erstickt, was ihr jede Glaubwürdigkeit abverlangte. »Nun ist es an der Zeit. Die Assassinen werden mehr Blut vergießen, wenn ich nicht handle.«

Der Thronerbe erkannte Hoffnungslosigkeit in ihren Augen, als sie sich abwandte und hektisch sieben brennende Kerzen in Form eines Kreises auf die breite, hölzerne Tafel stellte. »Sie symbolisieren den Schleier«, sagte Runa ehrfürchtig, was ihre Stimme erbeben ließ. »Er wird das Schloss beschützen.« Sie atmete tief ein, drückte die rechte Handfläche inmitten der Kerzen auf die Tafel und murmelte uralte Worte, welche ihren Lippen in Form eines Flüsterns entsprangen.

»Ich brauche fortan Ruhe.« Der Blick des Thronerben glitt über Zinnen und Türme, über Gravuren in Form von Fenstern und Toren, welche in das Holz eingelassen waren.

»Riskiere dein Leben nicht«, entgegnete er unruhig, griff erneut nach ihren Händen, die kraftlos zitterten. »Es muss einen anderen Weg geben, die Unschuldigen zu beschützen.«

Runa schüttelte den Kopf. »Corvin, wir haben keine Zeit«, hauchte sie verzweifelt. »Fällt das Reich, ist der Zirkel – meine Familie – dem Untergang geweiht. Ich spüre, dass sie an den Grenzen patrouillieren, dass sie Schutzschilde hochziehen, um Aurum zu beschützen. Die Gefahr, welche von den abtrünnigen Soldaten ausgeht, ist nicht vorüber. Die Gefahr, welche von den benachbarten Reichen ausgeht, kann nicht beziffert werden. Wir sind gezwungen, uns vorzubereiten. Doch zunächst muss die Bruderschaft fallen. Hierfür erbitte ich deine Hilfe.«

Der Thronerbe wusste, dass sie wahre Worte sprach, dass es falsch wäre, ihr Opfer abzulehnen. »Ich werde dich unterstützen.« Corvin löste seine Hände von ihren und griff nach der Krone, für die er dreizehn Jahre lang durch die Hölle gegangen war. »Du brauchst eine Machtquelle?«

Runa nickte, griff zitternd nach dem kalten Gold und fuhr sanft über die zarten Kostbarkeiten in Form von Diamanten und Rubinen.

»Nutze sie!«

Kapitel 18

Esther strich sanft durch Melinas schwarzes Haar, küsste das verängstigte Mädchen auf die Stirn, das weinend in ihren bebenden Armen lag. Die Prinzessin schloss zitternd die Augen, konzentrierte sich auf näher rückende Schritte, auf Stimmen von Männern, die sich lautstark Befehle zuriefen, um sämtliche Winkel des Schlosses zu durchkämmen. Sie öffneten gewaltsam jede Tür, drangen in dahinterliegende Räume ein, um Flüchtige zu finden und erbarmungslos abzuschlachten. Doch Esther war bewusst, dass nur Corvin und die Krone wahrhaft von Bedeutung für sie waren, dass die Assassinen erst aufhören würden, wenn er den Tod gefunden hatte.

»Weine nicht!«, hauchte die Prinzessin liebevoll, während sie Melina fester an sich drückte. »Du bist ein unschuldiges Mädchen. Sie werden dich nicht anrühren. Ich beschütze dich«, fuhr sie flüsternd fort, obwohl ihr bewusst war, dass sie die Unwahrheit sprach, dass ihr Leben seit Eintritt der Assassinen verdammt war. Diese Menschen kannten kein Erbarmen, kein Mitgefühl, gierten ausschließlich nach Leid, Blut und Tod. Doch es lag Esther fern, Melinas Angst zu schüren, die sich in lautlosen Tränen ausdrückte, welche in Strömen über ihre geröteten Wangen flossen.

»Wir verstecken uns«, fuhr Esther um Ruhe ersuchend fort, als die Schritte der Unbekannten lauter wurden, die jeden Stein umdrehten, um den flüchtigen König und die Krone zu finden. Die Prinzessin ergriff Melinas zitternde Hand, schaute sich mit klopfendem Herzen um. Ihr hektischer Blick schweifte über das Bett, auf dem sie über Stunden gesessen hatten, und einen schmalen Schrank, der sich wie ein schwarzer Schatten an der gegenüberliegenden Wand erhob. »Wir verstecken uns«, wiederholte Esther angsterfüllt. »Doch du musst schweigen, was auch immer du zu hören glaubst.«

Sie lief einen lautlosen Schritt, streckte panisch zitternd eine Hand aus und öffnete die Schranktür, deren Quietschen ihr das Blut in den Adern gefrieren ließ. »Du wirst ...« Die Prinzessin schwieg abrupt, als die Tür des Nebenzimmers aus den Angeln gerissen wurde. »Versteck dich, sag kein Wort!«, fuhr Esther hastig fort, während sie Melina in den schmalen Schrank hob, der nur Platz für das junge Mädchen bot. »Die Hexen werden dich holen. Du bist in Sicherheit.«

Melina schüttelte heftig den Kopf, als Esther versuchte, den Schrank zu schließen, griff weinend nach den Händen der Prinzessin, in deren Armen sie sich sicher fühlte. »Bleib, bitte bleib, geh nicht!«

Doch Esther antwortete nicht, streifte die zarten Finger des in Tränen aufgelösten Mädchens von sich und schloss schweren Herzens die Tür, was lediglich ein verzweifelter Versuch war, Melina zu beschützen. Doch ehe sich die Prinzessin von dem Schrank abwenden konnte, vernahm sie das ohrenbetäubend laute

Bersten von Holz, welches ihr bewusst werden ließ, dass ein Unbekannter, dem sie den Rücken zuwandte, in die kleine Kammer eingedrungen war. Esther keuchte schwer, als sie Schritte vernahm, taumelte zurück, drückte ihren Körper gegen die kalten, steinernen Mauern und schaute angsterfüllt zu einem Mann auf, der sich ihr abfällig lächelnd näherte.

»Eine Frau, durch deren Adern blaues Blut fließt, habe ich mir eleganter vorgestellt.« Sie hielt den Atem an, vereinzelte Tränen liefen über die unscheinbar vernarbten Wangen der Prinzessin. »Du enttäuschst mich.« Sie schloss die Augen, als der Unbekannte eine Hand nach ihr ausstreckte und eine silberne, gelockte Haarsträhne um seine kräftigen Finger wickelte, die in schwarzen Lederhandschuhen steckten. Doch selbst im blinden Zustand sah sie ihn, den Assassinen, dessen Gesicht hinter der Maske einer tödlichen Schlange verborgen war.

»Tötet mich!«, hauchte Esther schließlich, als der Unbekannte reglos in seiner Position verharrte. Sie spürte das warme Leder auf den Wangen, ihr bebendes Herz, das augenblicklich drohte zu zerspringen. »Ich bin nicht gewillt, Spiele zu spielen.« Die Prinzessin öffnete die Augen, weil er trotz Aufforderung nicht reagierte, schaute angsterfüllt auf und fixierte seinen eisigen Blick, der versprach, dass sie in dieser Stunde sterben würde. »Ihr seid ein Ungeheuer. Tut, wie Euch geheißen und verschwindet!« Wut bebte in Esthers Stimme, Hass blitzte in ihren olivgrünen Augen auf, die unablässig auf sein gefühlloses Gesicht gerichtet waren. Sie hatte längst akzeptiert, dass sie dem Tode geweiht war, fürchtete nicht den Akt des Sterbens selbst. Doch die Frage, wie ihr Leben enden würde, löste eine Angst in der Prinzessin aus, die sie innerlich zerfraß.

»Es ist äußerst unklug, ein Kind im Schrank zu verstecken.« Esthers Augen weiteten sich, sie schüttelte den Kopf, was er schweigend, nur mit einem verheißungsvollen Lächeln auf den Lippen erwiderte.

»Ich bin allein.« Die Prinzessin versuchte, ein verräterisches Stottern zu verbergen, hielt den Atem an, als der Unbekannte langsamen Schrittes an den Schrank herantrat und eine Hand ausstreckte, um die Tür zu öffnen. »Rührt sie nicht an!« Esther griff gedankenlos, ausschließlich aus tiefster Verzweiflung reagierend, nach einem seiner Dolche und schlug die Klinge unkontrolliert in den muskulösen Oberarm des Assassinen, was ihm ein lautes Fluchen entlockte. »Rührt sie nicht an!« Esther stieß ihn mit aller Kraft von sich, riss die Schranktür auf und zog Melina heraus, die taumelnd der Prinzessin folgte, welche im Begriff war, die kleine Kammer zu verlassen. Doch ehe sie die rettende Tür erreichen konnte, spürte sie die kräftigen Hände des Assassinen, die nach ihr griffen.

»Du bleibst!«, raunte er wütend, schleuderte Esther auf den Boden und trat mit aller Kraft auf die zusammengesunkene Gestalt der Prinzessin ein, ignorierte ihren ohrenbetäubend lauten Aufschrei, der selbst den letzten Winkel des Schlosses erreichen musste. Ihr verzweifelter Blick fiel auf Melina, die an der steinernen Wand zu Boden gesunken war und hoffnungslos weinte, ehe sie erneut zu dem Unbekannten aufsah, als dieser von ihr abließ.

»Zeigt mir Euer Gesicht!«, zischte die Prinzessin keuchend. Sie setzte sich schmerzvoll stöhnend auf, betrachtete mit zusammengekniffenen Augen silberne Schuppen, die den schwarzen Stoff zierten, ohne sich der Rangfolge der tödlichsten Menschen des Reiches bewusst zu sein. »Oder seid Ihr zu feige, mir zu zeigen, welche Gestalt sich hinter der Maskierung verbirgt, wie es für Meuchelmörder üblich ist?!« Esther sah Verwunderung und Achtung im tiefen Braun seiner Augen aufleuchten, als er trotz der aussichtslos erscheinenden Situation ihren harschen Befehl vernahm.

»Mein Name ist Aidan«, entgegnete er, begann das schwarze Tuch abzunehmen, um der Prinzessin sein wahres Gesicht zu offenbaren. »Du beeindruckst mich. Doch deine Einschätzung ist falsch. Ich töte weder Frauen noch Kinder, sollte keine Gefahr von ihnen ausgehen.« Esthers Blick schweifte zu dem blutigen Dolch, der in seiner rechten Hand lag, beobachtete mit angehaltenem Atem einen Tropfen, der augenblicklich von der scharfen Klinge glitt und auf die grauen Bodenplatten aufschlug. »Doch du hast mich angegriffen, hast ...« Er brach abrupt ab, als sich Esther aufrappelte, während sie den Mund öffnete, um ihm zu widersprechen.

»Ihr bedroht das Leben eines blinden, unschuldigen Kindes«, zischte sie ungehalten. »Ich werde nicht um Verzeihung flehen, weil ich versuchte, sie zu verteidigen. Ihr seid jämmerlich, dringt in das Schloss ein, tötet Unschuldige.« Sie keuchte, atmete tief ein, als ihre Stimme plötzlich verstummte. »Auch ich habe den Tod eines Menschen verursacht, ließ meine jüngste Schwester in Glacies sterben, weil ich zu stolz war, sie gehen zu lassen. Doch ich bereue diese verachtenswerte Tat bei jedem Atemzug, während Ihr unschuldige Leben auslöscht – ohne Gnade, ohne Mitgefühl.«

Ein süffisantes Lächeln huschte über Aidans Gesicht, der Wille, sie zu töten, loderte in seinen dunklen Augen auf, als er den blutigen Dolch gnadenlos an ihre Kehle drückte, was sie nur am ganzen Körper zitternd ertrug. »Dein Mut ehrt dich, Prinzessin.« Esther spürte, wie er die oberste Hautschicht zerschnitt, wie winzige Rinnsale, bestehend aus Blut, über ihre blasse Haut liefen. »Doch Mut rettet kein Leben – Mut tötet.«

Runas starrer Blick war auf die zarten Konturen in Form des Schlosses gerichtet, welche das dunkle Holz der Tafel zierten, ihre Hände umklammerten zitternd das kalte Gold der Krone. Sie spürte Zias unsagbare Macht, die Aurum einst schuf, versuchte, eine Verbindung zu der verstorbenen Hexe aufzubauen, deren magische Kräfte selbst ihre bei Weitem überstiegen. »Sie war machtvoll.« Runa schaute zu Corvin auf, der ihr gegenüber regungslos auf einem Stuhl saß. Er schwieg andauernd, beobachtete jede Bewegung mit angespanntem Blick.

»Die Mädchen«, sagte der Thronerbe schließlich, als er glaubte, Zweifel in ihren Augen erkennen zu können. »Sie brauchen dich, deinen Schutz, deine mütterliche Fürsorge. Wir finden einen anderen Weg.« Seine Stimme verebbte in einem tiefen Seufzen.

»Du hast es gesehen«, hauchte Runa verzweifelt, während sie bebend nach seinen warmen, kräftigen Händen griff. »Ich habe dir Tod, Verderben und Zusammenbruch gezeigt, welche dem Krieg der Zwillingskönige gefolgt waren. Wenn die Assassinen dich töten und die Krone zerstören, war jede Bemühung vergebens. Corvin, sie würden meine Mädchen jeglicher Zukunft berauben. Das kann ich nicht zulassen«, fuhr Runa angestrengt fort, ehe sie den Kopf senkte und die Konturen des Schlosses fixierte. Ihre langen Finger glitten konzentriert über das vernarbte Holz, formten Kreise, während sie lautlos unverständliche Worte murmelte, die nur ihr selbst und dem Schleier galten, den sie bemüht war, aufzubauen. Runa spürte, wie sich die unsichtbare Barriere aus meterhohem Sand erhob, Zentimeter um Zentimeter in die Höhe glitt, was ihr jede Kraft abverlangte. Die Hexe vernahm ein schmerzvolles

Ziehen im Leib, keuchte angestrengt, zwang sich, die Verbindung zum Schleier nicht zu verlieren, der sich formierte, während die niederschmetternde Erkenntnis durch ihren Kopf schoss, dass sie nicht stark genug war, dass dieser Zauber einen Tribut verlangte, den sie nicht fähig war zu bezahlen.

»Mutter!« Runa ballte die Hände zu Fäusten, spürte, wie ihr ganzer Körper um Hilfe schrie, nach den Kräften des Zirkels rief, der an den Toren der Stadt patrouillierte, um den Frieden zu wahren, der in diesen Tagen brüchiger war als Glas. Doch sie konnte aufgrund der Schutzzauber, die auf den Mauern des Schlosses lagen, keine Verbindung zu ihrer Mutter spüren, glaubte lediglich ihre helle Stimme zu hören, die ihr sagte, dass sie nicht stark genug sei, um eine solch mächtige Barriere zu schaffen.

»Ich brauche dich. Die Assassinen ...«, murmelte die Hexe geistesabwesend, ohne ihre Lippen zu bewegen, obwohl ihr bewusst war, dass Elins Worte nur ihrem verzweifelten Flehen nach Unterstützung entsprangen. »Sie werden jedes Leben im Schloss auslöschen, wenn ich nicht handle.«

Rahel vernahm laute, angsterfüllte Schreie, welche aus verschlossenen Kammern hervordrangen, die hastigen Schritte Flüchtiger, die rannten, Türen lautstark hinter sich zuschlugen, um dem Tode durch die Waffen der Assassinen zu entkommen. »Die Zeit schwindet, sie arbeitet stets gegen uns. Die Hexen werden zurückkehren, wenn sie nicht längst auf dem Weg zu uns sind.« Ihr Blick fiel auf Aidan, der aus einer kleinen Kammer getreten war, ein blutiger Dolch lag in seiner rechten Hand.

»Die silberhaarige Prinzessin ...« Die Finger des Assassinen glitten über das schwarze, gebrochene Leder seines Mantels, über

Blut, das aus einer tiefen Wunde trat. »Das Weibsstück war zäher, als ich dachte.«

Ein herablassendes Lächeln huschte über Rahels Gesicht. »Wer mit zum Tode Verurteilten spielt, wird sich verbrennen«, entgegnete sie gefühllos, die Wunde ihres Geliebten ignorierend. »Du hast sie bestraft, hast ihr verdammtes Leben ausgelöscht. Deine Gutmütigkeit, Frauen und Kinder zu verschonen, mag ehrenhaft sein. Doch dieses Weib hat den Untergang des Nordens überlebt, kroch über Monate durch Sand und Staub, um der Rache ihrer Familie zu entgehen«, entgegnete die Meuchelmörderin anerkennend. »Sie war stärker, als ihre Erscheinung vermuten mag«, stellte sie abschließend fest, trat näher an Aidan heran und beäugte skeptisch sein kühles Gesicht, als würde sie seinen vagen Ausführungen nicht trauen. »War das blinde Mädchen bei der Prinzessin?« Sie wich sprechend zurück, ein dunkler Schatten legte sich auf ihr ohnehin angespanntes Gesicht. »War sie bei ihr?«, wiederholte Rahel ärgerlich, weil er nicht reagierte, verschränkte die Arme vor der Brust und sah forschend in seine dunklen Augen, beobachtete ein entzündliches Aufleuchten, das an Flammen erinnerte.

»Sie verloren das Leben, beide fanden den Tod durch meine Hand«, entgegnete der Assassine nickend, ohne den Blick von ihrer gefährlichen Schönheit abzuwenden. »Möchtest du dich selbst überzeugen?«, fuhr er tief seufzend fort, als augenscheinliche Zweifel ihre Miene dominierten. Aidan trat zurück, wies auf das Innere der schmalen Kammer, um der Meuchelmörderin ein Blutbad zu offenbaren. Doch ehe er ihr den Rücken zuwenden und den Ort des Schreckens betreten konnte, schüttelte sie den Kopf.

»Ich vertraue dir, Aidan«, entgegnete sie, wandte dem Assassinen den Rücken zu und drang tiefer in den Gang ein, der sie binnen weniger Minuten in den Thronsaal führte. Ihr hektischer Blick schweifte über Säulen, welche die hohen Decken stützten, über Gemälde, deren kunstvolle Schönheit die andauernde Kälte der Mauern deutlich abmilderte.

»Verriegle das Tor!«, befahl Rahel, während sie die Treppen hinaufstieg, sich auf den Thron fallen ließ und mit ihren Fingerspitzen begierig über einzelne Münzen strich, die von den talentiertesten Schmieden geschaffen worden waren. »Zia legte nach der Schaffung des Reiches Schutzzauber über das Schloss. Es wird die Hexen lange Zeit und viel Kraft kosten, Zugang zu erhalten.« Sie lachte schallend laut auf, lehnte den Kopf zurück und betrachtete die Kronleuchter, prachtvolle goldene Arme, verziert durch Diamanten, die unter hohen Decken baumelten. Schließlich schweiften ihre Augen zu den eckigen Fenstern hinauf, die der Meuchelmörderin einen freien Blick in den wolkenlosen Sternenhimmel gewährten.

»Meine Königin, wir haben ein Reich zu zerstören«, spottete Aidan, während er sie in Form einer tiefen Verbeugung begrüßte. »Das Tor ist verschlossen.«

Rahel warf ihm ein keckes Lächeln zu, stand auf, trat näher an den Assassinen heran und ließ sich in seine Arme sinken. »Wo befindet sich der einstige Träger des goldenen Schwertes? Ich möchte ihn dem Zirkel als Geschenk überreichen. Die Bruderschaft befreit keine Gefangenen. Wir benutzen sie, um uns ihrer danach zu entledigen.« Rahel schloss die Augen, als er ihre Maskierung abnahm, um die langen Locken der Meuchelmörderin zu ergreifen, und küsste sanft ihren Hals, was den Atem seiner Geliebten beschleunigte. »Ich habe ihm befohlen, meinen Brüdern zu folgen. Wir haben bisher jeden Auftrag allein durchgeführt, waren nie auf die Unterstützung Fremder angewiesen. Dieser sollte unsere Krönung sein, ehe wir uns fernab der Wüste zur Ruhe setzen, die wir zurücklassen werden.«

Aidan vernahm Erregung in Rahels dunklen Augen, als er zurückwich, um die obersten Knöpfe ihres Mantels zu öffnen. Doch ehe er die Meuchelmörderin erneut berühren konnte, schlang sie die Arme um seinen Nacken. »Die Hexen werden früher oder später die Siegel brechen«, hauchte sie, zog blitzschnell einen Dolch und fuhr mit der messerscharfen Klinge sanft über sein Gesicht. Sie brauchte die Gefahr, die ständige Furcht zu sterben, um sich lebendig zu fühlen.

»Wir haben Zeit.« Aidan küsste fordernd ihren Hals, sprach stets, wenn sich seine Lippen von Rahels Haut lösten. »Zwölf Männer durchkämmen das Schloss, sind bereit, jede lebende Seele zu opfern, um deinen Willen nach Rache zu befriedigen.« Der Assassine knöpfte ihren Mantel auf, stieß sie unsanft zu Boden und beugte sich über sie. »Ich war ausgelöscht, verbrachte fast ein Jahrhundert in Form von Staub, bis du meinen Körper erneut zum Leben erweckt hast.« Er schwieg, als Rahel über die kurzen Stoppeln seines Barts fuhr, lächelnd in die dunklen Augen des Assassinen sah. Zwischen ihnen hatte seit frühester Jugend ein Feuer gelodert, ein ungezügeltes Verlangen, dem sie stets nachgegeben hatten, wenn sie Zweisamkeit erfuhren. Schließlich griff ihre rechte Hand nach der blutigen Wunde, die Esther ihm zugefügt hatte, ehe das Leben der Prinzessin ein jähes Ende fand.

»Sag, wonach du dürstest«, hauchte Rahel, ohne den Blick von ihm zu lösen, was er ausnutzte, um unauffällig einen Dolch zu ziehen. »Ich bin bereit, alles zu tun, um deinen Schmerz zu lindern.« Die Meuchelmörderin schloss die Augen, als er sie erneut küsste, seine Hand, die den Dolch umklammerte, glitt über ihren Körper, ohne die tödliche Waffe zu verraten, welche er längst im kalten Herzen seiner Geliebten verharren sah.

»Rahel!« Die Meuchelmörderin stieß ihn grob von sich, setzte sich unvermittelt auf und schloss schweigend die Knöpfe ihres Mantels, obwohl die Augen des unangenehmen Besuchs in Form einer Schlange sie zu durchbohren drohten. »Ich störe nur ungern.« Sie lächelte angespannt, sah in das alte Gesicht des Mannes, der ihr geraten hatte, Vorsicht walten zu lassen.

»Nenne mir den Grund deines Besuchs.« Die Meuchelmörderin rappelte sich auf, trat näher an den Schweigenden heran und verschränkte abweisend die Arme vor der Brust. »Die Tore sind verschlossen, versiegelt durch Hexenmagie. Es würde Stunden dauern, die Barrieren zu durchbrechen.« Ihr Blick fiel aus einem gläsernen Fenster, auf drei Frauen, die sich dem Schloss näherten. Obwohl der Zirkel frei war, trugen sie überwiegend fortwährend die schwarzen Gewänder, welche sie einst als Aussätzige identifiziert hatten. »Die Schöpferin des Reiches hat Mauern geschaffen, die uns schützen, die uns erlauben, das Innere dieses heuchlerischen Schlosses einzunehmen. Doch du ziehst es vor, uns zu stören, obwohl ich dir einen klaren Auftrag erteilte.« Sie ignorierte Aidans Arme, die sich um ihren Körper schlangen, seinen warmen Atem im Nacken, welcher der Meuchelmörderin das Herz bis zum Hals schlagen ließ.

»Wir haben ihn gefunden«, entgegnete der Assassine, Rahels augenfällige Ablehnung ignorierend. »Wir haben das Versteck des Königs und der rothaarigen Hexe gefunden, die du zu töten gewillt bist. Doch das Tor ist versiegelt, verhindert unseren Eintritt.«

Rahel nickte, streifte Aidans Hände von ihrem Körper. »Die Lust nach Zweisamkeit ist mir vergangen«, entgegnete sie schnippisch, entfernte sich mit langsamen Schritten von ihm und trat näher an den maskierten Mann heran, der sie seit der Tötung des jüngsten Anführers zutiefst verachtete. »Doch mir ist nach Blutvergießen zumute.«

Lean umfasste zärtlich Sinjas Hand, zog sie tiefer in die Dunkelheit des Ganges hinein, ohne einen verräterischen Laut zu verursachen. Der Schatzjäger sah Angst in ihren geröteten Augen, ein leises Schluchzen entwich Sinjas Lippen stets, wenn sie Schritte vernahm, laute Todesschreie hörte, die durch das Innere des Schlosses hallten.

»Ich beschütze dich«, sagte Lean mit sanfter Stimme, während er ihr eine goldene Haarsträhne aus dem Gesicht strich, die sich zwischen den langen, dunklen Wimpern der Schatzjägerin verfangen hatte. »Wir mussten uns trennen«, fuhr er fort, als Verständnislosigkeit in Sinjas Augen aufleuchtete. »Esther wird sie verstecken, ihr Leben beschützen, wenn es möglich ist.«

Die Schatzjägerin seufzte, drückte sich fester an seinen muskulösen Körper. »Ich vertraue ihr. Doch Ungeheuer drangen in das Schloss ein, keine Menschen. Gemeinsam hätten wir uns ihnen stellen können. Doch allein ...« Sie seufzte, wandte die Augen flachen Pfützen zu, welche ihr angespanntes Gesicht spiegelten. »Wir sind chancenlos«, stellte Sinja abschließend niedergedrückt fest.

Lean griff zärtlich nach ihren Wangen, schüttelte vehement den Kopf. »Wir werden nicht aufgeben, bis unsere Zeit abgelaufen ist. Du hast stets gekämpft, obwohl dein Leben vom Schicksal gepeinigt wurde.« Seine Finger glitten sanft über die heilenden Perlen, die täglich an Farbe verloren, gegenwärtig gräulich schimmerten. »Kämpfe für uns, für die Familie, die wir bald sein werden. Die Assassinen haben sich aufgeteilt, töten auf ihrer Suche nach Corvin wahllos jede Menschenseele.« Er griff nach einem Dolch, drehte und wendete die Klinge im einfallenden Licht des Mondes. Doch als er den Mund öffnete, um fortzufahren, vernahm er laute Schritte, die Stimmen zweier Männer, weshalb erneut Furcht in Sinjas Augen aufloderte. »Folge mir!« Lean legte einen Finger an seine Lippen und griff mit angehaltenem Atem nach einem rostigen Knauf, der verdächtig knackte, als er ihn drehte. Mit klopfendem Herzen stieß der Schatzjäger die Tür auf und zog Sinja in das Innere einer kleinen Kammer, die einem Verlies glich. Nur ein vergittertes Fenster erinnerte daran, dass die Freiheit direkt hinter den Mauern des Schlosses lag.

»Versteck dich!«, murmelte Lean besorgt, zog seine Angebetete näher an sich heran und küsste sie. »Versteck dich, rühr dich nicht, schweige, egal, was du hörst oder siehst!« Die Schatzjägerin schüttelte den Kopf, schmiegte ihren Körper schluchzend an seine kräftige Gestalt. Doch ehe Sinja antworten konnte, vernahm sie erneut laute Stimmen, zerberstendes Holz, als Türen brachen.

»Du gerätst nicht in ihre Hände«, flüsterte Lean liebevoll. Er griff behutsam nach den schmalen Schultern der Schatzjägerin, führte sie in eine dunkle Ecke, fasste nach modrigen, grauen Decken und warf sie über ihre zierliche Gestalt. »Sinja, ich liebe dich. Versprich mir, dass du dich nicht rühren wirst. Dein Leben bedeutet mir mehr als meines.« Sie nickte zögerlich, schluchzte laut auf, Tränen liefen in Strömen über ihre Wangen. Doch obwohl sie seinem Flehen augenfällig nachgegeben hatte, verriet Sinjas gläserner Blick, dass sie bereit war zu sterben, die Hölle an Leans Seite zu ertragen.

»Ich liebe dich«, entgegnete sie weinend, zog den rauen Stoff tiefer in ihr gerötetes Gesicht.

»Bitte, gib auf dich acht!« Sinja nickte erneut, schob die Decke zurück, um Lean ansehen zu können, der ihr einen letzten wehmütigen Blick zuwarf, ehe er sich von der Schatzjägerin entfernte, welche zitternd auf die steinernen Platten sank und den Kopf gegen die morsche Wand eines Regals lehnte.

»Ich liebe dich.« In ihren Worten lagen Angst, Hoffnungslosigkeit, das Wissen, in diesem Kellerloch sterben zu müssen, sollten die Assassinen das Versteck betreten. Doch ehe Sinja beten oder bitten konnte, dass die Bruderschaft vorüberging, vernahm sie Schritte, fixierte wie gebannt den Türknauf, der sich rasch drehte, ehe ein Mann das morsche Holz aufstieß.

»Ratten, überall verstecken sich Ratten.« Sinjas Blick war wie gebannt auf den Unbekannten gerichtet, auf silberne Schuppen einer Schlange, die sein Gesicht nahezu vollständig verbargen. Nur helle, graue Augen, welche an Tote erinnerten, schweiften durch den Raum, blieben schließlich auf Lean haften, der einen Dolch umklammerte. »Der König«, fuhr der Assassine – Leans hasserfüllten Blick ignorierend – frostig fort. »Wo hat er sich versteckt?«

Der Schatzjäger trat schweigend einen Schritt zurück, umklammerte den Dolch fester, der seine einzige Chance auf Überleben war. Lean hatte nie einen Menschen getötet, war gewaltsamen Auseinandersetzungen stets aus dem Weg gegangen. Nur für Sinja war er bereit gewesen, seine Prinzipien zu brechen, hatte den Mann, der sie misshandelte, fast zu Tode geprügelt.

»Ich weiß es nicht«, entgegnete der Schatzjäger schließlich wahrheitsgemäß, weil er fortwährend schwieg. »Doch selbst, wenn ich es wüsste, würde ich ihn Euch nicht zum Fraß vorwerfen.« Er trat zurück, als sich der Assassine ihm näherte, sah in die dämonischen Augen des Unbekannten, welche unter der

Maskierung hervorschimmerten. Sie gaben Aufschluss über seinen dunklen Charakter, über Dutzende Morde, die er bereits begangen haben musste.

»Ich bin ausgebildet worden, um die Feinde der Könige spurlos – ohne Aufsehen – in Vergessenheit geraten zu lassen.« Leans Gesicht versteinerte sich, weder Angst noch Nervosität lagen in seinen Zügen. Sein Leben war bedeutungslos. Der Schatzjäger wollte nur Sinja beschützen, deren lautlose Bewegungen er im Augenwinkel wahrnahm, als sie aufstand und nach einem steinernen Gegenstand griff. Doch ehe sie sich dem Mann nähern konnte, fiel ihr Blick auf eine eiserne Klinge, die der Unbekannte augenblicklich mit aller Kraft in Leans Brust rammte. Sinja schrie auf, ließ die steinerne Skulptur auf den Schädel des Assassinen schnellen, der in der nächsten Sekunde zusammenbrach. Sie vernahm ein lautes schmerzvolles Stöhnen, das Bersten von Knochen, ehe ihr Blick auf Blut fiel, welches in Strömen aus Leans tiefer Wunde floss.

»Lean, steh auf!« Sinja griff eilig nach seinem verletzten Körper, um ihn auf die Beine zu ziehen. Doch er schüttelte den Kopf, ächzte schmerzerfüllt, als die Schatzjägerin ihn berührte.

»Versteck dich!«, flüsterte er keuchend. Lean griff bebend nach ihren Wangen, zog die Schatzjägerin näher an sich heran und küsste sie sanft. »Versteck dich«, wiederholte er schwer seufzend. »Wenn die Gefahr gebannt ist, wird Corvin dich finden.« Sinja schüttelte weinend den Kopf, schloss die Augen, als er vereinzelte Tränen von ihren Wangen strich.

»Steh auf!«, schluchzte sie verzweifelt. »Runa wird dir helfen. Doch du musst aufstehen, musst mit mir gehen. «

Lean richtete sich unter Schmerzen stöhnend auf, sodass ihre Gesichter auf gleicher Höhe waren, lehnte den Körper gegen die kalte Mauer, um aufrecht sitzen zu können. »Ich wäre ein Hindernis.« Er griff zitternd nach dem Dolch des toten Assassinen, zog ächzend die Klinge aus seiner Brust. »Verschwinde!« Er verstummte schlagartig, als erneut Schritte ertönten, beobachtete todesgewiss die Silhouette eines unbekannten Mannes, dessen Gestalt riesenhafte Schatten an die Mauern warf. Doch ehe Sinja seinem Blick folgen konnte, spürte sie eine kräftige Hand, die nach ihrem goldenen Haarschopf griff.

»Nein!« Die Schatzjägerin schrie, weinte, wehrte sich mit aller Kraft.

»Rührt sie nicht an!«, brüllte Lean zornig, stand taumelnd auf, um sie aus den tödlichen Händen zu befreien. Doch als er sich gänzlich aufrichtete, durchschoss Schmerz seinen Körper wie ein Blitz, der ihn zurück auf den Steinboden drückte.

»Bemühe dich nicht, Vagabund«, sagte der Assassine hasserfüllt, während er Sinja gnadenlos einen Dolch in die Kehle rammte, was die kleine Kammer prompt mit Blut übergoss. Sie riss die Augen auf, versuchte, schmerzerfüllt aufzuschreien. Doch ehe ein Laut ihren Lippen entweichen konnte, sah sie nur tiefste Dunkelheit, welche die Schatzjägerin erfasste, ehe sie zusammenbrach. »Nun stirbst auch du!«

Kapitel 19

Rahel vernahm das Krachen des Tores, Dutzende Stiefel, die geräuschvoll auf den Bodenplatten aufkamen. »Hexen!«, rief die Meuchelmörderin lautstark in die Dunkelheit der Gänge hinein, während sie ihren Weg fortsetzte, drei Männern entgegenlief, welche hastig versuchten, ein Tor aufzubrechen. »Es ist versiegelt.« Aidans Stimme klang nur gedämpft an Rahels Ohren, übertönte kaum merklich das lautstarke Klopfen ihres rasenden Herzens. Er lief direkt hinter ihr, hielt inne, als die Meuchelmörderin abrupt stehen blieb. »Es ist an der Zeit, ihn zu nutzen.« Der Assassine warf einen hektischen Blick zurück, als das Geräusch berstenden Holzes erneut erklang, ehe er wiederholt seine Geliebte ansah, die regungslos in ihrer Position verharrte. »Die Hexen brechen die letzten Siegel. Du erhieltst ihn für Situationen wie diese.«

Rahel zögerte, ehe sie einen Dolch aus der Innentasche ihres ledernen Mantels zog und gedankenverloren über die ozeanblaue, gläserne Klinge strich. Schließlich fixierten die Augen der Meuchelmörderin einen winzigen purpurnen Stein, der

Geschichten zufolge magische Kräfte besaß. Die Waffe war ein Geschenk ihres Vaters gewesen, der nach langer Krankheit den Tod gefunden hatte.

»Nutzt du ihn ...« Rahel erinnerte sich stets an seine dunkle, raue Stimme, an bernsteinfarbene Augen, die ihren glichen, wenn sie von Ratlosigkeit gepeinigt war. *»Nutzt du ihn, werden Zauber gebrochen, die mit dem Gegenstand verbunden sind, den du durchbohrst.«* Die Gedanken der Meuchelmörderin schweiften zu Corvin, zum Artefakt der Herrschaft, das sie mithilfe des Dolches zu zerstören gewillt war.

»Die Krone? Wie gedenkst du, sie zu vernichten, wenn du die Waffe deines Vaters nutzt?«, fragte ein hochgewachsener Assassine ärgerlich, als sie die Hand hob, um die scharfe Klinge, die jede Magie aufzusaugen vermochte, im Holz des Tores zu versenken.

Rahel hielt in ihrer Bewegung inne, sah missmutig in seine dunklen Augen, ehe sie erneut den Gang entlang sah, einen Blick auf Fackeln erhaschte, die sich ihnen stetig näherten. »Wenn die Hexen uns erreichen, ist unser Plan dem Untergang geweiht!« Ein Zittern durchfuhr ihren Körper, als sie eine Erschütterung wahrnahm, die von Magie stammen musste, hastig schlug sie den Dolch in das kalte Holz, ohne sich der Folgen vollständig bewusst zu sein. Ihr Vater hatte der Meuchelmörderin nur offenbart, dass diese Waffe aus magischem Glas geschmiedet war, dass sie jeden Zauber, jeden Fluch aufsaugte, um sich selbst nach einmaliger Benutzung zu zerstören.

»Öffne das Tor!« Rahel fixierte angespannt den Dolch, glaubte in jedem Moment, die Auflösung des Glases beobachten zu können. Doch die Waffe verblieb in ihrer Form, was der Meuchelmörderin bewusst werden ließ, dass der Schutz aufgebraucht sein musste, der ihren Eintritt kurz zuvor verhindert hatte. »Öffne das Tor!«, wiederholte sie ärgerlich. Ihr nervöser Blick fiel auf Aidan, der sich zuerst aus seiner Starre löste, sich bedächtig dem Tor näherte und nach dem Dolch griff. »Die Versiegelung …« Er warf einen flüchtigen Blick in den Gang hinein, sah Schatten, die sekündlich mehr menschlichen Gestalten glichen. »Sie ist gebrochen.«

Er ignorierte Rahel, die an ihn herantrat, ihm den Dolch aus den Händen nahm und das Tor aufstieß. Der Blick der Meuchelmörderin schweifte über erloschene Kerzen, welche auf einer breiten Tafel standen, über Runa, die leblos am Boden lag, weshalb ein höhnisches Lächeln über ihr Gesicht huschte. Sie verachtete diese Frau, deren Gier – Königin zu sein – für den Bruch der Allianz verantwortlich gewesen war.

»Mein König.« Corvin, dessen Körper neben der leblosen Hexe am Boden verharrte, schaute auf, als er Rahels helle Stimme vernahm, und sah abwechselnd in die Gesichter der Eindringlinge, welche an diesen Ort gekommen waren, um Rache zu begehen. Schließlich fiel sein Blick auf die Krone, die achtlos auf der breiten Tafel lag, das Abbild des Schlosses fast vollständig verdeckte.

»Die kurze Zeit deiner Herrschaft ist vorüber, Hoheit«, fuhr Rahel respektlos fort. Ihre rechte Hand umklammerte den Dolch, der aufgrund der Barriere gedroht hatte, zu Staub zu zerfallen. Doch Runas Macht war versiegt, ehe die Waffe sie hatte aufsaugen können. »Der Hexe wurde zuteil, was sie verdient. Ich betrauere ihren Tod lediglich, weil ich ihn nicht selbst herbeiführen konnte.«

Corvin stand auf, trat zurück, um die Distanz zu den Assassinen zu vergrößern. Doch sein betrübter Blick war auf Runa gerichtet, die alles geopfert hatte, um ihn und das Reich zu beschützen. »Was verlangt Ihr?«, fragte er schließlich, als seine zu Schlitzen verengten eisigen Augen erneut die Meuchelmörderin fixierten, deren Blick unentwegt auf ihn gerichtet war.

»Die Zerstörung Aurums«, entgegnete Rahel, ohne sich hinter listigen Lügen zu verstecken. »Dieses Königreich zerstörte unsere Existenzen, beutelte uns und nahm uns schließlich unser Leben«, fuhr sie hasserfüllt fort. Die Meuchelmörderin ignorierte das Zuschlagen des Tores, ihre Gefährten, die trotz der Übermacht des Zirkels bereit waren, bis zum Tode zu kämpfen. Sie lächelte gefühllos, warf Aidan einen flüchtigen Blick zu, der entschlossen an das obere Ende der Tafel herantrat, um sich Corvin auf der anderen Seite zu nähern, der die Anwesenheit des Assassinen gänzlich ignorierte. Schon als die Unbekannten eingetreten waren, war ihm bewusst geworden, dass er sterben würde.

»Die Zerstörung des Reiches verändert nicht die Vergangenheit«, entgegnete der Thronerbe schließlich. »Nennt mir den Preis Eurer Loyalität. Das Volk ist unschuldig. Es braucht eine Heimat.«

Rahels gefühlloses Gesicht wandelte sich zu einem herablassenden Grinsen. »Ich musste am eigenen Leib erfahren, dass Bündnisse mit Hexen ausschließlich Leid und Wut herbeiführen.« Sie trat näher an ihn heran, stützte sich mit den Händen auf der kalten Tischplatte auf, betrachtete nur flüchtig die Gravur in Form des Schlosses. »Dein Heer wandte sich von dir ab, Majestät, weil diesen Männern längst bewusst ist, dass deine Neuordnung nicht von Erfolg gekrönt sein wird. Du bist kein König. Du bist nur ein kleiner, dummer Straßenjunge, der glaubt, ein Reich regieren zu können. Doch deine Unfähigkeit wird dich noch heute dein erbärmliches Leben kosten.«

Rahel hob den Dolch, der fähig war, jede Magie aufzusaugen, beobachtete Aidan, der im nächsten Moment nach Corvin griff und eine scharfe Klinge an seine Kehle drückte, die drohte, ihm die Halsschlagader zu durchtrennen. Dennoch rührte sich der Thronerbe nicht, sprach kein Wort. Sein Blick war fortwährend auf Rahel gerichtet, deren gierende Aufmerksamkeit ganz der Krone galt. Schließlich streckte sie eine Hand nach dem kalten Gold aus, fuhr über Diamanten und Rubine, die im einfallenden Licht der ersten Sonnenstrahlen schimmerten. Sie erinnerten an ein erloschenes Feuer, an sterbende Funken siedendheißer Glut.

»Die silberhaarige Prinzessin ...« Ein kalter Schauer lief über Corvins Rücken, als der Assassine Esther erwähnte, die mit Melina in der entlegensten Kammer Schutz gesucht hatte. »Der Vagabund und sein goldhaariger Engel ...« Aidan brach ab, sah herablassend in sein versteinertes Gesicht, erwartete eine Reaktion, Wut und Hass. Doch der Thronerbe verharrte in seiner Position, lauschte angespannt den aufwühlenden Worten des Unbekannten, der fortwährend drohte, ihn abzuschlachten wie ein Stück Vieh. »Sie leben«, flüsterte er, dass nur Corvin seine heilsamen Worte vernehmen konnte. »Ich töte keine Frauen, keine blinden Mädchen, wies sie an zu verschwinden.« Der Assassine warf Runa einen flüchtigen Blick zu, deren Körper reglos am Boden lag. »Deine treuen Gefährten starben, als der Schleier aufrecht war, den die Hexe schuf.« Aidan lächelte, als er Unverständnis in Corvins tiefgrünen Augen sah. »Meine Vorfahren verfügten über magische Fähigkeiten. Sie lehrten mich, die Unterschiede zu erkennen, welche gewöhnlichen Menschen verborgen bleiben. Ich ließ die Hexen ein, Hoheit, vergaß, das Tor zu verschließen, obwohl es mir die goldene Schlange befahl.« Er wies auf Rahel, deren Kaltherzigkeit selbst für Assassinen außergewöhnlich war. »Unsere Tode waren die einzig richtige Entscheidung«, stellte er mit Blick auf seine Gefährten fest.

»Wo sind sie?«, entgegnete Corvin leise flüsternd. Furcht dominierte die Stimme des Thronerben, welche er zu verbergen versucht war, was ein süffisantes Lächeln auf das Gesicht des Assassinen beschwor.

»Ich weiß es nicht«, entgegnete Aidan spöttisch. »Doch zerfällt das Schloss mit dem Rest des Reiches zu Staub, werden die Schlangen sie finden und ihr erbärmliches Leben beenden.«

Corvin spürte die scharfe Klinge auf der Haut, sein Herz, das ihm in Windeseile bis zum Halse schlug.

»Du wirst nicht sterben, nicht hier, nicht jetzt. Dein Leben wird erst enden, wenn das Reich zu Asche zerfallen ...« Rahel fuhr herum, als sie das Geräusch des brechenden Tores vernahm. »Es ist Zeit.« Die Meuchelmörderin atmete tief ein, ließ den gläsernen Dolch auf das Gold der Krone schnellen, um ihr die magische Kraft vollständig zu entziehen, welche bis zum heutigen Tag das Reich aufrecht hielt. Doch ehe die Klinge das Edelmetall berühren konnte, stieß Aidan den Thronerben von sich, der zu völliger Reglosigkeit verdammt war, und griff nach der Krone, weshalb das tödliche Ende des Dolches seine Hand durchbohrte. Der Assassine sah einen letzten Moment lang in Rahels aufgerissene Augen, in ihr vor Entsetzen verzerrtes Gesicht.

»Nein!«, hauchte die Meuchelmörderin, taumelte zurück, beobachtete bestürzt wie ihr langjähriger Geliebter zu Asche zerfiel, aus der er mithilfe von Magie auferstanden war. »Nein!« Sie spürte, dass die feste Substanz des Dolches in ihren Händen nachließ, sich in zähflüssige Masse verwandelte, ehe die Waffe – Aidans Körper folgend – in pulverisierte Einzelteile zerfiel. »Tötet ihn!«, fuhr die Meuchelmörderin blutdürstig fort. Rahel griff, im Bewusstsein, sie gegenwärtig nicht zerstören zu können, nach der Krone, sprang über die Tafel und rannte tiefer in die Bibliothek hinein, in der Hoffnung, eine Tür oder ein rettendes Fenster zu finden, um dem Zirkel zu entrinnen.

»Bleib!« Rahel blieb unvermittelt stehen, als sie die Stimme einer Hexe vernahm, der sie lediglich einmal im Laufe ihres Lebens begegnet war. Sie hatte die Auferstehung der Assassinen zu verhindern gedroht, hatte sich geweigert, den Vertrauensbruch ihrer Tochter zu sühnen, deren Lebenskraft mit Schaffung des Schleiers aufgebraucht worden war. »Bleib! Bewege dich nicht!«

Rahel schüttelte den Kopf, versuchte zu laufen, einen Schritt in Richtung Freiheit zu gehen. Doch sie konnte sich nicht rühren, war gänzlich dem Willen der Hexe unterworfen, die sich ihr wütend näherte, was der Meuchelmörderin einen kalten Schauer über den Rücken jagte.

»Tote, die aus Asche wiederauferstanden sind, mögen erneut zu Asche zerfallen«, sprach Elin mit erhobener Stimme, während sie der Meuchelmörderin mit jedem Schritt näherkam, die schwer keuchte und deren Herz in Windeseile schlug. Die Hexe spürte Angst, ein schwaches Zittern, das siedendheiß durch Rahels gelähmten Körper schoss.

»Rühre dich!« Die Meuchelmörderin war wie hypnotisiert, lief einen taumelnden Schritt, als Elin ihre Bewegungen freigab und wandte sich mit angehaltenem Atem zu der Leiterin des Zirkels um. Rahels Blick schweifte zu Esther, die neben Runa auf den Boden gesunken war, zu Melina, welche die Hand einer alten Hexe umklammerte. Schließlich fixierten ihre fassungslosen Augen Lean, der gebückt an der Wand lehnte, seine rechte Hand auf eine blutige Wunde gedrückt, die ein Dolch verursacht hatte, ehe die Kraft des Schleiers vollständig entfaltet gewesen war. Sinja stützte seine kräftige Gestalt, da er ohne Unterstützung nicht fähig war, aufrecht zu stehen. Sie mussten mit dem Zirkel eingetreten sein, mit rund fünf Dutzend vollwertiger Hexen, deren Augen ihre willenlose Gestalt fixierten. Die Assassinen hingegen waren verschwunden, zu Asche zerfallen, wie es die Leiterin des Zirkels befohlen hatte, während der einstige Träger des goldenen Schwertes in eisernen Ketten lag.

»Du hast meine Tochter zerstört!« Die Worte, welche Elins Kehle entsprangen, klangen rau, glichen einem unheilvollen Flüstern. »Du hast meine Tochter zerstört!« Ihre Stimme wandelte sich zu einem lauten Schrei, der Rahel durchfuhr wie ein Blitz. Sie spürte, dass ihre Beine versagten, stürzte, stützte sich schwer atmend auf dem Boden auf, um nicht vollständig zusammenzubrechen. Die Meuchelmörderin hatte gelernt, sich Manipulation zu widersetzen, schwacher Magie zu trotzen. Doch Elins Hass, der sich in schrillen Worten niederschlug, schürte ihre unbändige Kraft, welcher Rahel nicht fähig war zu widerstehen.

»Tötet mich!«, hauchte sie mit schmerzverzerrter Stimme. Sie spürte, wie sich jeder Muskel in ihrem Körper verkrampfte, ihre Arme zitterten, konnten das Gewicht der Meuchelmörderin nicht länger halten. »Tötet mich!«, wiederholte sie keuchend, während sie gänzlich zusammenbrach und seitlich am Boden liegenblieb. Doch Rahels Blick war fortwährend auf die Hexe gerichtet, die gewillt war, sie zu zerstören.

»Ich werde dich nicht töten!«, erwiderte die Leiterin des Zirkels hasserfüllt. Elin atmete tief ein, ehe sie die warme Luft durch ihre vollen Lippen hindurch ausstieß, was die Nervosität in Rahel schier unerträglich groß werden ließ. »Meine Tochter würde nicht wollen, dass du stirbst.«

Die Hexe kniete sich neben die zitternde Gestalt auf den Boden, legte die Hände an ihre Schläfen, weshalb ein donnernder Schmerz durch den Körper der Meuchelmörderin schoss. »Die

Bruderschaft hat unter dem Zeichen der Schlange getötet, hat das Leben Unschuldiger erbarmungslos zerstört. Nun sollst auch du eine sein.« Elins Stimme hob sich, um Rahels Schmerzensschrei zu übertönen, der selbst die entlegensten Winkel des Schlosses erreichen musste. »Mädchen, vom heutigen Tag an bist du zur Unsterblichkeit verdammt!« Elin ignorierte die bestürzten Ausrufe des Zirkels. Sie sann nach Vergeltung, gierte nach Schmerz, um Runa zu rächen, deren Leben längst in den Händen einer erfahrenen Hexe lag, der Esther assistierte. »Doch die Unsterblichkeit wird mit Leid verbunden sein, die keine Seele fähig ist zu ertragen.« Elin löste sich von Rahels Schläfen, wich zurück, um in goldene Augen zu blicken, die einer Schlange glichen. Grünlich glänzende Schuppen lagen auf ihren Wangen, leuchteten im Licht der einfallenden Sonne wie Sterne am Firmament. »Ein Jahr verbleibt dir, jämmerliche Gestalt, bis du vollständig zu der Kreatur wirst, die du vorgabst zu sein.« Elin wandte ihr den Rücken zu, sah mit geballten Fäusten in die beobachtenden Gesichter. »Schafft sie in den Kerker!«, brüllte sie von Trauer und Hass erfüllt. »Schafft die Schlange in den Kerker!«

Corvin vernahm leise Schritte, das Flüstern zweier Frauen, die sich auf den hallenden Gängen voneinander trennten. Er ignorierte Elins Anwesenheit, ihren besorgten Blick, der auf seiner reglosen Gestalt ruhte. Der Thronerbe verharrte seit Tagen an Runas Seite, die seit dem Zusammenbruch des Schleiers nicht erwacht war. In den Armen der Hexe lagen zwei schlafende Mädchen, die bei Bewusstsein dauerhaft weinten, um das Leben ihrer Ziehmutter bangten.

»Hoheit, Eure Krönung wird in Kürze beginnen«, sagte Elin mit leiser, ehrfürchtiger Stimme. »Geht, ich werde über meine Tochter wachen.«

Corvin schwieg zunächst, sah sie nicht an, schüttelte angespannt den Kopf. »Ohne sie gäbe es kein Reich, zu dessen Herrscher ich gekrönt werden könnte. Ich werde warten, bis sie erwacht«, entgegnete er schließlich entschlossen.

Elin ließ sich ihm gegenüber auf die Kante des Bettes sinken, strich sanft durch Runas rotes Haar, das einem Fächer gleichend auf weißen Kissen ausgebreitet war. »Während gewöhnliche Menschen sterben, haben wir Hexen meist eine Wahl. Ich spüre, dass sie leben könnte, dass ihr die Gesundheit geblieben ist. Doch sie hat ihre Magie gänzlich verloren, welche uns wichtiger ist als die Luft zum Atmen.« Sie stockte, Tränen standen in ihren schwarzen Augen. »Nie ist eine Hexe aus freiem Willen erwacht. Zügelt Eure Hoffnung.«

Corvin schaute mit geröteten Augen zu ihr auf. Er hatte seit Tagen nicht geschlafen, verharrte in jeder freien Minute an Runas Seite, weil er fest an ihr Erwachen glaubte. »Sie versprach mir, zurückzukehren«, raunte er ärgerlich. »Ihr seid die Leiterin des Zirkels, Ihr habt die Macht, Eure Tochter zu retten. Holt sie zurück!« Die Worte des Thronerben waren nur selten Befehle, bestanden meist aus höflichen Bitten. Doch in diesem Augenblick forderte er die Treue seiner Untertanin ein.

»Ich kann mich Eurem Willen nicht beugen, Hoheit«, entgegnete Elin mit leiser, jedoch entschlossener Stimme. »Ich werde dem Wunsch meiner Tochter entsprechen, selbst, wenn es mein Leben kostet.« Sie sah entschieden in seine enttäuschten Augen. »Ihr solltet es auch tun.« Die Hexe lächelte freudlos. »Geht, das Reich erwartet Euch.«

Corvin nickte, senkte den Blick, betrachtete niedergedrückt Runas Gesicht. Sie wirkte friedlich, so als würde sie schlafen, im nächsten Augenblick aus ihrer Ohnmacht erwachen. »Es sind erst sieben Tage vergangen«, sagte er schließlich, um Frieden bemüht. »Sie hat geschworen zurückzukehren, einem gewöhnlichen Leben eine Chance zu geben. Sie würde die Mädchen nicht im Stich lassen.«

Elin nickte schweigend, ergriff zärtlich Runas Hand und strich mit der zweiten sanft über die Haut der bewusstlosen Hexe, deren zukünftiges Leben für die meisten unvorstellbar war.

»Ich akzeptiere ihre Entscheidung. Dennoch bitte ich Euch, ihr Zeit zu geben«, seufzte der Thronerbe, stand auf, um das Schlafgemach zu verlassen. »Ich werde die Hoffnung erst aufgeben, wenn Runas Herz aufhört zu schlagen«, fuhr Corvin mit entschlossener Stimme fort, ohne die Hexe anzusehen.

»Bleibt!« Elin sprach erst, als er den goldenen Knauf berührte, dessen eisige Kälte wie ein Blitz durch seinen erschöpften Körper schoss. »Bleibt, wenn Euch nicht wohl ist. Ihr seid der unangefochtene König des Reiches. Die offizielle Krönung muss nicht zwingend am heutigen Tag stattfinden.« Sie stand auf, strich den seidigen Stoff ihres weißen, bodenlangen Kleides glatt. Seit der Zirkel nicht mehr gezwungen war, schwarze Gewänder zu tragen, mied sie die Farbe des Todes wie der Teufel das Weihwasser.

Corvin nickte dankbar, ließ sich erneut auf die Kante des Bettes sinken, beobachtete, wie die Hexe vor den Fenstern auf und ab ging, gedankenverloren in die Freiheit starrte. Für Unwissende mochte sie träumerisch wirken, in Erinnerungen versunken sein. Doch dem Thronerben war bewusst, dass sie zu diesem Zeitpunkt mit dem Zirkel kommunizierte, der seit dem Morgengrauen die Feierlichkeiten vorbereitete.

»Sie unterstützen Eure Entscheidung, Hoheit.« Elin lächelte gezwungen, fixierte Runas Gesicht, als sie glaubte, sich öffnende Augenlider erkennen zu können. »Sie, sie ...« Die Hexe brach abrupt ab, als sie eine kaum wahrnehmbare Bewegung der Fingerspitzen sah, ließ sich, vor Aufregung laut keuchend, auf die Bettkante sinken und strich sanft durch das Haar ihrer Tochter. Sie spürte Runas Hand, die ihre erfasste, konnte den Blick kaum von den schwarzen Augen der Hexe abwenden, die sich zögerlich öffneten und wieder schlossen, als würde sie fortwährend mit der drohenden Bewusstlosigkeit ringen.

»Wasser ...«, krächzte sie schließlich zwischen Realität und Ohnmacht schwankend, ein kränkliches Husten entwich ihrer trockenen Kehle, das erst verebbte, als Corvin ein Glas an die spröden Lippen der Hexe setzte. Runa trank hastig, ehe sie vollständig die Augen aufschlug und die Mädchen betrachtete, welche unvermittelt erwachten.

»Mutter!«, riefen sie im Chor und drückten sich nach Nähe sehnend an ihren kraftlosen Körper. »Mutter!«

Runa küsste ihre Ziehtöchter je auf eine Wange, ehe sie erneut aufsah, um Corvin in die Augen zu blicken. »Was ist geschehen?«, fragte sie schwach. »Was hat sich nach meinem Zusammenbruch ereignet?« Die Hexe setzte sich ächzend auf, strich sanft durch das Haar der beiden Mädchen, die zufrieden ihren Körper umklammerten. »Ich sah Sinja und Lean sterben, musste Esther und Melina beobachten, die von einem Assassinen bedroht wurden, ohne eingreifen zu können.« Sie atmete hastig aus, was ihre letzten Worte erstickte.

»Sie leben.« Corvin lächelte voller Erleichterung. »Lean und Sinja sind wohlauf. Sie sind dem Tode aufgrund deines Opfers entronnen. Esther und Melina wurden von dem Assassinen

verschont, der sein Leben aufgab, um die Krone zu beschützen.«
Er näherte sich ihr behutsam, strich sanft über Runas linke Wange.
»Der Zirkel erweckte ihn erneut zum Leben. Seither weicht er
nicht von Esthers Seite, begleitet sie mithilfe zweier Hexen nach
Glacies. Sie ließ sich nicht aufhalten.« Er seufzte schwer. »Ich bete,
dass sie Vergebung erfahren wird, dass ein Bündnis zwischen den
Reichen wachsen und gedeihen kann. Mein Vertrauen in Esther ist
groß. Sie wird die richtigen Worte finden.«

Runa nickte anerkennend, betrachtete ihre Töchter voller Liebe,
deren Körper in bunte Seide gehüllt waren.

»Wir sind Prinzessinnen«, sagte eines der Mädchen stolz und
drückte ihre Hand.

Doch Runa vernahm lediglich eine tiefe Taubheit, die ihren
ganzen Körper erfüllte, sie spürte, dass ihr Essentielles genommen
worden war. Dennoch bereute sie nicht, den Schleier geschaffen
und Leben gerettet zu haben. »Ihr seid meine Prinzessinnen«,
entgegnete sie sanft. »Starben Unschuldige?«, fuhr die Hexe fort,
als sie sich erneut an Corvin wandte, der die kleine Familie
beobachtete. Sie hatte in tiefster Trance jeden Menschen im
Schloss gesehen, hatte die Schmerzen gespürt, welche sie wegen
der Assassinen erduldet haben mussten. Doch die Bilder waren
verschwommen   gewesen,   schossen   in   Form   von
zusammenhanglosen   Erinnerungsfetzen   durch   ihren
schmerzenden Schädel.

»Zwei Dutzend Menschen erlagen der Bruderschaft, bevor der
Schleier seine volle Kraft entfalten konnte. Rahel ist am Leben,
während die Asche ihrer wiederauferstandenen Gefährten – bis auf
Aidans – in alle Winde verstreut wurde. Sie verharrt im Kerker, um
die Schuld jedes Toten zu sühnen. Schon bald wird die Schlange
Verbannung finden. Doch dank dir wurden Unschuldige gerettet,

du hast meine Familie und das Reich vor dem Untergang bewahrt. Aurums Bevölkerung sind Heimat und Besitz geblieben, der Zirkel findet schleichend Platz im Herzen des Volkes, die Ablehnung schwindet.« Er schwieg, erfasste ihre rastlos zitternden Hände. »Runa, der Bruch des Blutschwurs interessiert mich nicht länger. Du warst sieben Tage lang bewusstlos, keiner konnte mir sagen, ob du wieder erwachst.« Er seufzte, in seiner Stimme paarten sich Sorge und Erleichterung. »Du bist eine wahre Königin. Ich werde an deiner Seite stehen, werde deinen Mädchen ein Vater sein, wenn du es auch wünschst.«

Epilog

**Sieben Monate nach der Errettung Aurums
(Ein Jahr nach dem Fall von Glacies)**

»Aurum ...« Elsas Blick galt dem Feuer, den züngelnden Flammen, die neben den Sternen am Firmament ihr einziger Lichtblick in tiefster Dunkelheit waren. »Es geschieht! Es geschieht wahrhaftig.«

Die verstoßene Hexe schaute auf, sah in die goldenen Augen eines unbekannten Mädchens, das Melinas Alter um wenige Jahre übersteigen musste. Elsa beobachtete ein schwaches Leuchten, welches an Funken erinnerte, als würden winzige Kerzen hinter ihren Iriden lodern. Sie schienen nicht menschlich zu sein, einen dämonischen Ursprung zu haben. »Erzählt mir die Geschichte!« Das unbekannte Mädchen schlug die Kapuze eines schwarzen Mantels zurück, entblößte ihre golden schimmernde Mähne, die an Sonnenlicht erinnerte, an helllichten Tag. Sie tauchte die Nacht in gleißendes Licht, verscheuchte die Finsternis, welche sich vor vielen Stunden über Elsas zerbrechliche Gestalt gelegt hatte.

»Du bist eine Lumen«, entgegnete die verstoßene Hexe überrascht, ohne ihre Frage zu beantworten. »Eine Dienerin Saras, die Legenden zufolge einst das Sonnenlicht in das dunkle Reich brachte.«

Die Unbekannte legte den Kopf schräg, lächelte dünn. »Erzählt mir Aurums Geschichte«, sagte sie, ohne auf die scheinbare Erkenntnis einzugehen. »Dann werde ich Euch meine erzählen.«

Elsa wandte den Blick von ihr ab, betrachtete aufsteigende blutrote Lampions, die gen Himmel stiegen. »Als der Krieg der Zwillingskönige seinen Höhepunkt fand, erschuf der Hexenzirkel einen magischen Schleier, um die unschuldige Bevölkerung zu beschützen. Aurum existierte ein Jahrhundert lang hinter der schützenden Barriere, unentdeckt von den Augen Fremder.« Sie warf sich eine braune Decke über die Schultern, als ein kalter Windhauch über ihren Körper strich. »Als der wahre König zurückkehrte, fiel der Schleier. Doch während das Volk den Träger der Krone mit Freude und tiefster Verehrung begrüßte, wandte ihm das Heer den Rücken zu, weil er gewillt war, den Zirkel in das Volk zu integrieren.«

Das unbekannte Mädchen rappelte sich auf, trat näher an die Stadt heran, ohne außer Hörweite zu geraten. »Meine Familie lebte viele Jahre lang versteckt in der Dunkelheit. Doch unser Haar und unsere Augen verraten die meinesgleichen.« Sie wandte sich erneut der verstoßenen Hexe zu. »Erzähl mir die Geschichte!«

Elsa stützte die Hände auf dem sandigen Untergrund auf, lehnte sich zurück und fixierte mit zusammengekniffenen Augen das goldene Gewand des Mädchens, das unter dem schwarzen Mantel verborgen war, ehe sie erneut in ihr kindliches Gesicht sah. Die Neugier der Unbekannten stimmte sie misstrauisch. Doch es waren keine Geheimnisse, lediglich Geschichten, die sich alle Menschen auf den Straßen der Königreiche erzählten.

»Die Verbündeten des Königs fanden miteinander die Liebe. Sie heirateten, schenkten einem blinden Mädchen eine Heimat, das ich vor vielen Jahren als Ziehtochter aufnahm. Selbst sie drohte, meiner Rachsucht zum Opfer zu fallen. Doch Melina führt heute ein sorgenfreies Leben, der Zirkel schenkte ihr das Augenlicht, übertrug die Blindheit auf den gefallenen Hauptmann des Heeres, der längst verschwand. Die silberhaarige Prinzessin kehrte nach Glacies zurück. Ich erfuhr, dass sie Vergebung erfahren hat, dass die Reiche durch ein freundschaftliches Band eng miteinander verflochten sind.« Die verstoßene Hexe räusperte sich, warf einen Blick in das sternengesäumte Firmament hinauf. »Dennoch ist die Prinzessin zurückgekehrt, um ein Leben an der Seite des Assassinen zu führen, der sie bis zum heutigen Tag beschützt. Er wurde zum Hauptmann ernannt, bildet Soldaten aus, die künftig für Aurums Schutz verantwortlich sind.« Elsas Gedanken schweiften von Rahel, deren grausame Zukunft kaum erahnt werden konnte, zu Aidan, der das Reich letztlich vor dem Untergang bewahrt hatte, indem er sein Leben opferte. »Der König erzählte mir von den Ereignissen, welche meine Rachsucht auslösten, berichtete von jeder unschuldigen Seele, die den Tod fand. Als die Assassinen geschlagen waren, griffen sie mich am Rande der Stadt auf, um mich meiner gerechten Strafe zuzuführen. Ich glaubte an den Tod, an Verbannung, an andauernde Existenz im Kerker.« Elsa seufzte tief, fixierte die zitternden Hände der Lumen. Sie wirkte sichtlich nervös, sah wiederholt in tiefste Dunkelheit, die wie ein bedrohlicher Schatten über den Ländereien lag. »Doch der König und seine zukünftige Braut entschieden, dass meine erste Verurteilung unrecht war, dass meine Töchter nicht hätten getötet werden dürfen. Daher verschonten sie mich, ließen Gnade vor Recht ergehen.« Sie stockte, sah erneut in Richtung der goldenen Stadt. »Ich erhielt ein Zuhause, um nicht länger auf den Straßen überdauern zu müssen.« Ihr Blick schweifte über Feuerschalen, die lichterloh brannten, über Kinder und Frauen, welche auf den Mauern standen und das Fest beobachteten. »Die Königsfamilie war von Hass und Missgunst geprägt. Doch Corvin – der letzte Nachfahre – erwies sich als wahrer und gutmütiger Herrscher. Er erfüllte sein Versprechen, beendete die Armut, verhalf dem Zirkel aus der Isolation heraus.« Elsa lächelte bekümmert. »Doch es war nicht allein sein Verdienst. Die Tochter der Leiterin, eine rothaarige Schönheit und einst mächtigste Hexe des Reiches, opferte ihre Magie und beinahe ihr Leben. Sie sind am heutigen Tag den Bund der Ehe eingegangen, haben den Blutschwur, der sie verbindet, akzeptiert.«

Das unbekannte Mädchen ballte die Hände zu Fäusten, wandte Aurum den Rücken zu und sah erneut in die Finsternis, als würde sie beobachtende Augen befürchten. »Sind Euch die Geschichten über Sol bekannt?«, fragte sie schließlich mit zitternder Stimme, Angst durchdrang jedes Wort, das sie sprach.

Elsa schwieg, schüttelte angespannt den Kopf.

»Glaubt Ihr, Zia, die erste und mächtigste Leiterin des Zirkels, konnte Aurum aus eigener Kraft erschaffen?« Die Lumen erwartete keine Antwort, sprach unbeirrt weiter. »Sie starb nicht, weil ihre eigene Magie sie zerstörte. Zia starb, weil sie Saras Macht kanalisierte, um dem Mann ein Reich zu schenken, den sie liebte. Doch als Aurum fiel ...« Die Augen des Mädchens loderten hell auf. »Als Aurum fiel, fiel auch meine Heimat. Der Himmel verdunkelte sich, der Tag wich unendlicher Nacht.« Ihre Stimme nahm einen bedrohlichen Klang an, zitterte unmerklich. »Seither werden wir gejagt, weil unser Haar und unsere Augen die Finsternis durchbrechen. Die Herrschenden Sols glauben, dass sie in uns die Sonne wiederfinden, dass die Auslöschung der Lumen das Reich befreit.« Sie ließ sich Elsa gegenüber auf den Erdboden sinken, beobachtete starr die auflodernden Flammen des Feuers, das der verstoßenen Hexe seit vielen Stunden Wärme schenkte. »Mein Name ist Lani. Ich lebte mit meiner Familie im Verborgenen, stets auf der Hut, weil wir die Schergen des Königs mehr fürchteten als den Tod. Die Älteste unseres Volkes sah Euch in ihren Träumen, eine verstoßene, machtlose Hexe vor den Toren einer auferstandenen Stadt. Sie schickte mich, Euch aufzusuchen, ehe Soldaten uns überfielen. Ich bin die letzte Lumen, die in Freiheit lebt, die letzte Lumen, der weder Augen noch Haar entfernt wurden, um die Sonne zu befreien. Doch diese Barbaren erkennen nicht, dass sie den Tag gänzlich auslöschen, wenn sie uns zerstören.« Lanis schmale Hände fuhren nervös durch lockeren Sand. »Der Herrscher errichtete Mauern um Städte und Dörfer, die Bevölkerung ist eingesperrt, kann Sol nicht verlassen. Wer es dennoch wagt, begeht Verrat – Verrat, der in Sol mit dem Tode bestraft wird.« Sie atmete hektisch ein und aus, Aufregung lag in ihren sprudelnden Worten. »Wir – die Lumen – sind der Schlüssel, um die ewige Dunkelheit zu beenden. Ich trage das Sonnenlicht in mir, es ist wahr. Doch der König ist nicht fähig, es uns zu rauben. Die Lumen sind Diener Saras, die ihre Macht opferte, um Sol zu schaffen. Als die dauerhafte Nacht hereinbrach, hinterließen meine Vorfahren uns eine Vision. Kehrt der wahre König Aurums zurück und findet aufrichtige Liebe in einer Hexe, die ihre Macht für das Reich aufgibt, wird Saras magische Kraft in uns erweckt.« Lani griff nach Elsas Händen, schloss die Augen, konzentrierte sich gänzlich auf die Vergangenheit der verstoßenen Hexe, sah ihre unschuldigen Töchter in Flammen aufgehen. »Ich schenke Euch Magie. Ich schenke Euch Saras Macht. Doch im Gegenzug werden die Lumen, deren letzte Überlebende in Freiheit ich bin, Eure Hilfe brauchen.«

Printed in Poland
by Amazon Fulfillment
Poland Sp. z o.o., Wrocław

52759155R00161